Les Éditions du Boréal
4447, rue Saint-Denis
Montréal (Québec) H2J 2L2
www.editionsboreal.qc.ca

TÊTE HEUREUSE

DU MÊME AUTEUR

CONTES ET POÈMES

L'Illusionniste, suivi de *Le Guetteur,* Écrits des Forges, Trois-Rivières, 1973

ROMANS

L'Emmitouflé, Robert Laffont, Paris, 1977 ; Boréal Compact, Montréal, 1991

Le Bonhomme sept-heures, Robert Laffont, Paris, 1978 ; Le Seuil, Paris, 1984

LES CHEMINS DU NORD

I. *La Tuque et le Béret,* L'Archipel, Paris, Édipresse, Montréal, 1992

II. *Le Bouleau et l'Épinette,* L'Archipel, Paris, Édipresse, Montréal, 1993

III. *L'Outarde et la Palombe,* L'Archipel, Paris, Édipresse, Montréal, 1999

LES FILS DE LA LIBERTÉ

I. *Le Canard de bois,* Boréal, Montréal, Le Seuil, Paris, 1981 et 1982 ; Points-Romans, Le Seuil, Paris, 1982 ; Boréal Compact, Montréal, 1989

II. *La Corne de brume,* Boréal, Montréal, Le Seuil, Paris, 1982 ; Boréal Compact, Montréal, 1989

III. *Le Coup de poing,* Boréal, Montréal, Le Seuil, Paris, 1990 et 1991 ; Boréal Compact, Montréal, 1998

Il n'y a plus d'Amérique, Boréal, Montréal, L'Archipel, Paris, 2002

RÉCITS

Racontages, Boréal, Montréal, 1983

Le Vrai Voyage de Jacques Cartier, Art Global, Montréal, 1984 (édition d'art à tirage limité)

ESSAIS

La Vie d'artiste (le cinquantenaire de l'Union des artistes), Boréal, Montréal, 1987

LITTÉRATURE POUR ENFANTS

Au fond des mers, Boréal, Montréal, 1987

EN COLLABORATION

Marco Polo — Le Nouveau Livre des merveilles, Boréal, Montréal, Solin, Paris, 1985

Montréal un parfum d'îles, textes et légendes accompagnant des photos de François Poche, Stanké, Montréal, 1994

Louis Caron

TÊTE HEUREUSE

roman

Boréal

Pour rédiger ce roman, l'auteur a bénéficié de l'appui financier du Conseil des arts et des lettres du Québec.

Les Éditions du Boréal reconnaissent l'aide financière du gouvernement du Canada par l'entremise du Programme d'aide au développement de l'industrie de l'édition (PADIÉ) pour ses activités d'édition et remercient le Conseil des Arts du Canada pour son soutien financier.

Les Éditions du Boréal sont inscrites au Programme d'aide aux entreprises du livre et de l'édition spécialisée de la SODEC et bénéficient du Programme de crédit d'impôt pour l'édition de livres du gouvernement du Québec.

Diffusion au Canada : Dimedia
Diffusion et distribution en Europe : Les Éditions du Seuil

Catalogage avant publication de Bibliothèque et Archives Canada

    Caron, Louis, 1942-

    Tête heureuse

    ISBN 2-7646-0413-0

    I. Titre.

PS8555.A761T47   2005   C843'.54   C2005-941906-7
PS9555.A761T47   2005

À ma mère
dont j'ai réinventé la vie
pour en apprendre davantage
sur ce que je suis.

À Jacques Courchesne
qui m'a autorisé à réinterpréter
le drame qu'il a vécu
pour que je puisse donner un destin enchanté
à cette mère imaginaire.

Je fais mienne la formule de Jean Giono dans Noé : « *Rien n'est vrai. Même pas moi ; ni les miens ; ni mes amis. Tout est faux.* » *Je renchéris en citant Jim Harrison : « Il n'y a pas de vérité. Que des histoires. » Authenticité des sentiments, sûrement. Pour ce qui est des événements, j'ai fait ce que le roman a voulu.*

Je ne suis pas venue sur terre pour soupeser toute la tristesse du monde. À cela je préfère rêver, encore et encore, debout au milieu de mon jardin, comme le font toutes les vieilles de mon âge, jusqu'à ce que la mort me prenne dans mon rêve, avec toute ma joie.

SIMONE SCHWARZ-BART, *Pluie et vent
sur Télumée Miracle*

La porte n'était pas verrouillée. Je suis entré dans la pièce à tout faire, salon, cuisine et salle à manger. Un petit chat noir, perché sur l'un des fauteuils devant la fenêtre, m'a jeté un regard. À la fois vigilance et abandon. Une leçon d'amour, peut-être.

Au milieu de la place, sur la table, à côté d'une tasse vide, quelques objets choisis racontaient une histoire. Une maisonnette de plastique d'une quinzaine de centimètres de côté. Devant ce cottage dont l'ornementation évoquait le décor d'un conte, était posée une poupée plus grande que sa demeure prétendue. Et surtout, face à cette poupée, un minuscule éléphant d'ivoire veillait sur sa maîtresse. Je connaissais cet animal. Il était présumé porter chance. J'ai ajouté un épisode à l'histoire de ma mère en plaçant dans la main de la poupée un oiseau artificiel que je suis allé cueillir dans un nid de paille rose suspendu au plafonnier. Puis je suis sorti. Ma mère ne devait pas être très loin. J'ai inspecté les environs.

J'ai fait le tour de la maison. Plutôt un chalet. Elle

l'avait édifié en grande partie de ses mains. Nous y avions contribué, mon frère, ma sœur et moi. Quelques amis aussi. Elle avait mené le chantier sans autre plan que sa fantaisie, en employant des matériaux de fortune, des fenêtres récupérées d'une école qu'on avait rénovée au village, des parements soldés parce qu'ils avaient des défauts de fabrication, un toit de tôle ondulée décolorée. Elle avait signé son chef-d'œuvre en découpant des cœurs dans les volets de bois brut peints en vert. Mais, volets en cœur ou pas, ma mère n'était pas autour de la maison.

Alors, je me suis dirigé vers le jardin. Du temps de mon père, ailleurs et dans une autre vie, le potager avait des airs de jardin botanique, les légumes en haies d'honneur et les allées ratissées. Un régal pour amateur d'opéra. Maintenant qu'elle vivait seule, ce n'était plus un jardin que faisait ma mère, mais un dessin d'enfant grandeur nature. Des bosquets de glaïeuls dans des prairies de laitues. Des bocages de betteraves bordant des sentiers perdus. Une chaise dépaillée tournée vers les broussailles. Et, tout autour, les terres où on avait abattu, quinze ans plus tôt, des forêts de pins majestueux que de maigres bouleaux s'efforçaient de remplacer. Sans importance, cette perte d'essences précieuses. Ma mère savait enchanter même les bouleaux. Mais, ce jour-là, contrairement à son habitude, elle n'était pas dans le jardin non plus.

Derrière ce jardin, dans leur enclos rudimentaire, les deux chèvres ruminaient leur vie intérieure. Je les connaissais bien, Chloé et Noé. Deux vies à toison blanche que parcourait parfois un frisson. La petite Chloé a bondi sur place à trois ou quatre reprises, puis elle s'est remise à brouter. J'ai bien voulu croire qu'elle avait dansé pour moi.

Par la suite, je suis allé jeter un coup d'œil dans les hangars et sous l'appentis. Une brouette manchote et une horloge sans aiguilles. Des trésors de clous, de vis et de boulons dans des boîtes de fer-blanc. Un épouvantail mort. Une pelle, une pioche, une bêche et un râteau. Et deux autres chats juchés sur des étagères. Une poule par terre, à proximité. Le monde à l'envers. En tout cas, rien qui voulût me dire où était ma mère.

Je suis monté jusqu'à l'étang d'en haut. Ma mère y va chaque jour. Elle y a une chaise en permanence. Il y avait bien là, posée sur l'herbe, une autre tasse à café vide. Une bonne douzaine de canards sur l'étang et deux oies qui semblaient en mener large. Dès que je me suis approché, toute cette volaille s'est retirée à l'autre extrémité de l'étang. Et toujours pas de mère. Je suis revenu aux abords de la maison et me suis assis dans la balançoire à deux bancs.

La ferronnerie grinçait. Un vrai délice. Onze heures, peut-être. L'heure où ça sent la soupe chez toutes les mères de la terre. Je crois bien que j'ai somnolé un peu. Du temps volé à l'éternité. Je me suis retrouvé dans le carré de sable, sous le saule de mon enfance, à l'écart du chalet. Pendant tout l'été, nous y bâtissions un village, ma mère, mon frère et moi. Des rues bordées de tiges de prêle partant à l'assaut de collines ondulées. Des maisons de tôle et de carton. Tout un trafic de petites voitures et de camions. Un pont, une église et une caserne de pompiers. Ma mère dissimulait une clochette dans sa poche. Elle sonnait midi environ tous les quarts d'heure. Nous nous empressions de rentrer dans nos maisons imaginaires. Chacun un morceau de biscuit, une gorgée de limonade. Il fallait faire vite. On n'a pas le temps de se reposer quand on s'amuse.

Comme ça tout l'été. Dès que la Pontiac de mon père disparaissait au bout de la clôture, nous courions vers le village. Ma mère n'était jamais la dernière arrivée. Elle portait une robe fleurie sans manches, les cheveux relevés en rouleaux sur la tête et de petites lunettes rondes de grand-mère. Mon père était persuadé que l'apparence d'une personne détermine son comportement et il se méfiait de la candeur de sa femme.

De fait, dès que mon père était parti, ma mère arrachait ses sandales et s'agenouillait aux abords du village. Au bout de dix minutes, elle portait comme nous les marques que le sable imprimait sur nos genoux. Les stigmates des bâtisseurs de rêves.

Chaque matin donc, notre tâche première consistait à réparer les dommages de la nuit. Le vent avait nivelé les collines, la rosée avait ramolli les maisons de carton, la pluie avait anéanti des pans entiers de notre univers. Ce n'était pourtant pas faute d'avoir imploré la clémence de Dieu.

Chaque soir, à genoux au chevet de notre lit, les mains jointes à nous en faire blanchir les jointures, nous lui adressions de ferventes prières. « Mon Dieu, prenez soin de notre papa, de notre maman, et faites surtout qu'il ne pleuve pas. » Mais il pleuvait quand même, parfois avec une telle intensité que nous frôlions le doute. C'est à notre mère que nous réclamions des explications. « Qu'est-ce qu'il fait, le bon Dieu ? Il ne nous entend pas ? » Notre mère nous servait une de ses formules magiques. « La pluie de la nuit, mes petits enfants, c'est du bonheur pour la journée. » Elle refusait d'en dire davantage, comme une personne qui s'est engagée à ne pas révéler un secret précieux. Naturellement, cela ne nous satisfaisait pas. À quatre pattes, nous nous empressions de réparer les méfaits de Dieu. Vingt minutes plus tard, il tombait cinq ou six bonbons enveloppés dans du papier coloré sur le village. « Tiens, il pleut ! s'étonnait notre mère. Vous voyez bien que c'est pas si méchant que ça, la pluie ! »

Comme ça, toute la journée. On ne voyait pas le temps passer, pour la bonne raison qu'il n'existait pas. Soudain, vers les cinq heures, parfois quatre et parfois même trois, quand il avait pu se libérer tôt de son travail, la Pontiac de notre père s'engageait entre les deux rangées de clôture blanche. Le temps que nous levions les yeux, nos mains tapotant encore le sable, il était là, à la lisière de notre monde, les bretelles en évidence sur sa chemise blanche. Il allumait une cigarette. La fumée flottait sous le rebord de son chapeau. La moustache comme un soleil derrière les nuages. « Vous avez passé une belle journée ? » demandait-il. Ma mère courait l'embrasser. « Venez embrasser votre père, les enfants. » Nous nous exécutions sans conviction. Notre père piquait et il sentait la cigarette.

« Tu as fait les commissions que je t'ai demandées ? » s'enquérait-il auprès de notre mère. Elle mettait la main devant sa bouche. « Mon Dieu, j'ai oublié ! J'ai pas vu le temps passer. » « Qu'est-ce que tu avais tant à faire ? » « J'ai aidé les enfants. » « À quoi ? » « Il a venté fort la nuit passée. Le village était tout ravagé. »

Notre père marchait sans le savoir sur le magasin général ou sur un bout de piste de l'aéroport. Il s'énervait : « Et puis moi, comment tu penses que je peux le réparer, le quai, sans les boulons que je t'ai demandé d'aller m'acheter ? » Nous nous efforcions de ne pas sourire, mon frère et moi. La plupart du temps, quand notre mère faisait une commission pour notre père, elle ne rapportait pas les bonnes affaires. « C'est pas des trois quarts numéro huit que je t'ai demandés, c'est des trois quarts numéro dix. » « Il y en avait pas, des numéro dix. » « Tu vas me rapporter ça demain, les numéro huit. Je ne peux rien faire avec ça. » Et il ponctuait chaque fois ses reproches d'un « Tête heureuse ! » qui voulait tout dire. Nous deux, les enfants, savions ce que cela signifiait. Ce n'était pas un compliment. Quelque chose comme « Cervelle d'oiseau ! » Et, à en juger par leur taille, les oiseaux ne devaient pas posséder un gros cerveau.

Il était un peu le bon Dieu, notre père. Les premiers mots de la prière le disaient d'ailleurs : « Notre Père qui êtes aux cieux… » D'une certaine façon, nous avions l'impression que notre père était le bon Dieu de notre mère, puisque c'était lui qui faisait la pluie et le beau temps dans sa vie à elle.

Ce jour-là, en m'éveillant de ma rêverie dans la

balançoire, j'aurais voulu la prendre dans mes bras, ma Tête heureuse. Passer ma main dans ses fins cheveux gris. Plonger mon regard dans ses yeux de femme fière de vivre seule dans sa maison, au milieu de son jardin fou, dans son nulle part frémissant de vie. J'étais inquiet. Le médecin avait réclamé des examens plus approfondis. J'aurais eu le goût de lui chantonner, à mon tour, un de ces petits airs qui avaient charmé mon enfance. On se retient habituellement de le faire. J'ai laissé un mot sur la table en partant. « As-tu reçu les résultats ? Téléphone-moi. »

*   *   *

Ce n'est pas un coup de fil que j'ai reçu, mais un mot sur l'ordinateur. Il m'a fallu du temps pour m'habituer à recevoir des courriels de ma mère. La première fois, en apercevant son nom dans l'adresse d'un message sur mon iBook, c'est à mon frère que j'ai répondu, pour répliquer à ce que je croyais être une autre de ses plaisanteries. Et pourtant, ces courriels venaient bel et bien d'elle. Leur maladresse les authentifiait. Des fautes de frappe tous les deux ou trois mots, aucune majuscule et pas de point à la fin des phrases. Elle écrivait comme elle vivait, à l'émotion, avec des retours en arrière et des pas de côté. Un bonheur d'expression toutes les quatre ou cinq lignes.

je me suis lever de bonne heure je suis monter à l'étang d'en haut le soleil était penché sur l'eau tu peut être sûr que j'ai pas faite de bruit pour pas les dérangés

Déconcertant d'imaginer ma mère devant un clavier d'ordinateur. Pendant si longtemps, elle avait laissé notre père s'occuper des boutons, minuteries et autres télécommandes qu'il faut actionner pour mettre le quotidien en marche. Encore à cette époque-là, elle traversait l'existence avec la majesté des myopes, palpant le concret du bout du pied, du duvet de la joue ou du plus fin des doigts, un brin d'herbe, un souffle de vent, une tarte aux pommes. Que s'était-il donc passé pour qu'elle se procure un ordinateur à l'âge où l'on est censé se détacher des avoirs pour être davantage ? Rentrer en soi-même plutôt que de chercher de nouvelles portes de sortie.

L'explication, c'est qu'elle avait été victime d'un cataclysme. Ce qui est arrivé à ma mère, au milieu de sa vie, m'a toujours fait penser à un incendie de forêt. Quand les flammes ont fini de tout ravager, la forêt paraît morte à jamais. Pétrifiée. On est certain qu'elle ne revivra pas. Pourtant, le feu a fait éclater des cônes qui contenaient des graines engourdies dans une patience toute végétale. En quelques années, une jeune forêt rejaillit, plus noble que la précédente. Comme si la nature possédait la recette de sa propre régénération. C'est ce qui est arrivé à ma mère. Elle a flambé au milieu de sa vie, puis elle s'est remise au monde, plus vivante que jamais.

À l'époque, j'avais vingt-cinq ans. Elle, quarante-trois. Après l'épreuve, nous sommes restés plusieurs mois l'un face à l'autre, comme incertains de nos identités. À mon insu, elle s'est remise en marche à la façon des forêts. Elle a quitté la ville une fois pour toutes. Elle s'est acheté une terre de bouleaux. Elle a construit elle-même sa maison, en grande partie de ses mains qui n'avaient pas toujours su faire la différence entre un clou et une vis. Puis, elle s'est mise à se promener toute seule, la nuit, sous la lune. Quelques années de ce régime et elle était devenue une femme plus affirmée. Je ne dis pas qu'elle connaissait toutes les réponses, mais elle osait enfin poser les questions.

d'un côté il y a les engins qui explorent l'espace et les planètes les télescope, les galaxis tout ça d'un autre côté il y a les savants qui disent que la terre a 6 milliard d'années puis il y a aussi les gens qui pensent que l'univers a été créé en 6 jours 6 milliard d'années ou six jours qui dit la vérité moi je dis que c'est celui qui a le courage de dire qu'il sait rien

Elle s'est même transformée physiquement. On aurait dit qu'elle avait grandi. Comme si l'incendie l'avait débarrassée du poids des vieilles années. Elle se redressait, les cheveux dénoués, des robes plus amples dont les pans frôlaient les plantes. Elle ne se retenait plus de sourire aux présences invisibles.

Moi, je l'observais à distance. Pour la première fois de ma vie, j'avais une mère dans toute sa plénitude. Au fil des années, j'ai réglé ma marche sur la sienne, comme on met les pieds et les doigts dans les prises de celle qui escalade l'existence devant vous. Je n'avais pas le choix. Rester en bas et la regarder s'élever, ç'aurait été renier ce qu'elle était devenue. Je me suis envolé à mon tour. Enfin, quand je dis *m'envoler…*

pas aussi haut qu'elle, mais assez tout de même pour ne pas la perdre de vue.

Et soudain, à cinquante-neuf ans, tandis qu'elle se tenait en équilibre entre maturité et nouvelle jeunesse, quelque chose s'était détraqué en elle. Comme si un autre feu couvait. Deux cataclysmes, c'est trop dans une même vie !

Depuis quelque temps, elle souffrait de violents maux de tête. Ses sautes d'humeur la surprenaient elle-même. Était-elle consciente de certaines de ses incohérences ? Le médecin avait d'abord parlé de la maladie de l'oubli. À notre époque, c'est la signature de l'âge. Mais il avait fallu se rendre à l'évidence. C'était peut-être plus grave encore. On l'avait soumise à une batterie de tests. Le courriel que j'ai ouvert sur mon ordinateur, ce matin-là, annonçait les résultats.

c'est pire que je pensais j'ai une tumeur au cerveau le mot le dit : tu meurs il me reste 3 mois à vivre 3 mois pour apprendre à mourir c'est pas beaucoup et il paraît qu'il faut pas trop compter sur les derniers temps

tu te souviens ce que le vieux moine disait à ton oncle Marcel vous avez encore tout votre temps mais vous avez plus de temps à perdre bien ça s'applique à moi a présent

ça fait que je pars pour le voyage le plus important de ma vie quelque chose qui va me permettre de boucler avec le commencement mais rassure toi c'est pas une lubie de vieille femme malade je vais au devant de la vie je te donnerai des nouvelles sur l'ordinateur et autrement si tu joues le jeu avec moi tu auras une récompense lis bien ce message il comprend un premier indice

ps je pense pas que ce soit nécessaire d'annoncer ça
tout de suite à ton frère et à ta sœur ils l'apprendront bien
assez vite inquiète toi pas j'ai demandé à Julien le voisin
de s'occuper des animaux

Tout à fait ma mère, cette façon franche et même brutale de m'annoncer qu'elle était atteinte d'une maladie incurable. Davantage elle encore, cette invitation à jouer en sa compagnie les derniers mois de sa vie. Le jeu avait ponctué nos rapports depuis ma tendre enfance.

Je n'ai jamais eu droit à mes cadeaux d'anniversaire, en juillet, sans devoir les dénicher dans la nature autour des diverses demeures que nous avons habitées. Si elle m'offrait un harmonica à Noël, il était emballé dans plusieurs boîtes de format de plus en plus grand jusqu'à la caisse d'oranges. Je ne trouvais l'objet convoité qu'après avoir déplacé des montagnes de papier journal roulé en boule. Il m'est arrivé de dénicher le pyjama neuf qu'elle me destinait dans un sac enfoui dans la réserve de sarrasin qui servait à nourrir les canards. J'ai souvent suivi la trace d'objets éparpillés dans toute la maison pour découvrir mon goûter de quatre heures dans le placard de ma chambre.

Les objets, sa façon à elle d'épingler des petits mots sur les heures de la journée. Son existence, un parchési sur lequel elle poussait ses pions pour un tour de vie avant de les ramener vers le ciel.

J'ai relu le courriel et je me suis rendu compte qu'il n'avait pas été expédié de l'ordinateur que possède ma mère à la maison. Il portait l'adresse de la bibliothèque municipale de Saint-Jean-Port-Joli. L'indice était là. Cette fois, le jeu de ma mère m'inquiétait plus qu'il ne m'amusait.

Mon premier réflexe a été d'alerter la police. Il était évident que la maladie avait commencé à grignoter sa raison. On ne part pas sur les routes en apprenant qu'on a le cancer. Était-elle seulement en mesure de conduire sa vieille Toyota avec laquelle moi, je ne serais jamais parti en voyage ? J'imaginais les pires scénarios. Si elle s'égarait au bout d'un chemin sans issue ? Si elle tombait dans un lac comme ce prêtre, vedette de la télévision, dont la disparition avait semé la consternation dans tout le Québec ? Avait-elle emporté assez d'argent ? La fatigue de ce voyage épuiserait le peu de forces qu'il lui restait… J'ai tendu la main vers le téléphone. En même temps, je relisais le courriel pour la troisième fois.

Elle avait signé *Tête heureuse*. J'ai suspendu mon geste. Pas de police. Ma mère avait le droit de vivre les derniers mois de sa vie comme elle l'entendait. Mais je n'allais pas la laisser seule dans sa descente aux enfers. Je suis passé au journal pour annoncer que je prenais quelques jours de congé, pour des raisons personnelles de première importance, et je me suis mis en route vers Saint-Jean-Port-Joli. Sans trop savoir ce que je cherchais. Encore moins ce que j'allais trouver.

*　*　*

J'avais sorti la grosse artillerie. Le *campeur* comme on dit par ici. Un habitacle déposé dans la caisse d'une camionnette. Ma femme appelle ça *une cabane de pêcheur*. Moi, ça me fait plutôt penser à une tortue qui porte sa maison sur le dos.

On était en août, la saison généreuse où l'on se permet d'oublier un peu Dieu. Sous ma carapace, les yeux dans le vague sur la route, j'ai glissé dans une autre dimension. Vous savez ce que c'est… on regarde un film sur l'écran de son cinéma intérieur et, quand on en sort, on se demande qui conduisait pendant qu'on était ailleurs.

Dans le film, ma mère est assise dans sa pièce à tout faire. La nuit. Les ombres se tiennent tranquilles. On n'entend même pas le silence. Après avoir pris connaissance du résultat des examens, ma mère entreprend sa propre veillée funèbre. Quand on est en bonne santé, la perspective de la mort nous tenaille déjà un peu. Juste à y penser, on meurt à petits coups. C'est presque délicieux. Cependant, quand sonne pour de bon l'heure fatidique, on ne mesure pas l'abîme de détresse dans lequel déboulent ceux pour lesquels l'échéance est arrivée. Il faut l'avoir vécu pour le savoir et ceux qui l'ont vécu ne l'ont jamais raconté.

Dans mon cinéma, pour chercher à se rassurer un peu, ma mère tend la main vers l'enfant qu'elle a été. Futile tentative. Les enfants ont des fantômes et des loups-garous dans le cœur. Ce n'est qu'au milieu de la vie, dans l'épaisseur de l'âge, que ça s'apaise un peu. Qu'on s'absente de ses peurs pour se donner l'illusion de vivre.

Ma mère m'a souvent raconté son enfance à Saint-

Barthélemy, un village perdu des Basses-Laurentides, entre Trois-Rivières et Joliette, au cœur d'une ancienne seigneurie découpée dans une géographie généreuse, entre fleuve, collines et forêts. Une route imprécise serpentait au pied des collines, comme si des bêtes paresseuses ou des Indiens méfiants l'avaient tracée. À l'écart du village, un établissement surprenant prétendait offrir tout à la fois nourriture, hébergement et essence aux automobilistes. On dirait aujourd'hui « un complexe touristique ». Ce n'était en réalité qu'un tas de planches à la peinture écaillée dont les affiches criardes promettaient des mirages.

Le commerce était tenu par un couple coloré, William Dubois, bedaine et bretelles, et sa femme Yvette, une personne plutôt corpulente et très entreprenante. Un petit troupeau d'enfants, cinq, sept et puis neuf, s'affairaient aux multiples besognes que réclamait l'entreprise, rentrer le bois de chauffage, faire les lits, servir l'essence et emplir le réfrigérateur de bouteilles de coca-cola.

William Dubois ignorait tout des œuvres de Jean de La Fontaine, mais il aurait sûrement méprisé l'ambition de Perrette, qui s'était contentée, en son temps, de veau, vache, cochon et couvée. Il avait des vues autrement plus audacieuses. Il se croyait homme d'affaires prospère, commerçant avisé et notable de la place. À cette distinction près que tout se passait dans sa tête. Sa femme n'allait pas contrarier ses lubies. Elle régnait sur ce royaume chimérique.

Tout le rez-de-chaussée de la maison était occupé

par le restaurant, tabourets tournants et comptoir. Devant le commerce, les deux pompes à essence prenaient des poses de soldats de plomb. Derrière, trois chalets de bois alignés dans la pente proposaient les délices du repos aux passants. On les appelait *cabines*, parce que les Américains les désignaient sous le nom de *cabins*. C'était d'ailleurs en pensant aux Américains que William Dubois avait eu l'inspiration d'angliciser son nom en celui de Will Wood. Ça lui vaudrait à coup sûr fortune et respect. Toutes les affiches de son entreprise reflétaient donc cette identité usurpée : *Quick Lunch, Camping Ground, Heated Cabins, Tea & Coffee.* Ainsi, les riches touristes américains ne seraient pas dépaysés, et monsieur Will Wood connaîtrait la prospérité à leurs dépens. Le secret de la réussite réside toujours dans une astuce, se disait cet homme gonflé d'illusions en se frottant les mains.

L'enfant Bérénice avait grandi au milieu d'un grouillement de frères et de sœurs affublés de surnoms dérisoires : Mouche à feu, Mouche à marde, Rat des granges et Rat des champs. Elle-même répondait au sobriquet de Négresse, en raison de son abondante chevelure d'un beau noir de jais. Ce qui la mettait hors d'elle-même.

La spécialité de la petite Négresse : s'efforcer de retenir les touristes qui s'arrêtaient pour faire le plein d'essence. « *Sleep tonight? Cabins?* » Devant tant de candeur, on la gratifiait souvent d'un beau cinq cents tout rond.

Mais l'hiver engourdissait le commerce tout

autant que le paysage. À cette époque, on rangeait les automobiles aux premières neiges pour ne les descendre de leurs blocs qu'aux beaux jours. Dès les premières tempêtes, monsieur Will Wood et son Yvette, de même que tous leurs rats, mouches et négresse, se perchaient sur les tabourets tournants du comptoir du restaurant en attendant qu'un pays habitable leur soit rendu.

C'était la saison des tourmenteurs. Un monde effrayant. Des dieux d'hiver. Des pas précipités sur la tôle du toit, une couverture qui bouge toute seule sur un lit révélaient des présences aussi inquiétantes qu'invisibles. Tout ce qui se produisait ne pouvait arriver que sous l'impulsion de quelqu'un ou de quelque chose! Mais de qui? de quoi?

« Il y a tellement de méchant monde sur la terre! » exposait Yvette devant trois ou quatre têtes ébouriffées. « Alors, poursuivait-elle, le bon Dieu se paye toute une bande de petits engagés pour vous surveiller. Mais ceux-là n'ont pas le droit de vous punir. Les punitions, c'est réservé au bon Dieu. Eux autres, les engagés, leur ouvrage c'est d'essayer de vous empêcher de faire des bêtises. Ils vous surveillent tout le temps, même la nuit quand vous dormez. Ils savent à quoi vous rêvez. Ça fait que, chaque fois qu'une tôle retrousse sur le toit d'une des *cabines,* ou qu'une robe de chambre se met à marcher toute seule dans une chambre, demandez-vous pas ce que ça veut dire. Demandez-vous plutôt ce que vous avez fait pour que le bon Dieu prenne la peine de vous envoyer un de ses messagers. »

On se tenait le corps droit et les oreilles molles, comme on disait dans le temps. Parfois, on entrevoyait une âme du purgatoire. Entre chien et loup, dans la bourrasque de quatre heures, en janvier, une forme évanescente traversait le champ, en face de la maison, soulevant un tourbillon de neige. « C'est votre frère Adrien qui vient vous demander de prier pour le repos de son âme. À genoux, tout le monde! On va dire une dizaine de chapelet pour l'aider à sortir du purgatoire. »

Un soir que la terre s'était arrêtée de tourner sous l'effet du froid, on avait frappé à la porte. Les plus petits avaient bougé dans leur sommeil, sous plusieurs épaisseurs de catalognes. Dans le restaurant, dont les portes et les fenêtres étaient barricadées, les Rats, Mouches et Négresse qui n'étaient pas encore couchés s'étaient cramponnés au comptoir. La petite Bérénice plus fort que les autres. L'effroi avait acidifié son sang. Le givre avait raidi ses cheveux. Elle avait cru sa dernière heure venue. À la fin de l'après-midi, elle avait arraché en secret un œil de la poupée d'une de ses sœurs qui l'avait une fois de plus traitée de Négresse. Les porte-paniers du bon Dieu l'avaient sans doute vue. Ils venaient s'emparer d'elle pour la faire comparaître devant son Créateur.

Plus mort que vif, monsieur Will Wood s'était réfugié dans le regard de son Yvette. Celle-ci avait rajusté son tablier sur sa corpulence avant de se diriger vers la porte. Un balai à la main, à tout hasard. La terreur achevait de dissoudre Bérénice.

Ce n'était que la vieille fille Desmarais qui venait boire son Coke quotidien, avec deux ou trois heures de retard sur l'horaire habituel. Laide comme un pichou, des poils de barbe au menton, sous un manteau d'homme et une tuque de carnaval, la bonne femme avait expliqué : « J'avais un tuyau de gelé. Moi, ça me fait pas un pli, vu que je me lave pas en hiver, mais mon neveu Sylvio tenait absolument à me dégeler ça. Rapport à l'héritage qu'il espère, probablement. Il vient juste de finir ses sparages, pis moi, avec tout ça, je m'étais pas encore mis mon Coke dans le gorgoton ! Ça fait que j'ai décidé de venir pareil, même s'il est tard. Je vous dérange pas, toujours ? » Elle avait poussé un soupir d'outre-tombe en se juchant sur un tabouret aux côtés de Bérénice. La petite avait frissonné de soulagement. Elle ne mourrait pas encore cette nuit, mais Dieu ! qu'on était laid quand on était vieux !

Et maintenant qu'elle était un peu vieille à son tour, seule dans sa maison, ma mère avait elle aussi entendu frapper à la porte. Je la connaissais assez pour savoir qu'elle n'avait pas hésité à ouvrir, comme sa mère à l'époque. Et encore, sans balai à la main. Les émissaires de la mort étaient bien plus hideux que la vieille fille Desmarais. Ma mère les avait pourtant invités à entrer. Avait-elle seulement le choix ? Bien entendu, je ne pouvais savoir à quels arrangements ils étaient parvenus. En tout cas, elle s'était mise en route aux petites heures le lendemain. Et moi, pour ne pas laisser ma mère accomplir seule ce périple, je m'étais lancé sur sa trace sans réfléchir. Il y a des situations où il est non seulement inutile, mais nuisible de réfléchir.

J'en étais là, dans l'impasse de mes charades,

quand j'ai sursauté. Brusque retour à la réalité. Une auto-stoppeuse sollicitait mon attention, en bordure de l'autoroute. Il est interdit de faire de l'auto-stop sur l'autoroute. Ça rendait le personnage intéressant.

Je me suis mis le périscope au foyer. Entendons-nous bien. Je ne sors pas mon violon chaque fois que je rencontre une belle fille, mais ce serait faire injure à la nature que de feindre l'indifférence. Celle-là avait l'abondante chevelure frisée qui fait les lionnes. Un jean qui avait connu les routes. Une blouse légère qui fleurait l'Inde. Les pieds chaussés de lourds souliers noirs qui accentuaient son apparente fragilité. Par terre devant elle, le sac à dos de celles qui ont du chien. Belle occasion de tester mes nouvelles tempes grises.

Mais c'est surtout un détail qui m'a fait appuyer sur le frein. Souvent, les auto-stoppeurs brandissent une pancarte sur laquelle ils indiquent leur destination. Un morceau de carton qui vous permet de décider si oui ou non vous avez envie de faire un court ou un long bout de chemin en compagnie d'un ou d'une inconnue. Celle-là avait gribouillé le mot MAMAN sur son écriteau. Je me suis arrêté malgré moi. Je lui ai demandé :

— Tu vas où ?

— Et toi ?

Elle était déjà à mes côtés, le sac à dos sur l'étroite banquette arrière. J'ai engagé la conversation en m'accrochant au MAMAN de sa pancarte.

— Tu me croiras si tu veux, moi aussi, je m'en vais voir ma mère.

Elle m'a assassiné avec ses yeux de Gitane.

— Si tu savais comme je m'en fous de ma mère!

Je suis resté muet. L'auto-stoppeuse m'a remis le souffle en marche.

— Si j'avais écrit RIVIÈRE-DU-LOUP sur mon bout de carton, serais-tu arrêté?

J'ai haussé les épaules pour signifier que non.

— Toi, a-t-elle continué, elle habite où, ta mère?

— Ma mère?

Quelque chose a bougé en moi. C'est sorti comme un aveu:

— Je ne sais plus. Je la cherche.

Cette fois, c'était moi qui l'avais eue. Elle s'est vite ressaisie:

— Ben, si tu ne sais pas où tu vas, on pourrait peut-être y aller ensemble?

* * *

J'ai tout de suite regretté de l'avoir fait monter. Elle a commencé par allumer une cigarette. Ça, je ne le supporte plus. Pourtant, ce jour-là, je n'ai rien dit.

La fumée m'a ramené à l'âge de cinq ou six ans, avec mon frère, sur la banquette arrière de la Pontiac familiale, quand mon père et ma mère allumaient une cigarette en même temps, en hiver, sans même baisser la vitre pour laisser entrer un peu d'air. Nous avions des haut-le-cœur mémorables. Aujourd'hui, j'ai tout de même plus de ressources. Avec la télécommande électrique, j'ai entrebâillé la glace du côté de la passagère. La fille s'est tournée vers moi.

— Ça te dérange pas, j'espère?

J'ai grogné pour ne pas répondre. Ce n'était pas tant la fumée qui m'agaçait, mais elle. La certitude qu'on éprouve, cinq minutes trop tard, de s'être trompé de compagnon de route. Il aurait été sage de ne pas aller plus loin. Chacun son chemin. Mais je ne me voyais pas m'arrêter là, en bordure de l'autoroute, et lui demander de descendre.

— Comme ça, tu cherches ta mère? a-t-elle demandé comme pour me relancer.

J'ai fait un signe de tête affirmatif.

— Tu fais partie du mouvement Retrouvailles? Tu sais qu'il y a une émission à la télé là-dessus?

J'ai transformé mon signe de tête en négation.

— T'aimes mieux ne pas en parler?

Je suis revenu à l'affirmative du début. Elle s'est tournée vers moi. Des yeux grands comme des pièges.

— T'as peut-être envie d'être seul?

Elle tendait la main vers la poignée de la portière.

— Je vais jusqu'à Saint-Jean-Port-Joli, ai-je précisé. C'est bon pour toi?

— Ce sera toujours ça de pris.

— Mais toi, lui ai-je redemandé, tu vas où? Rivière-du-Loup, c'est ça que tu m'as dit?

— J'ai dit Rivière-du-Loup… Ça pourrait être n'importe où.

— C'est curieux! Tu écris MAMAN sur ton bout de carton, puis tu me dis que ta mère, tu t'en fous…

Elle s'est métamorphosée en un éclair, comme au cinéma, sous l'action des effets spéciaux. Volatilisé, son masque de fille qui revient d'Inde. Derrière, il y avait un être hideux, la gueule en feu, des yeux laser et la crinière hérissée.

— Ma mère ? La baronne von Schlak, tu veux dire !

J'ai sursauté. Elle n'attendait que ça.

— C'est la femme la plus cruelle de la terre. Elle a détruit mon père. Elle nous a écrasées, ma sœur et moi. Elle est en train d'achever le couillon qui a le malheur de vivre avec elle aujourd'hui.

Je la regardais sans faire semblant de comprendre.

— Mais elle ne tue personne, ma mère, parce que, vois-tu, ma mère, ce qui la fait jouir, c'est de faire souffrir. N'importe qui. Le premier qui passe. Même ses propres enfants.

— Tu n'exagères pas un peu ?

Je venais de jeter de l'huile sur le feu.

— Elle est sortie du ventre de sa mère avec des bottes de cuir, des pantalons de cuir, une veste de cuir, une casquette de cuir et un fouet. Schlak ! Tu passes à côté d'elle. Schlak ! Ça fait longtemps qu'elle ne t'a pas vue ? Elle approche de toi avec un petit sourire coupant. Schlak ! Ça m'est arrivé encore pas plus tard qu'hier.

Elle forçait la voix pour que les «ak» de ses «schlak» claquent comme un fouet. Elle a fouillé dans son sac, sur la banquette arrière. Elle a allumé une autre cigarette, à même le mégot de la précédente, qu'elle a écrasé dans mon cendrier. Il n'avait encore jamais servi.

Elle rejetait la fumée comme si elle vomissait sa mère. Je lui ai laissé le temps d'évacuer le plus de fumée possible. Une fille aussi splendide, la crinière étincelante, un corps d'acrobate du Cirque du Soleil, une bouche à mordre… mais avec un épouvantable film d'horreur dans le cœur ! Je ne pouvais pas grand-chose pour elle. L'écouter… C'est toujours la meilleure façon de parler.

— Tu es marié ? m'a-t-elle brusquement demandé.

— Moi ? Plus ou moins…

Ça ne lui a pas suffi. Je lui ai donné un petit bout de ma vie à mordiller. Pas toute la vérité. Juste les apparences. Ça n'engage à rien.

— Je me suis marié à vingt ans.

— Pauvre con !

— C'est toi qui le dis. Moi, à l'époque, j'y croyais. J'y crois encore, d'ailleurs, mais à ma façon. Ce n'est pas parce que tu as eu un accident de la route que tu dois te lancer dans une campagne pour faire déclarer l'automobile illégale.

— Autrement dit, tu es encore avec elle ?

— Oui et non. Après une dizaine d'années, on a eu des tiraillements comme tout le monde…

— Ça t'a pris tout ce temps-là pour comprendre ?

— … mais on avait trop en commun pour se séparer.

— Ceux qui restent ensemble sont ceux qui se détestent le plus.

— On a réussi à éviter ça. Il y a des gens qui font chambre à part. Nous deux, on a décidé de faire maison à part.

Une fille avec des yeux comme les siens, quand elle vous regarde avec un air étonné, vous devenez vulnérable. Je me suis empressé de poursuivre pour éviter de tomber en son pouvoir.

— Depuis, ça va très bien. Ma femme vient souper chez moi. Je passe le samedi chez elle. Nous prenons des vacances ensemble. Nous ne mettons en commun que ce qui nous rapproche.

— Tu crois vraiment ce que tu dis? m'a-t-elle objecté. Pourquoi tu m'as fait monter? Parce que tu avais envie de me sauter?

Un autre coup de fouet, à la manière de sa mère. J'ai décidé de ne pas répondre à sa provocation. Je ne voulais surtout pas perdre ma propre mère de vue.

— Parce que si tu t'imagines que tu peux coucher avec moi, m'a-t-elle encore balancé, tu te mets un doigt dans le cul.

Pendant quelques secondes, j'ai détaché mon regard de la route pour attraper le sien.

— Franchement, je ne pensais pas à ça. Surtout le doigt dans le cul…

— C'est pourtant ce dont j'aurais le plus besoin, a-t-elle soupiré. Surtout aujourd'hui…

Soudain, il y a eu trop de femmes dans ma vie. J'étais entre deux mères, l'une qu'on cherche, l'autre qu'on fuit, avec cette fille au milieu qui marchait dans le vide au-dessus de ses sentiments. Si elle tombait, elle m'entraînait avec elle, vu qu'elle s'accrochait à moi.

— Tu t'appelles comment?

— Karolyn. Avec un « K » au début, un « y » et pas de « e » à la fin, a-t-elle précisé.

C'est plus que je ne peux supporter, cette mode des prénoms alambiqués pour donner une personnalité à ceux qui n'en ont pas.

— Quel âge tu as ? ai-je demandé.

— Vingt-sept ans.

— Tu fais quoi dans la vie ?

— Comédienne. Au chômage, bien entendu.

Je comprenais un peu mieux. Elle avait transformé sa mère en personnage de théâtre. De cette façon, elle pouvait la détester en concentrant sa haine sur le rôle que sa mère incarnait.

Moi, en tout cas, ce n'était pas du théâtre que je faisais en partant à la recherche de la mienne, ma mère, sur la foi d'un courriel expédié depuis la bibliothèque municipale de Saint-Jean-Port-Joli ! Le cancer de ma mère, ce n'était pas de la fabulation. La tumeur qui grossissait par procuration dans mon cerveau était bien réelle.

Je ne me sentais plus chez moi dans l'air vicié par la fumée de ma passagère. Ma mère avait cessé de fumer depuis des années, tout comme moi d'ailleurs. Nous n'étions pas dans la bonne pièce. Ma menteuse en scène m'avait trompé avec son MAMAN. Je n'avais vraiment pas l'intention de la traîner très longtemps avec moi.

— Tu ne m'as pas encore dit où tu vas.

— Comment veux-tu que je le sache ? J'ai des amis qui font partie d'une troupe de théâtre au Bic. Les gens d'en bas. Je pourrais peut-être m'arranger pour passer quelques jours avec eux…

— Moi, je te le répète, je ne vais pas plus loin que Saint-Jean-Port-Joli. Après, je ne sais pas…

— C'est bien ce que je dis, m'a-t-elle répliqué. Après, on ne sait pas.

* * *

Il a suffi que je me taise pendant une dizaine de minutes pour qu'elle tombe dans une somnolence salutaire. Je suis retourné à ma mère. Pourquoi prendre la route à un moment aussi critique de sa vie ? Elle n'était pas du genre à fuir, encore moins à aller chercher du réconfort dans l'inconnu. Après la sentence de mort, je l'aurais plutôt vue dans son jardin, ma mère, sur sa chaise à moitié dépaillée, tournée vers les bois, cherchant miséricorde auprès des bouleaux.

Elle n'avait jamais voyagé autrement que dans sa tête. Elle s'était fait une spécialité des mondes à hauteur de brins d'herbe. Des apparitions familières projetées par la lampe sur la table. Des explorations au sein des particules de poussière dansant dans un rayon de soleil.

Une fois, une seule, elle avait fait ses bagages pour entreprendre un grand voyage, et ses valises étaient restées dans le vestibule. Cet échec lui avait été une leçon. « Les mondes à découvrir sont dans la goutte d'eau », avait énoncé Félix Leclerc dans une chanson.

Elle avait à peine plus de vingt ans. Son mari filait vers la quarantaine. Ils avaient deux fils dont j'étais, même si je ne savais pas encore que j'existais. Une fille aussi, issue du premier mariage de mon père, Liette, une enfant de treize ans, rousse et renfrognée. L'histoire m'a été contée plus tard.

Ils vivaient dans la banlieue de Sorel, dans un cottage tout neuf posé sur une ancienne fraisière, sous la tutelle mélancolique d'un château d'eau. Le mari avait endossé spontanément le rôle de Moïse menant son peuple vers la Terre promise, la femme incarnant avec beaucoup de naturel celui de l'esclave dévouée. Les deux fils mettaient leur nouvelle innocence à l'épreuve en s'efforçant de marcher sans jamais poser le pied sur les fleurs du tapis du salon. Liette était pensionnaire dans un couvent. On ne la voyait qu'aux jours de grands congés. Somme toute, une famille à l'image de ce temps-là, où les valeurs anciennes se perpétuaient sans qu'on soupçonne qu'elles seraient bientôt menacées.

À la mort de son père, le mari avait vu l'entreprise familiale lui échapper. Il n'avait que vingt ans et on avait jugé qu'il n'avait pas encore assez souffert pour imposer sa volonté à des ouvriers. Il avait hésité entre l'architecture et l'ingénierie. Il s'était fait une situation en supervisant la construction de gros édifices. Il avait maintenant la charge des travaux d'agrandissement du Séminaire des Pères des Missions-Étrangères à Pont-Viau, au nord de Montréal. Il partait chaque matin, auréolé par la fumée de sa cigarette, et revenait en fin de journée, porteur de toutes les rumeurs du chantier qu'il dirigeait. Il s'installait au salon dans son fauteuil bourgogne et racontait sa journée à sa femme et à ses enfants trop petits pour y entendre quelque chose. Les dragons de ses histoires étaient des poutres et des charges portantes qu'il avait domptées à coup de décisions rapides et judicieuses. Les fées, des fenêtres en ogive qu'il avait eu l'inspiration de faire ouvrir dans un corridor qui serait demeuré autrement triste à jamais. Il rapportait à son auditoire médusé les discussions épiques qu'il avait engagées avec son interlocuteur, le procureur de la communauté, le père Desruisseaux, un gros homme rusé et entêté qui avait vu la Mandchourie. Le religieux se méfiait de tout le monde, y compris de son homme de confiance. Les deux collaborateurs se réconciliaient pourtant chaque fin d'après-midi en fermant le chantier, satisfaits d'avoir su éviter encore une fois les pièges du quotidien. Un soir, après le souper, pendant que les enfants construisaient une route en étalant des cartes à jouer sur le linoléum de la cuisine, le mari avait étonné sa femme en lui demandant :

— Qu'est-ce que tu dirais de faire un beau voyage ?

Ça n'était jamais venu à l'idée de ma mère. Partir de chez ses parents et venir vivre ici, avec un mari et des enfants, lui avait déjà semblé l'ultime aventure. Elle n'en demandait pas davantage. Elle avait objecté toutes sortes de raisons pratiques, les enfants, la maison, le bonheur à entretenir et l'halloween qui approchait. Il ne l'écoutait pas. Il s'enflammait.

— Tu ne rêves pas, toi, d'aller dans les pays chauds ?

— Non. Et puis, où tu vas prendre l'argent?

Mon père avait bien dû s'expliquer. Les travaux de construction s'achevaient à Pont-Viau. Le père Desruisseaux était enchanté des services de son collaborateur qui lui avait fait épargner des milliers de dollars avec ses suggestions judicieuses. Pour le récompenser, il lui proposait de l'accompagner au Honduras, où il se rendait afin d'examiner les affaires de la communauté.

— Ce n'est pas moi qu'il invite, c'est toi! s'était récriée l'épouse. Je ne t'empêcherai pas d'y aller.

Il attendait ce moment pour lui servir la réplique qu'il avait faite au religieux : « Je ne suis pas entré chez les pères. Ma femme n'est pas entrée chez les sœurs. Si je pars, elle vient avec moi. » Une déclaration d'amour en forme de défi. Le père Desruisseaux avait riposté du tac au tac : « Si elle n'a pas peur des serpents, qu'elle vienne! »

Mais toutes ces passes d'armes verbales ne produisaient pas sur l'épouse l'effet escompté. Elle hésitait encore. Il l'avait achevée avec un : « Si tu ne viens pas, je n'y vais pas non plus. » Piégée, l'épouse. Il lui avait fallu se faire à l'idée qu'accompagner son mari serait une preuve d'amour.

Pendant tout un mois, elle avait fait et refait ses bagages. Rangé puis ressorti un maillot de bain qui lui semblait trop léger pour la chaste compagnie d'un religieux. Déployé tout un arsenal de vêtements pour les quatre saisons. « On dit que c'est des pays chauds, mais on ne se méfie jamais assez. Les soirées peuvent être fraîches dans ces endroits-là. » Constitué toute une pharmacie contre les moustiques, les serpents et les éventuelles morsures de bêtes féroces. Et plus le départ approchait, plus elle devenait anxieuse. En secret, elle priait pour que l'aventure lui soit épargnée. « Mon Dieu, faites qu'il arrive quelque chose. Rien de grave. Juste un petit contretemps. Un mur de briques à refaire, un toit qui coule, ce qu'il faut pour que le voyage soit remis à plus tard. Faites ça et vous ne le regretterez pas, mon Dieu. »

À une semaine du départ, un jeudi, l'appel fatidique était arrivé. Liette s'était enfuie du couvent. On était sans nouvelles d'elle depuis vingt-quatre heures. Le voyage était annulé. L'épouse en fut soulagée, en même temps qu'horrifiée d'avoir déclenché un tel cataclysme. Elle portait déjà un si grand poids d'inconfort, belle-mère à dix-huit ans d'une orpheline de dix ans qui ne lui avait toujours pas pardonné de lui avoir ravi son père.

L'épouse effondrée ne voyait plus d'autre recours que la police. Le mari fit plutôt appel à un détective privé. « Je ne tiens pas à ce que toute la ville de Sorel sache que je ne suis pas capable d'élever mes enfants comme du monde. »

Le beau voyage dans un Honduras de rêve céda la place à onze jours d'angoisse au terme desquels on leur ramena une Liette aussi muette que butée. Tout au plus put-on apprendre qu'elle avait été entraînée par une consœur plus âgée dans les arcanes de la grande ville et qu'elle ne paraissait nullement affectée par l'angoisse qu'elle avait occasionnée à ses parents. Quand Bérénice voulut la prendre dans ses bras, l'adolescente rebelle lui servit un « T'es pas ma mère ! » bien aiguisé. Il y avait longtemps que les valises étaient défaites et rangées au grenier, d'où elles ne ressortiraient jamais. Et Tête heureuse se persuada, une fois pour toutes, que le bonheur pousse mieux à l'abri des clôtures qu'au vent du large. Le sien, en tout cas.

Pour nous, les garçons, l'incident fut une énigme de plus dans le mystère ambiant. Nous avions vu nos parents faire et défaire des valises qui ne menaient nulle part. Nous n'avions même pas su que notre sœur avait disparu pendant quelques jours. Nous étions des petits Martiens jetés au hasard sur les berges d'une vie dont nous ne connaissions encore ni la géologie ni la géographie. Nous n'avions qu'un temps, le présent, et c'était un temps sans horizon. D'avoir une sœur ou un frère n'éclaircissait rien.

Ma passagère avait bougé dans son sommeil. Avait-elle été traversée par ce que j'évoquais dans mon cinéma intérieur ? Tout en conduisant, je la regardais d'un œil. J'avais quarante et un ans. Elle, vingt-sept. Une différence d'âge à peu près semblable à celle qui séparait mon père et ma mère au temps de ces événements.

J'ai décidé d'arrêter là ces analogies. Je n'étais pas mon père et elle n'était pas ma mère. Ce qui n'était pas vrai, je le savais. On est tout à la fois son père, sa mère, son amant et son amoureuse. On est tous les autres en même temps. On est la réincarnation de ceux qui nous ont précédés, sans quoi ils seraient morts pour rien.

* * *

Une femme qui dort, elle est nue. On peut l'observer à loisir. Les seins de ma passagère gonflaient et s'apaisaient au rythme de sa marée. Son visage n'incarnait plus aucun personnage. Ses mains reposaient sur ses genoux comme des oiseaux confiants. Je l'ai explorée en profondeur, ses contours, ses rondeurs et ses replis. Je me suis enfoncé dans ses marécages. Je m'y suis perdu à mon aise, englué de vie. Quand j'ai refait surface, éclaboussé par ma traversée, une enfant m'attendait à la frontière de l'imaginaire. C'était ma passagère redevenue enfant qui essayait de capturer le monde avec ses yeux grands comme des filets à papillons. Un de ces papillons s'est posé sur le bras de ma mère.

Elle somnolait dans sa balançoire. Je me suis installé aux côtés de ma mère. Elle a appuyé la tête sur mon épaule. On aurait dit qu'elle attendait ce moment pour s'abandonner. Au volant de ma camionnette, je ne menais plus rien. Ma passagère endormie m'avait conduit à l'orée du trop court printemps de ma mère.

Elle se prénommait Bérénice, un petit nom vieillot qu'elle portait avec beaucoup d'innocence. Cette année-là, l'hiver s'était éternisé à Saint-Barthélemy. Le dégel avait transformé les routes en torrents de boue. Chaussée de bottes crottées, les bas ravalés sous sa jupe courte, la petite Bérénice partait à l'assaut des coulées de neige qui dévalaient la pente derrière le commerce de ses parents. Elle sautait à pieds joints sur les dernières plaques de neige pour hâter la venue du printemps. À cinq ans, elle croyait encore jouer un rôle déterminant dans le cours des événements. Ensoleiller les journées avec des rires, déclencher les ardeurs de l'été en ôtant prématurément son blouson de laine, précipiter le temps où elle serait grande, en faisant semblant de lire des livres qu'elle tenait le plus souvent à l'envers. Jouer à exister avec le plus de sérieux possible, présumant que vivre était un privilège réservé aux grandes personnes.

C'est ce printemps-là qu'elle vit à son tour le bonhomme dans la lune. Quand l'un ou l'autre de ses enfants avait atteint la phase appropriée de son développement, madame Will Wood lui révélait le secret du bonhomme dans la lune. Cela prenait l'allure d'une cérémonie initiatique où ceux qui en connaissaient l'issue retenaient à grand-peine des fous rires qui troublaient le néophyte.

La mère tendit la manche d'un manteau vers le plafond. Bérénice fut invitée à enfouir la tête sous le vêtement et à regarder par l'aisselle comme à travers une lorgnette. « Regarde au bout de la manche. Tu le vois ? Attends un peu, ce ne sera pas long, il va arriver. Regarde comme il faut. Tu le vois ? Non ? Il est là, pourtant. Je le vois, moi. Il rit. Tiens, il vient de faire pipi ! »

Bérénice surgit de sous le manteau en hurlant. Sa mère venait de lui verser dans l'œil quelques gouttes d'un verre d'eau qu'elle avait préalablement dissimulé sous le comptoir.

L'un des grands principes de la vie se trouvait ainsi enfoncé dans la tête d'un autre des rejetons du couple

45

Yvette et Will Wood : quand on veut tout connaître, on finit par être attrapé. Ce qui n'exclut pas l'ambition, mais restreint à tout le moins l'instinct de grimper sur les épaules du voisin.

C'est pourquoi, à la petite école, quand Bérénice se sentait cernée de trop près par les questions de la maîtresse, elle s'évanouissait. Elle savait aussi saigner du nez pour s'éviter de devoir jouer au ballon chasseur dans la cour de récréation. L'école, c'était au village, et le village, une contrée improbable où la vraie vie n'avait plus ses droits. Bérénice avait toujours le goût de partir en courant au milieu d'une phrase, sortir de la classe et s'élancer dans le sillage d'un oiseau. Elle s'intéressait bien davantage aux images qu'il y avait dans sa tête qu'aux conjugaisons des verbes. Quand on lui demandait combien de temps il faudrait à un train pour franchir une distance donnée ou combien de gallons d'eau seraient nécessaires pour emplir un bassin, elle haussait les épaules avec une belle indifférence. Toute la classe éclatait de rire. Elle se retrouvait sous le bureau de la maîtresse. C'était son refuge préféré.

Non pas qu'elle n'aimât pas apprendre, même si les noms des océans et des continents lui semblaient plutôt insignifiants, mais elle préférait lire dans les nuages. Quand il n'y avait pas de nuage à sa portée, comme c'était le cas entre les jambes de mademoiselle Cormier, contre les parois de bois noir du bureau, elle frottait très fort les poings sur ses paupières pour se donner le loisir d'observer le kaléidoscope de formes et de couleurs qui éclatait dans sa tête.

Elle n'était jamais prise au dépourvu, Bérénice. Un insecte, un caillou, un brin d'herbe lui tenaient lieu de compagnons. Elle apprenait avec ses mains. Il y a quelque chose de vivant sous la peau des bourgeons des saules, juste avant les chatons. Un secret vert.

De l'histoire du Canada, elle ne retint que l'abandon de la Nouvelle-France par la mère patrie. Cela avait donné Saint-Barthélemy et surtout le commerce de son père, fréquenté par de riches touristes américains.

Quand on est une Bérénice, l'histoire ne se conjugue qu'au présent. Le passé, c'est le matin même. L'avenir, la prochaine récréation. Bérénice dérivait dans un espace sans fin sur lequel flottait le brouillard de ses visions.

Cet état de choses aurait pu se perpétuer jusqu'à la nuit des temps si l'on n'avait pris la décision, quelque part, dans un lointain office gouvernemental, de déplacer la route qui amenait la clientèle au Quick Lunch de monsieur Will Wood. Sans explication ni dédommagement, le progrès alla s'installer ailleurs.

Que faire d'un restaurant, d'un poste d'essence et de trois cabines quand il ne passe plus personne devant chez soi? Les Mouches prirent leur envol et les Rats abandonnèrent le navire laissé sous la gouverne effarée de leurs seuls père et mère. C'était dans les années où le Québec sortait de l'hiver. Les plus âgés des garçons en profitèrent pour se trouver un emploi sur les chantiers des grands barrages hydroélectriques. Les filles, qui n'avaient pas cette chance, durent recourir à des moyens plus conventionnels. C'est ainsi que Cécilia, la sœur aînée de Bérénice, se retrouva à la direction d'une maison de chambres à Sorel.

On avait loué un appartement sur la rue du Roi, au-dessus du Fédéral, un 5 ¢ 10 ¢ 15 ¢, le prototype du magasin à rayons d'aujourd'hui. Un salon double à l'avant, subdivisé en deux chambres, un long corridor bordé lui aussi de chambres et une cuisine à l'arrière. Pour ne pas occuper inutilement d'espace, Cécilia couchait sur un lit pliant à la cuisine.

À quinze ans, Bérénice la rejoignit et devint serveuse à la salle à manger de l'hôtel Saurel, le plus prestigieux établissement de la ville. Elle avait inscrit une fausse date de naissance sur la demande d'emploi. Le maquillage fit le reste.

Deux ans plus tard, c'est là qu'un des clients de la salle à manger lui fit de l'œil avec plus d'insistance que les autres. Celui-là était bien mis et arborait une fière moustache. Sans doute un patron. Quelqu'un de très bien élevé, en tout cas. Il parlait comme un livre. Bérénice en fut flattée. Elle lui retourna ses œillades.

Cet homme se prénommait Alfred. Il allait devenir mon père.

*   *   *

Une moustache et quelques premiers cheveux gris, il m'a fallu atteindre la quarantaine pour découvrir que ces artifices ne servent le plus souvent qu'à masquer la vérité. Chacun demeure l'enfant qu'il a été et endosse tour à tour le costume approprié à son rôle, selon les actes de sa vie. Plus encore, cet enfant est tenu prisonnier dans le corps étranger qui grandit autour de lui. Un otage plus ou moins bien traité, selon ce que le présent consent à lui jeter en pâture. Ce sont des choses que l'on sait mais dont on parle peu.

J'étais parti sur les traces de ma mère. Il était inévitable que je croise celles de mon père. J'avais vingt-cinq ans au moment de sa disparition à lui. À cet âge, j'aurais pu commencer à le connaître. Les révélations que la vie m'a faites pour m'aider à le comprendre, c'est de ma propre existence qu'elle les a tirées.

Pour retrouver ma mère, je devais donc passer par mon père parce que, à une certaine époque de leur vie, leurs racines étaient emmêlées au point où on n'aurait pu transplanter l'un sans emporter l'autre. Au volant de ma camionnette, entre Québec et Saint-Jean-Port-Joli, je jetais de rapides coups d'œil par les fenêtres que le paysage ouvre sur le fleuve, et c'étaient des scènes de l'enfance de mon père que le fleuve me proposait. Des scènes d'une tristesse infinie. L'histoire d'un enfant abandonné au beau milieu d'une forêt d'adultes. Le récit d'une quête de tendresse.

Le fond de l'affaire, c'est que mon père a été privé d'enfance. Ses parents voulaient tellement le voir accéder à la maturité qu'ils lui ont cassé les ailes pour l'empêcher de rêver. Dans ma propre enfance, j'ai vu mon père procéder lui-même à cette cruelle opération sur les canards qu'il gardait comme appelants pour la chasse. Nous ne comprenions ni l'un ni l'autre que cette pratique reflétait notre destin d'hommes. Le sien, du moins.

Dès son plus jeune âge donc, des tantes maigres avaient enfoncé dans la tête du petit Alfred qu'il n'égalerait jamais en grandeur les êtres d'exception qui l'avaient engendré, père, grand-père et arrière-grand-père, tous austères porteurs de chapeaux noirs. Rude, pour un enfant qui a encore tout à désapprendre pour découvrir que la vérité fleurit sous l'innocence.

Il était issu d'une lignée d'architectes et de constructeurs qui, en cent ans, avaient dessiné, bâti, meublé et décoré cent onze églises, sans compter les presbytères, les écoles, les hôpitaux, les couvents, les palais de justice et les résidences des notables qu'ils fréquentaient. De quoi donner le vertige.

Maires de la localité de père en fils, ils recevaient à leur table le premier ministre comme l'évêque. Des huîtres, du porto et des cigares. Il suffit qu'un seul réussisse pour que toute la lignée s'empiffre. Quand le succès devient une disposition héréditaire, les défunts continuent de jouer un rôle dans la destinée des vivants. Figures tutélaires qu'on agite sous les yeux de l'enfant et dont on se sert pour mesurer la taille qu'il n'atteindra jamais.

Le petit Alfred, quatrième du nom, pressentit assez tôt que la vie est un théâtre. Les hommes y tenaient les premiers rôles, engoncés dans leur redingote. Leur numéro le plus apprécié consistait à soulever leur chapeau pour saluer les belles dames qui, elles, étaient de trois espèces. Il y avait d'abord les mères neurasthéniques. Elles quittaient rarement leur chambre. Il y avait aussi, en remplacement des premières, les tantes toutes-puissantes. En tout et pour tout, des mains tordues, des becs pincés et des serviettes d'eau froide sur le front. Il y avait bien un troisième type de femmes. Libres et toujours prêtes à s'enflammer. Elles existaient surtout dans les romans. On lui interdisait de les lire. S'il se trouvait de telles femmes dans la petite ville qu'il habitait, elles fréquentaient des milieux auxquels il n'avait pas accès.

Orphelin d'une mère toujours vivante et sevré de tendresse par des tantes austères, Alfred allait passer sa vie en quête de ces femmes du troisième type. Ce qui explique sûrement pourquoi j'étais mal à l'aise, en cette matinée du mois d'août d'un autre siècle, de partir en quête de ma mère. Aux yeux de mon père, elle incarnait la vie interdite.

Jusqu'à l'adolescence, Alfred fit ce qu'il put pour tenir son rang dans un monde qui ne convenait nullement à ses dispositions naturelles, faux enfant soumis, écartelé entre devoirs et désirs. Vers les quatorze ou quinze ans, il se retrouva en mal d'amour. Il s'élança à bride abattue dans les prés fleuris, hurlant à la lune.

Le Saint-Laurent semble un large miroir dans lequel, coquettes, se mirent les étoiles, et dont les ondes pures réfléchissent les côtes verdoyantes, les cimes des arbres et jusqu'à la brillante lumière du phare voisin. Main dans la main, songeurs, les amoureux se grisent de cette heure mauve.

Il était toujours dans cet état d'exaltation amoureuse quand, au début de la vingtaine, il fit des avances à la servante de la maison. Elle répondit en lui ouvrant les bras et tout le reste. Il se crut à jamais en état de ravissement. La servante complaisante se déclara bientôt enceinte de ses œuvres. Il l'épousa. Ce faisant, elle gravissait d'un coup plusieurs barreaux de l'échelle sociale. Mais l'enfant annoncé n'allait venir qu'après, bien après les neuf mois prescrits par la nature. Et mon père se retrouva, une fois de plus, devant une femme à ranger dans les deux précédentes catégories. Aucune libération à attendre de celle-là non plus.

Leur tardif rejeton allait être une fille, Liette, qui deviendrait ma sœur à part entière malgré les restrictions de l'état civil. Et le premier mariage de mon père, un désastre dont il émergerait, une dizaine d'années plus tard, infirme pour la vie d'un premier amour en forme de trahison.

Il quitta sa petite ville d'origine, laissant derrière lui épouse et enfant, et s'en fut faire semblant de recommencer à vivre à Sorel, sur une autre scène où il interpréterait un rôle de contremaître sur les chantiers navals de l'endroit. Sans bonheur mais investi d'autorité, il mettait chaque matin une épingle à sa cravate et des boutons de manchettes qu'il laissait soigneusement dépasser des manches de son complet. Un homme de théâtre accompli, mon père.

Ce fut plus fort que lui. Toujours marié, il s'autorisa à courtiser une serveuse de la salle à manger de l'hôtel Saurel où il logeait. Elle avait l'âge d'être sa fille. Servante, serveuse, c'était toujours le même besoin d'être aimé par plus petit que soi. Mais celle-ci, encore moins que la première, ne connaissait rien aux usages de la bonne société. Elle voyait le monde comme un livre d'images, et Alfred avait grand besoin d'entendre une authentique histoire d'amour racontée par une femme qui lui accorderait d'en être le héros.

Je lui en ai longtemps voulu d'avoir, par deux fois, dissimulé son manque d'assurance en donnant le bras à des femmes plus fragiles que lui. Ce n'est que dans la maturité, marié à mon tour, que j'ai su comment on pouvait mal aimer. Et que j'ai appris qu'un fils ne doit jamais regretter de ressembler à son père. Une leçon de vulnérabilité qui pousse à la tendresse, celle qui nous a fait défaut à tous les deux, au cours de nos vies.

J'en étais là de ma thérapie de voyage. Mon père était mort depuis assez longtemps, emportant ses contradictions. Ma mère lui avait survécu pour se trouver aux prises, à son tour, avec la sentence de mort prononcée contre elle par la vie. Et moi, je m'élançais à la recherche de ma mère avec tout l'héroïsme théâtral hérité de mon père.

Je venais de quitter l'autoroute pour descendre la côte vers Saint-Jean-Port-Joli. Je ralentissais. Ma passagère a commencé à bouger. Rendors-toi vite, fille de la baronne von Schlak. Je n'ai pas encore fini de distribuer leurs rôles à mes fantômes.

* * *

— À quoi tu penses ?

Renfrognée contre la portière, elle m'observait entre ses cils lourds.

— Je pense à mon père, ai-je répondu.

— Tu disais que tu cherchais ta mère.

— On ne peut pas chercher sa mère sans trouver son père.

— Moi, il y a belle lurette que mon père a déserté le foyer conjugal, a-t-elle lâché.

— Le mien, mon père, il est mort, ai-je précisé.

— C'est bien ce que je dis, a-t-elle conclu à sa façon désarmante, les pères nous laissent toujours tomber.

La vie rétrécissait sur Alfred, un chandail feutré par de trop fréquents lavages. Chaque soir, gisant de marbre sur son lit, dans sa chambre de l'hôtel Saurel, il s'efforçait de prendre sur lui toute la peine que devait éprouver sa petite Liette, abandonnée aux soins de sa seule mère, privée de sa présence mâle et réconfortante.

Mais pas un soir non plus où il n'ait conjugué son avenir à tous les temps de son imagination. Aux abords de la trentaine, on commence à pressentir qu'on n'est pas éternel. Paradoxalement, c'est à cette étape de la vie qu'on sent resurgir des élans de ses vingt ans. Une prodigieuse vitalité. Le volcan bout à l'intérieur, surtout si vous n'avez pas encore connu votre lot d'éruptions.

Il était plutôt bien rémunéré. Il avait acheté une Dodge neuve, une grosse voiture noire dont il tirait l'illusion de mener grand train. Toujours une chemise blanche au col fraîchement empesé. Par temps frais, un paletot gris et des gants de chevreau qu'il n'enfilait jamais, mais qu'il tenait à la main. Le feutre incliné à droite. L'allure de quelqu'un à qui la vie ne peut rien refuser.

De son côté, Bérénice était allée à l'école de la séduction spontanée. Elle avait appris à se montrer avenante avec les touristes qui fréquentaient l'établissement de son père. Elle mettait toute son ingénuité à servir ses clients de la salle à manger. Elle fut, en particulier, très attentionnée à l'endroit de ce monsieur distingué qui lui laissait de généreux pourboires et la traitait avec beaucoup de déférence. « Vous avez passé une bonne journée ? Encore un peu de thé ? Il n'a pas fait très beau aujourd'hui. Ça ne fait rien. C'est le soleil qu'on a dans le cœur qui réchauffe le plus. »

Elle l'enveloppait de sourires. Il la couvait du regard. Il ne tarda pas à trouver les après-midi longs, sur le chantier. Il avait hâte de la revoir. Il lui racontait ses exploits de la journée. « Si je n'étais pas intervenu, ils montaient la manche à air à l'envers. Tu vois ça ? »

Elle n'y comprenait rien et se montrait très attentive. Il insista pour lui faire visiter le chantier. Elle fut terrifiée devant tant d'acier. Les squelettes des navires lui montraient les dents. Elle lui prit la main. Il la serra plus fort que nécessaire.

Puis ce furent les balades en voiture. « Tu dois t'ennuyer sans bon sens ! Qu'est-ce que tu fais après ton ouvrage ? »

Il la promenait dans le paysage. Les samedis après-midi où la lumière oblique embrasait le tronc des arbres. Les soirs d'automne où la pluie glacée cinglait le pare-brise. Un client de l'hôtel et une serveuse de table. Un homme d'âge mûr et une jeune fille de dix-sept ans. Cela ne se faisait pas. Elle le savait intuitivement. Lui ne pouvait l'ignorer.

Il prenait toutes les précautions pour qu'on ne les voie pas ensemble. Il allait la chercher dans la cour arrière du Fédéral. Cécilia, la sœur aînée de Bérénice, croyait que sa petite sœur allait prendre un Coke au restaurant du coin, pour changer le mal de place. « Tu gaspilles, mais c'est de ton âge. T'es encore une enfant! T'as le droit de t'amuser. »

Au gré de leurs dérives motorisées, Bérénice se rapprocha, sur la banquette, de celui qu'elle appelait maintenant par son prénom. Elle se laissa prendre la main pour de bon. Quand il la reconduisait chez elle, il lui donnait un baiser sur la joue. Un soir, à la faveur du noir, leurs bouches se rejoignirent. Bérénice en redemanda. Elle avait la franchise des êtres purs. Le doute aussi, propre à celles qui sont nées pour ne rien mener. S'il était l'homme de ma vie, il aurait le même âge que moi! Lui voyait en elle l'ange annonciateur de temps meilleurs. Ce n'est pas par hasard qu'elle était sur son chemin! Une jeune fille toute en lumière et un homme meurtri dont le cœur battait encore.

Mais il y avait un lourd secret entre eux. Une tromperie acide qu'Alfred refoulait. Pour l'oublier, il couvrait Bérénice de baisers. Et plus elle s'enflammait, plus il sentait l'amertume lui emplir la poitrine.

De son côté, elle n'était pas innocente au point de

ne pas se poser de questions. Elle attendit, pour les formuler, de s'être permis de le tutoyer.

— Tu es marié?

— Oui.

— Tu as des enfants?

— Une fille.

Elle se réfugia contre la portière. Lui tenait le volant à deux mains. Le désarroi battait des ailes, entre eux, sur la banquette de la Dodge.

*   *   *

— Où tu vas?

Elle était tournée de mon côté, un genou replié sous elle, dans l'attitude d'une personne qui vient de passer une longue soirée dans un salon embaumé d'encens, en grande conversation sur les questions existentielles. C'est seulement à ce moment que j'ai constaté qu'elle n'avait pas attaché sa ceinture de sécurité.

— À Saint-Jean-Port-Joli, tu le sais bien.

— On est déjà arrivés?

— On vient de sortir de l'autoroute. T'as pas remarqué?

— Je dormais.

Menteuse. Pendant que je prenais la sortie, elle ne dormait pas puisque nous avions échangé quelques phrases. Mais je ne pouvais lui en vouloir. J'aurais dû la laisser descendre là, puisqu'elle avait le cran de faire du stop en bordure de l'autoroute. Cependant, j'étais installé entre mon père et ma mère dans la

Dodge, pendant que ma camionnette prenait la sortie d'aujourd'hui.

On est là et on n'y est pas. On fait exister des mondes en parallèle. Faut-il s'étonner qu'ils s'entre-croisent? En revenant à la réalité du présent, j'étais forcé de reconnaître que j'avais intégré ma passagère à un flashback antérieur à ma naissance. Nous étions devenus les protagonistes des promenades secrètes de mes parents, au temps où ils s'autorisaient à peine à s'embrasser. Combien de couches de vie peut-on superposer ainsi? Et, surtout, jusqu'à quel point ces détournements de temps perturbent-ils la prétendue réalité?

La route descend en paliers vers le village. Le fleuve se révèle. Le contraste est saisissant entre la générosité du paysage et l'agressivité du commerce et de l'industrie qui sévissent sans retenue, à l'entrée de Saint-Jean-Port-Joli comme partout ailleurs. Comme s'il était convenable de faire passer les visiteurs par la chaufferie pour les faire entrer dans une demeure!

En bas, la route finit en « T » sur la rue principale. Pour être passé dans ce village une ou deux fois, il y avait déjà longtemps, je croyais me rappeler que l'église était à droite. Généralement, les bibliothèques se trouvent dans les environs. J'ai tourné dans cette direction.

— Où tu vas? m'a-t-elle redemandé.

— La bibliothèque doit être par là.

— Et moi?

Elle avait l'intonation d'une enfant qui cherche sa mère dans les allées d'un centre commercial. Contraste frappant entre sa crinière de lionne et son âme de petite fille en mal de mère. Je me suis composé une voix de grande personne pour lui répondre.

— À ce temps-ci de l'année, il y a presque autant de monde sur la vieille route que sur l'autoroute. C'est plein de touristes. Je te laisse devant l'église. Quelqu'un va te mener au Bic, ce ne sera pas long.

Elle m'a foudroyé du regard comme si je venais de la tromper après vingt ans de vie commune.

— Qu'est-ce que tu veux que j'aille foutre au Bic?

Elle s'est renfrognée pour bien me faire comprendre que j'étais responsable de son désarroi. À mesure que nous approchions de l'église, elle se raidissait. Une fois les clochers en vue, elle s'est allumé une autre cigarette, question de s'assurer que je n'oublierais pas trop vite son passage dans mon habitacle.

Sur la Côte-du-Sud, les églises sont parallèles à la route, tournées vers l'ouest. On m'a déjà expliqué que c'est pour marquer leur appartenance à l'archevêché de Québec. Aux abords de l'église à toit rouge, il y avait un trafic fou sur la rue étroite qui fait en même temps route nationale. Pas très prudent de s'arrêter là. J'ai fini par réussir à entrer sur la place, entre l'église et le fleuve. Une voiture de touristes ontariens libérait à ce moment un espace de stationnement. J'ai garé ma grosse camionnette à peu près entre les bandes blanches, mais l'habitacle posé sur la caisse dépassait l'espace prévu. J'ai entrouvert la portière. J'ai dit :

— C'est ici que nos chemins se séparent.

Elle n'a pas répondu. Elle s'est contentée de repêcher son sac. Sur l'asphalte du stationnement, elle était plus grande que moi. Le genre de personne que vous êtes fier de voir descendre de votre véhicule. Une fille en forme de slogan : LE CONDUCTEUR DE CETTE CAMIONNETTE EST UN GRAND SÉDUCTEUR. IL NE VOYAGE QU'EN COMPAGNIE DE TRÈS BELLES FEMMES. J'ai actionné la télécommande pour verrouiller les portières. Je me suis mis en marche vers une boutique d'artisanat. Je me suis retourné une dernière fois. Elle n'avait pas bougé. Je lui ai lancé :

— Bonne route !

Et je suis entré dans la boutique pour demander où se trouvait la bibliothèque municipale.

* * *

C'est un coin touffu au cœur du village. Ici, les arbres révèlent les formes emprisonnées sous leur écorce. Devant le presbytère, des personnages, des fleurs et des bêtes surgissent d'un tronc étêté dont on a ôté le superflu. C'est le pays des sculpteurs sur bois.

Tout en me dirigeant vers la bibliothèque, je déplorais qu'on ne voie pas le fleuve depuis cette place. Sans en être étonné d'ailleurs. Dans ce pays, il n'y a pas cinquante ans, on jetait encore les détritus domestiques derrière les maisons, sur les berges des rivières et du fleuve. Il était considéré comme une faiblesse de céder à la beauté. Le cœur au rêve, on laisse ça aux handicapés.

La place de Saint-Jean-Port-Joli est fermée par le presbytère, par une école et par l'édifice municipal dont la facade rappelle une belle demeure ancestrale. Du côté du fleuve, cependant, cet édifice se prolonge en un grand hangar de tôle qui fait salle de spectacle et bibliothèque en sous-sol. De l'extérieur, on se dit qu'il pourrait tout aussi bien servir à l'entretien de la machinerie agricole. Un déni de la splendeur. On accède à la bibliothèque municipale par un escalier assez raide, dans la pente. On entre dans le hangar par une porte latérale. Les livres sont toujours beaux, même s'ils sont entreposés dans une caverne. Chacun est une lumière. Moi, les reliures me parlent et j'entends toujours le murmure des pages comprimées entre les couvertures.

J'ai été accueilli par une préposée qui n'a pas paru comprendre ce que je voulais. Elle est allée chercher la bibliothécaire. Je m'attendais à voir apparaître une sauterelle à lunettes. Je fus accueilli par une très belle femme, la cinquantaine mûrissante, aux lèvres pleines et à la chevelure d'argent naturel. Elle m'entraîna dans son bureau, sans fenêtre lui aussi bien entendu. Le fauteuil aurait tout aussi bien pu meubler la salle d'attente d'un dentiste. Un tableau cependant, les *Tournesols* de Van Gogh, illuminait l'endroit. Je ne savais trop par où commencer.

— Je cherche ma mère.

— Nous avons une spécialiste en généalogie, mais elle n'est pas ici aujourd'hui.

— Ma mère est toujours vivante.

— Elle habite par ici?

— Elle était de passage dans votre Port-Joli il y a deux ou trois jours.

Elle a relevé la tête et m'a fixé en ébauchant un sourire dont elle dissimulait mal le côté moqueur.

— C'est donc vous…

J'ai haussé les épaules pour lui faire comprendre que je ne me reconnaissais pas dans son « vous ».

— Vous avez reçu un courriel de votre mère sur l'ordinateur? m'a-t-elle demandé.

J'ai fait signe que oui. Pour ne pas briser le fil de sympathie qui se tissait entre elle et moi, j'ai ajouté :

— Ma mère vient d'apprendre qu'elle a le cancer. Elle est partie en voyage. Je suis inquiet pour elle.

La bibliothécaire m'a renvoyé un sourire d'où toute taquinerie était absente cette fois.

— Je vous assure que votre mère semblait se porter très bien.

— Qu'est-elle venue faire ici?

— Ce qu'on fait dans une bibliothèque, monsieur. Consulter un livre et expédier un courriel.

— Quel livre?

— Elle voulait voir des illustrations du vieux Saint-Jean-Port-Joli. Je lui ai montré mon livre fétiche. Le roman de Marie Bonenfant. *Canadiennes d'hier.*

— Marie-Bonenfant, c'est le nom de la bibliothèque, lui ai-je fait observer. J'ai vu l'affiche dehors.

— Oui. Je lui ai montré l'édition illustrée, publiée il y a quelques années chez Septentrion.

— Et elle a trouvé ce qu'elle cherchait?

— Je crois bien que oui. Après avoir consulté le livre, elle m'a demandé de photocopier une page.

— Je pourrais voir ce livre ?

— Je ne crois pas que ce soit nécessaire, m'a-t-elle répondu.

Elle a ouvert le tiroir de son bureau et en a sorti une enveloppe brune qu'elle m'a tendue.

— Votre mère a laissé ça pour vous.

J'ai feint d'être étonné. Tout le monde n'est pas obligé de connaître le langage si particulier de ma mère. J'ai pris l'enveloppe. Elle me brûlait les doigts. J'ai demandé à la bibliothécaire :

— Ça ne vous ennuie pas que je regarde tout de suite ce qu'il y a dedans ?

— À votre place, j'en ferais autant.

J'ai décacheté l'enveloppe. Elle contenait bel et bien la photocopie d'une page d'un livre. La page 202. Du texte, comme dans tous les romans, avec une photo au milieu de la page, représentant une impressionnante maison hérissée de tours avec un clocheton au sommet. L'illustration était soutenue par une assez longue légende.

L'Ermitage, (56, rue de l'Ermitage), construit en 1907, par l'abbé Adalbert Blanchet, prêtre retraité à Saint-Jean-Port-Joli. L'abbé Blanchet avait été curé fondateur de Saint-Adalbert puis curé à Saint-Joseph-de-Beauce — où il avait eu « une petite difficulté avec les religieuses » : dans une querelle sur l'aqueduc, il avait notamment qualifié la supérieure de « grande face blême »…

En marge de la page photocopiée, ma mère avait griffonné au crayon : *va voir cette maison regarde bien partout c'est une maison qui en a long à t'apprendre elle te dira quelle direction prendre pour continuer ton chemin*

La bibliothécaire guettait ma réaction. Comme je ne disais rien, elle s'est résignée à parler la première.

— Pas de mauvaise nouvelle, j'espère ?

J'ai fait signe que non.

— Vous voyez bien que votre mère a toute sa tête, monsieur.

— Sa tête à elle, oui, c'est certain.

* * *

Je suis allé voir l'Ermitage. C'est un peu à l'écart du village, sur un court chemin qui fait une boucle entre le fleuve et la rue principale. Une folie architecturale au milieu d'arbres centenaires. Je marchais dans l'allée. Un homme en tablier est venu à ma rencontre.

— Vous voulez une chambre ?

D'un signe de tête, j'ai désigné ma camionnette surmontée de la caravane portée.

— J'ai ma maison avec moi.

— C'est pas très grand là-dedans, a commenté l'homme.

Je me suis engouffré dans l'ouverture qu'il me faisait.

— Peut-être qu'un jour, quand je voyagerai avec ma famille…

Il semblait ravi.

— Voulez-vous jeter un coup d'œil ? Nous avons cinq chambres, dont trois avec salle de bains complète.

Il me précédait sur le perron. J'ai levé encore une fois les yeux sur l'immense villa toute blanche, ceinturée d'une galerie avec, à chacun des angles, une tour digne des contes de fées de notre enfance. Les toits étaient recouverts d'une tôle peinte en rouge vif. Le tout surmonté d'un clocheton central. Celui qui avait construit ça devait avoir la folie des grandeurs. Un asocial, assurément. Dans le contexte d'aujourd'hui, je voulais bien admettre qu'on puisse accorder quelque valeur patrimoniale à une telle démesure mais, à l'époque, la chose avait dû être perçue comme une injure. Surtout que je venais d'apprendre, sur la photocopie faite par ma mère, que la prétentieuse résidence avait été bâtie par un curé. Avec l'argent de ses paroissiens, sans doute. Même si la porte de côté était haute et large comme l'entrée principale d'une maison ordinaire, j'ai baissé la tête en pénétrant dans cette déconcertante demeure. Je cherchais des indices du passage des gens qui l'avaient habitée et qui pouvaient avoir quelque rapport avec moi.

Pendant que mon hôte me montrait le salon et la salle à manger où les clients étaient invités à prendre le petit-déjeuner le plus copieux de la région, je l'interrogeais sur l'histoire des lieux.

— La maison, je l'ai achetée à un professeur, consentit-il à me dire.

— Et avant ?

— Je ne sais pas. Nous avons pris la décision de

conserver les fenêtres d'origine. C'est moins étanche mais plus respectueux.

— Elle a été construite par un curé, ai-je insisté, mais entre cet abbé et le professeur il a bien dû y avoir plusieurs propriétaires. Ça remonte au début du siècle, si j'ai bien compris.

— Pour ça, il faudrait aller voir au bureau d'enregistrement. Mais nous n'avons aucune intention de la vendre, vous savez. Nous sommes en copropriété, ma femme et moi. Il va falloir que je la garde encore plusieurs années, la maison je veux dire, ma femme aussi d'ailleurs, si je veux rentrer dans mon argent. Les heures sont longues, mais c'est tranquille en hiver. Nous sommes ouverts toute l'année. J'en profite pour bricoler. Il y a toujours quelque chose à faire, ça, vous pouvez me croire.

Mon hôte m'entraînait dans l'escalier et les corridors de l'étage. Le plancher craquait. Le bois du palier flambait dans la lumière projetée par la lucarne. Il m'a montré une petite chambre. L'autre était occupée. Il me parlait avec emphase de la plus grande de ses chambres, louée elle aussi. En l'absence de ses occupants, il s'est laissé tenter. La porte n'était pas fermée à clé. Il l'a entrouverte.

— C'est la plus belle. La plus grande. Pour vous, elle serait parfaite. Il y a de la place pour ajouter deux lits pliants.

J'ai fait quelques pas à l'intérieur.

— Ne touchez à rien, a-t-il insisté. Je ne suis pas censé…

Située dans l'un des angles de la maison, cette pièce était agrémentée d'une tour vitrée dans laquelle on avait aménagé un petit salon garni de fauteuils et d'une table de rotin. Quelques revues à feuilleter. Le genre d'endroit rond que j'aurais aimé habiter. Mais je me rendais compte que mon guide ne m'était pas d'une grande utilité. Nous ne cherchions pas la même chose. Il allait à la pêche au client. Je suis entré en moi-même pour faire une autre visite des lieux.

Je connaissais assez ma mère pour savoir que, pour elle, la vérité croît dans les sous-bois, fougères et hostas. Le message qu'elle me destinait pouvait tout aussi bien se trouver sous une plinthe au bas d'un mur ou derrière une des pierres des fondations, à la cave. À moins qu'il ne fût inscrit dans une odeur ou une lumière. Je me suis laissé porter par mon instinct.

Je n'avais pas beaucoup d'intérêt pour le curé qui qualifiait la supérieure de *grande face blême*. Ma mère ne supporte pas les arrogants. Tout de même, il avait dû y avoir ici, entre l'arrivée de l'abbé irrévérencieux et l'acquisition de la maison par cet aubergiste jovial, des familles successives qui avaient veillé à la lueur de la lampe, peut-être un chasseur d'oies sauvages aux cuissardes crottées qui rapportait un faisceau de longs cous blancs au bout du poing, sans doute une femme revêtue d'un grand surtout brodé, emberlificotée d'odeurs de gigot et de tartes aux pommes, probablement un vieillard qui cherchait un usage à ses mains, fourrageant le tuyau de sa pipe avec le brin d'un balai et, comme dans toutes les demeures heureuses, une enfant de cinq ou six ans, avec des rubans dans les cheveux, faisant les honneurs des corridors à sa poupée de chiffon. Mais quel rapport tous ces gens pouvaient-ils avoir avec moi ?

Je me suis laissé traverser par les présences. J'ai tendu l'oreille à des murmures incertains. J'ai cherché la trace d'objets disparus. Je désespérais. La visite tirait à sa fin. La maison refusait de me révéler le secret de ma mère. Je tournais en rond dans le grand vestibule, ce qui accentuait l'acidité de mon estomac. C'est mon hôte qui m'a sauvé. Il a dit :

— Vous avez l'air d'aimer ça, les vieilles maisons. Même si vous n'avez pas couché ici, mettez donc un mot dans le livre des visiteurs.

Il m'a entraîné vers une crédence sur laquelle était posé un beau cahier à tranche d'or. La pulsion de mon sang m'a alerté. Avant même de parcourir le registre, j'ai eu l'intuition que j'y trouverais ce que je cherchais. Je suis revenu en arrière d'une page ou deux. L'écriture de ma mère m'a sauté aux yeux : *l'oiseau est allé faire son nid dans les Jardins de Métis*

C'était signé, tout naturellement, *Tête heureuse.*

J'ai vite assuré au propriétaire des lieux que je ne manquerais pas de m'arrêter chez lui si jamais je venais à repasser dans la région. Je lui ai serré la main plutôt deux fois qu'une. Il se réjouissait de s'être fait un client éventuel. Je suis sorti sous le coup d'une grosse émotion.

Je suis remonté dans ma camionnette comme on se jette dans les bras de quelqu'un. J'avais accompli ma mission à moitié. Rien trouvé qui m'ait permis de faire un lien entre la maison et moi. Du moins, je savais quelle direction prendre. Métis. Je savourais ma solitude retrouvée. J'en avais long à dire à mon absence de mère. Il était beaucoup trop tard pour espérer arriver à Métis avant la fermeture des jardins. En partant très tôt le lendemain, j'aurais toute la journée pour chercher l'oiseau mystérieux.

Je me suis mis en quête d'un endroit où je pourrais garer ma *cabane de pêcheur*. Il m'est arrivé souvent de dormir sur des terrains de stationnement d'églises, mais ici l'espace était trop exigu et le va-et-vient trop intense pour que je me permette cette usurpation de lieu. J'ai roulé un peu au hasard. J'ai tourné en direction du quai. La rue portait mon nom. Caron. Signe du destin. Un peu avant d'arriver au quai, j'ai aperçu l'affiche indiquant le parc des Trois-Bérets. C'était exactement ce que je cherchais.

Une vaste prairie parsemée de quelques arbres, où des sculpteurs avaient produit des œuvres qu'ils avaient laissées sur les lieux mêmes où ils les avaient exécutées. Il y avait là, tout au fond, le long d'un chemin de terre qui bordait la marina, un petit nid douillet sous les grands arbres, un terrier secret où je pourrais me rouler en boule jusqu'au lendemain.

Je me suis installé sans donner d'indices de ma présence dans la caravane portée. Un nomade en stationnement illicite sur la propriété publique doit demeurer discret. J'étais d'ailleurs d'humeur à éviter d'attirer l'attention. J'ai mangé une boîte de sardines et bu du thé. Le menu de celui qui ne veut pas laisser sa digestion s'interposer entre ses pensées et ses émotions. À l'heure du couchant cependant, je n'ai pu me retenir d'aller marcher sur le quai. On n'a pas tous les soirs l'occasion de voir la journée se clore sur les splendeurs d'un des plus beaux fleuves du monde.

Je me suis assis sur le muret qui borde le quai. J'ai laissé la paix descendre en moi, tout en accueillant le mystère et l'inquiétude que la situation commandait. Ma mère m'a appris depuis longtemps à mélanger sans retenue les ingrédients que la vie propose à ma soupe quotidienne. Le doux et l'amer.

Je regardais « le soir tomber sur mes genoux », comme le dit Félix dans une chanson. J'ai tourné la tête vers le village pour voir le soleil cuire une croûte dorée sur les maisons du bord de l'eau. Elle était là, la fille, mon auto-stoppeuse. Elle se dirigeait vers moi sur la jetée.

*   *   *

Elle s'est comportée comme si nous étions convenus de nous retrouver là. Contente, presque enjouée même.

— C'est beau, hein?

J'ai marmonné une réponse. Elle a enchaîné :

— On se sent en vacances. Tu as retrouvé ta mère?

— Non. Je ne m'attendais pas à la trouver ici, d'ailleurs.

— Moi, je me sens mieux. Je commence à oublier la mienne. Qu'est-ce qu'on fait ?

Je me suis tourné brusquement vers elle. Cette fois, je n'ai pas essayé de dissimuler mon agacement.

— Tu fais ce que tu veux. Nos chemins se sont séparés il y a déjà trois heures.

Elle a eu une moue de petite fille.

— Mais puisqu'on est là, tous les deux…

— Depuis que je suis arrivé à Saint-Jean-Port-Joli, ai-je expliqué, j'ai rencontré la responsable de la bibliothèque et, tu vois, je ne me suis pas senti obligé de passer la soirée avec elle.

— Moi, c'est pas pareil !

— Non, écoute, si tu ne veux pas que je regrette de t'avoir fait monter pour un bout de route, tu vas me laisser tranquille ! Du stop, ça ne se fait pas quand on est arrêté !

Elle s'est mise à crier, « les baguettes en l'air » comme on dit par ici. Elle avait retrouvé le masque effrayant que je lui avais vu dans la camionnette. L'effet dévastateur de la haine et de la souffrance combinées.

— T'es rien qu'un hostie de crosseur comme tous les autres ! Pourquoi tu m'as fait embarquer, hein ? Parce que t'avais envie de coucher avec moi ? Je suis là ! Profites-en !

Sur le quai, les têtes se tournaient vers nous. Il y avait bien une vingtaine de personnes aux alentours, pêcheurs, promeneurs, plaisanciers et vacanciers. Nous avions l'air d'un couple d'amoureux en pleine querelle. La fille gueulait.

— Qu'est-ce que t'attends pour me mettre, là, devant tout le monde? Tu penses rien qu'à ça! Fais-le donc!

Dans un geste de conciliation, je lui montrais la paume de mes mains à la hauteur de mon visage.

— Arrête! Je t'en prie, arrête!

— Arrêter quoi? Tu veux que j'arrête de vivre? C'est ça, hein? Tu aimerais mieux que je n'existe pas! Tout le monde serait débarrassé si je mourais. C'est ça que tu veux? Que je me tue? Que je me jette à l'eau?

Je n'ai pas eu le temps de lui répondre. Elle a fait deux pas et elle a sauté dans le vide par-dessus le muret. Oh! rien de très dangereux, un plongeon d'une quinzaine de pieds, pas de quoi se noyer, d'ailleurs un pêcheur approchait avec son embarcation, mais il est toujours saisissant de voir une jeune femme disparaître sous la surface de l'eau, laissant derrière elle une auréole de cheveux. Et moi là-haut, penché sur l'eau qui s'était refermée sur elle, je me figeais dans la culpabilité dont tous les regards m'accablaient.

L'un des témoins de l'incident commençait à retirer ses vêtements pour plonger à la rescousse de la malheureuse quand nous avons constaté que la fille se dirigeait vers le quai en exécutant un beau crawl bien maîtrisé, malgré le poids de ses vêtements mouillés. De toute évidence, ce n'était pas la première fois qu'elle se jetait à l'eau. Le sauveteur éventuel en a été quitte pour reboucler sa ceinture.

La fille se trouvait à quelques brasses d'une échelle ménagée dans la paroi du quai. Elle a entrepris d'y monter, les cheveux dans le visage. L'exercice était laborieux. Elle s'arrêtait tous les trois ou quatre barreaux pour souffler. Elle en profitait pour lancer son regard vers nous. Ceux qui m'entouraient le sentaient sûrement chargé de reproches et de détresse en même temps.

Que pouvais-je faire? Sûrement pas m'en retourner tranquillement vers ma caravane comme s'il ne s'était rien passé. Je me suis mis à genoux pour lui tendre la main. Les gens m'observaient comme si j'étais un assassin. Un bourreau, à tout le moins.

Quand elle a été sur pied devant moi, je n'ai eu d'autre réflexe que de la prendre par la taille et de l'entraîner vers la terre ferme. Tout en marchant sur la jetée, je l'ai sermonnée à voix contenue.

— Pourquoi t'as fait ça?

— Parce que tu ne veux pas de moi. Personne ne veut de moi.

Je me suis souvenu à ce moment qu'elle avait oublié son sac à dos sur le quai, à l'endroit où nous nous étions retrouvés. Je suis allé reprendre le sac. Elle m'a attendu là où elle se trouvait, sans bouger, grelottant légèrement, au centre d'une trace mouillée sur le béton. Un chien resté trop longtemps sous l'averse.

— Tu vas m'en vouloir, s'est-elle reproché quand je l'ai rejointe.

— Plutôt, oui! C'est quoi, ton jeu?

— Tu vois ce que tu me fais faire?

Ainsi donc, j'étais responsable de ses actes. Je n'en avais pas fini avec elle. Quinze minutes plus tard, elle était bien séchée, nue sous la grosse couette que je maintiens en toute saison sur le lit de ma caravane, la tête sur l'oreiller, une serviette enroulée autour des cheveux. Elle ne vivait plus que par ses yeux. Si beaux qu'ils fussent, je déplorais qu'ils donnent sur des profondeurs aussi troubles.

* * *

On ne peut s'isoler dans une caravane portée. Chaque geste prend toute la place. Ne pas bouger, c'est encore être là. Mon invitée m'affrontait du regard. Le mutisme en dit souvent plus long que les tirades les plus enflammées. Je n'ai pas peur du silence. Nous sommes donc restés face à face pendant un bon quart d'heure, à jouer à « qui parlera le premier perdra ».

Cependant, je me méfiais d'elle. Après l'incident du quai, je la savais capable de coups d'éclat. Une tragédienne de cette envergure maîtrise parfaitement l'art d'ensorceler son public pour le saisir dans un brusque retournement de situation. Mais, en même temps que je surveillais du coin de l'œil celle qui n'aurait jamais dû se trouver dans mon lit, tout me ramenait à ma mère et à l'odyssée à laquelle elle me conviait.

Ce rallye proposé par ma Tête heureuse était-il une invitation à faire la connaissance à mon tour du bonhomme dans la lune ? À moins qu'il ne fût la conséquence de la longue pratique d'enchantements dont ma mère s'était fait une spécialité ? J'aurais souhaité me retrouver seul, à soupeser le pour et le pour, car les deux propositions de l'alternative me semblaient relever de la même vraisemblance. Il y avait également une troisième hypothèse. Le cancer. À celui-là, je préférais ne pas penser. Du moins, pas en ce moment.

J'ai choisi une voie qui me permettait de concilier le réel et l'imaginaire. Je me suis glissé dans un interstice du temps. Je le fais souvent. De l'autre côté, le passé et le présent coulent dans un même flot. Ce qui nous y arrive relève d'une volonté autre que la nôtre. J'ai une explication à ça. Cette contrée des temps confondus, c'est l'endroit où les morts surmontent la mort. De leur vivant, nos ancêtres n'ont de cesse d'implanter leurs gènes en nous. C'est la seule façon qu'ils ont trouvée pour se réserver une place dans le présent, par descendants interposés. Et le voilà, le secret : pour les morts, le présent, c'est l'éternité. D'où leur propension à intervenir dans le cours de nos vies de vivants.

En repensant à la scène du quai, dont je venais d'être le protagoniste involontaire, j'avais l'impression d'avoir déjà vu cette pièce. Les acteurs avaient été remplacés, la scène adaptée à notre époque, mais les grandes lignes de l'intrigue demeuraient les mêmes. Tout en gardant donc un œil sur cette fille qui squattait mon lit, je me suis retrouvé sur le quai de Sainte-Anne-de-Sorel, dans la peau de mon père qui tentait de renouer avec la jeune fille de dix-sept ans dont il était amoureux au point de ne plus pouvoir vivre sans elle.

Il avait plus que le double de son âge. Ils étaient issus de milieux sociaux opposés, lui, déjà assez haut dans l'échelle, accroché d'une main à l'un des échelons supérieurs et tendant l'autre main vers celle qui était encore presque une enfant, en bas. Elle, s'efforçant de gravir les barreaux deux à deux sans tomber pour le rejoindre. Peu de temps auparavant, ils avaient dégringolé dans une même chute jusqu'à leur point de départ, comme au jeu des serpents et des échelles. Il avait suffi pour cela que Bérénice soulève les deux questions qu'il ne fallait pas.

— Tu es marié?

— Oui.

— Tu as des enfants?

— Une fille.

Dans ces années mille neuf cent soixante, on était au seuil d'un changement de saison de l'histoire, à l'orée de cette «Révolution tranquille» qui n'en fut pas une, mais plutôt une mutation des mœurs surtout pas tranquille. Pour un homme comme mon père, les valeurs anciennes avaient toujours force de loi, même s'il s'estimait autorisé à les contourner du fait de sa naissance dans le camp des privilégiés. Pour la jeune Bérénice, il y avait encore beaucoup de choses qui ne se faisaient pas, issue comme elle l'était d'un milieu où les conventions tenaient lieu de paratonnerre. Le cœur déchiré, elle rompit leur relation interdite.

Il alla prendre ses repas dans un restaurant de la ville où il ne la verrait pas déambuler sous son tablier blanc, le sourire trop rouge et le regard mouillé. Cela ne dura que quatre ou cinq jours. Un samedi matin, à l'heure du petit-déjeuner, il refit son apparition à la salle à manger de l'hôtel Saurel.

Bérénice le servit du bout des bras, se tenant à distance comme s'il était atteint d'une maladie contagieuse. Lui ne la quittait pas des yeux. Quand elle se réfugiait à la cuisine, elle savait qu'il l'y rejoignait en pensée, et elle ne voulait surtout pas entendre ce que sa présence signifiait.

Figés chacun dans son malaise, ils n'échangèrent aucune parole mais, à la fin du repas, il lui laissa un mot sur la table, en guise de pourboire.

Je ne peux pas te quitter sur ce silence. Il faut que je te voie.

Je ne te ferai pas de scène. Je te demande seulement de me dire à haute voix, une dernière fois, ce que j'entends tout le temps dans ma tête : que tu m'as aimé un peu.

Ça m'aidera à vivre pour le reste de mes jours.

Et il avait signé : *Un homme au cœur d'enfant.*

Le soir même, ils se tenaient côte à côte, sans se toucher surtout, sur le quai de Sainte-Anne-de-Sorel. Novembre exerçait ses maléfices en égrenant quelques brins de neige prématurés sur le vent aigre. Au large, un brise-glace remontait le courant, une moustache de vagues mordantes à la proue, revenant d'une tournée de récupération des bouées qui balisaient le chenal. Les feux de position du petit navire paraissaient bien frêles pour affronter de tels éléments.

Bérénice avait enfoncé les mains dans son manchon, les épaules relevées, le menton dans son col de fourrure. Lui rabattait le bord de son chapeau sur ses yeux. Ce qu'on fait quand on a froid, au-dedans comme au-dehors.

Il parla le premier. Il fut presque le seul à parler, d'ailleurs. Il connaissait l'usage des mots. Il évoqua sa femme, qu'il ne savait plus aimer. Le gouffre que leur séparation avait creusé entre eux. L'amer sentiment de culpabilité qu'il éprouvait à l'endroit de sa fille. Et, surtout, il lui montra son cœur d'enfant abandonné.

Puis, il laissa le vent emporter les imprécations qu'il destinait à la vie elle-même. La cruauté de devoir remettre en marche chaque matin un cœur inutile. La torture de se savoir condamné à exister sans jamais fleurir. La détresse d'aller mourir au bout de ses pas perdus, orphelin de l'amour.

— Tu es la femme que j'aurais dû rencontrer quand j'avais vingt ans. Nous étions faits l'un pour l'autre. Je ne pourrai jamais t'oublier.

Il changea de registre. Les nénuphars et les promenades en canot au clair de lune. Les berges tièdes d'une vie traversée main dans la main. La fusion de leurs volcans. Mourir ensemble et aller recommencer dans les étoiles. Elle fit bien quelques objections.

— Que diraient mes parents ?

Il rétorqua que leurs réprimandes renforceraient leurs liens. Il se réjouissait même des obstacles que la vie dresserait devant eux. Les amours contrariées étaient un feu que le soufflet des conventions avivait. Bérénice remua dans le noir.

— Dis-moi que tu m'aimes, insista-t-il.

— Mais comment on ferait ?

— Laissons la vie arranger les choses. On ne sait jamais…

C'est sur ce «jamais» qu'ils s'étreignirent. Une étreinte qui allait durer vingt-cinq ans. L'étreinte de toute une vie.

À cet instant, de l'autre côté de la frontière du temps, j'ai aimé ma mère d'un amour d'amant, d'un amour chargé de désir physique. De l'amour de mon père pour elle. Cela me mettait mal à l'aise, faut-il le dire?

— Tu m'aimes encore?

La fille qui faisait semblant de dormir dans le lit de ma caravane portée venait de s'immiscer dans le passé de mes parents comme dans mon présent. Elle se redressa, retenant de la main la couette contre sa poitrine. Je n'arrivais pas à trancher, à savoir si elle s'était assoupie ou si elle était seulement descendue en elle-même pour préparer la scène dont cette question était l'aboutissement. J'ai sursauté, tournant vers elle un visage sans expression.

— Il n'a jamais été question de s'aimer, lui ai-je répondu.

— Ben voyons donc! m'a-t-elle répliqué. Si tu tiens tant à me détester, il va bien falloir que tu m'aimes un peu, non?

* * *

Ensuite, nous avons fait les gestes de la vie, j'ai jeté des pâtes dans de l'eau bouillante, une odeur d'ail a envahi l'habitacle, deux napperons fleuris sur la table du coin repas, une bouteille de vin. Toutes les apparences d'un tête-à-tête amoureux. Heureusement, le premier repas que j'avais déjà pris, ce soir-là, avait été plus que léger.

La fille s'est montrée d'une agréable compagnie. Nous avons parlé du beau temps, de la route, du plaisir de transporter sa maison avec soi, des commodités de la caravane et des paysages qu'il me restait à découvrir.

Mon auto-stoppeuse devenue convive s'était vêtue d'une de mes chemises qui la couvrait jusqu'aux genoux. Elle fumait entre les plats, ce qui m'horrifie toujours, quelques craquelins garnis de crevettes, une cigarette, une assiettée de pâtes au saumon fumé, une cigarette. À la fin, elle s'est contentée de fumer et de boire du vin.

À l'exception de cette manie, elle constituait une présence plutôt réconfortante. Avec sa mine de chien mouillé, sous ma chemise qui lui donnait l'air d'un charmant épouvantail, elle avait tout pour me troubler. Ne nous racontons pas d'histoires. Vous mettez un homme et une femme ensemble pour la première fois dans une étroite intimité et l'homme se voit tout de suite dans des ébats sexuels mémorables. Cet exercice accompli, il se demandera quelle aurait été sa vie aux côtés de cette personne. La plupart du temps, puisqu'il ne connaît pas sa partenaire, il se persuadera qu'ensemble ils auraient fait reculer les frontières de l'amour.

Mais ce n'est pas de cet amour-passion que j'avais

besoin ce soir-là. Le cancer de ma mère me rongeait. Pour rejeter le mal, j'avais besoin qu'on m'entende, qu'on me comprenne. Je savais ma compagne incapable d'une telle compassion. Faute de mieux et comme d'habitude, je me suis consolé en me racontant une histoire.

J'ai débuté là où j'en étais dans ma tête, à l'époque des fréquentations de mes parents. En omettant cependant de révéler à mon interlocutrice que je nous avais attribué les rôles de ma mère et de mon père. Je ne voulais surtout pas provoquer son imagination de comédienne. J'ai commencé par lui brosser le tableau d'une idylle fleurie.

Pour assurer sa conquête, mon père avait emmené ma mère dans les îles de Sorel. À l'époque, c'était encore un jardin sauvage peuplé de saules et arrosé par d'innombrables canaux. Un précieux vestige des premiers âges de la terre. Nos ambitions de constructeurs ne déparaient pas encore trop les aménagements initiaux, les quelques habitations dispersées, des pontons où l'on amarrait de grosses chaloupes vertes, des Verchères, un phare solitaire à l'extrémité ouest de la Commune, des chevaux, des vaches et des moutons paissant sur cette île basse.

Alfred franchit un pont de madriers à peine assez large pour permettre le passage d'une seule automobile. Il immobilisa sa Dodge au centre de l'île aux Fantômes, sur un petit chemin qui oubliait d'aller plus loin, au milieu d'un terrain vague. Il entraîna Bérénice vers un saule de la rive, un arbre accueillant dont les branches basses s'arrondissaient pour permettre qu'on s'assoie dans ses bras. Sous le murmure des feuilles, ils échangèrent des confidences.

En abordant l'île aux Fantômes, Bérénice avait reconnu d'instinct le paradis dont elle avait rêvé dans son enfance. Elle ferma brièvement les yeux pour imprimer cette conviction à jamais dans tout son être. Par la suite, à chacun de ses séjours dans l'île enchantée, elle entendrait le chant des étoiles faire écho à celui des grenouilles et des grillons. Dans la chaleur intense de juillet, quand elle courait à travers la clairière, les herbes folles s'élançaient derrière elle. L'eau dansait dans ses mains. Bérénice trébuchait de bonheur et se retrouvait couchée sur le dos, à ras des odeurs d'été. Alfred était tout de suite sur elle. Il prenait ses seins dans ses mains et, ensemble, ils partaient à la conquête des galaxies. Bérénice criait : « Non ! Pas tout de suite ! Pas encore ! » En ce temps-là, on tenait le désir en laisse. Dieu n'aurait pas permis qu'on s'abandonne au plaisir sans l'assentiment d'un de ses représentants. Alfred et Bérénice ne voyaient pas comment ils arracheraient leur consentement à ces geôliers du bonheur, tant qu'ils vivraient en marge des conventions sociales. Pour ne pas étouffer de désespoir, ils s'embrassaient comme des noyés. Ils finissaient par se relever, fripés, décoiffés, frustrés.

En dernière ressource, Alfred allait chercher dans la voiture son nécessaire à sortir des impasses : une trousse de cuir contenant une flasque d'étain, ainsi que de tout petits verres de même matière, qu'il emplissait de gin très fort. Il vidait son verre d'un trait. Il regardait Bérénice faire la grimace et se boucher le nez pour l'imiter. Après avoir avalé sa potion magique, elle geignait comme sous l'étreinte. Cela incitait Alfred à emplir son verre de nouveau. Ils étaient dans un cul-de-sac, au bout de leur bonheur clandestin. Bérénice s'affolait.

— Qu'est-ce qu'on va faire?

Alfred la rassurait en essayant de se convaincre lui-même de la pertinence de ses propos.

— Ça va s'arranger.

— C'est aussi bien de s'arranger vite, se lamentait Bérénice en prenant un air de petite fille boudeuse, parce que moi, je ne pourrai pas me retenir bien longtemps!

Il l'étouffait de baisers pour la faire taire. Pour éviter les débordements, elle allumait une cigarette. C'était lui qui lui avait appris à fumer. La fumée, croyait-elle, leur tenait lieu de chaperon. Futile défense.

— Un jour, déclara Alfred, on se bâtira un chalet ici, et on sera heureux, ensemble, jusqu'à la fin de nos jours.

C'était plus que Bérénice n'en pouvait supporter. Elle s'enfuit vers le bout de l'île. Quelques minutes après, elle revint en courant, le cœur flottant sur sa respiration.

— Il y a quelque chose, là-bas, dans les branches, au bord de l'eau.

Alfred la précéda vers l'endroit où se tapissait le mystère. Pas un bruit. Il descendit sur la berge embroussaillée de saules tordus, de joncs séchés, refoulés contre terre par les inondations du printemps, dans un généreux fouillis végétal. Aucun signe de vie. Alfred fit un autre pas. Un formidable froissement se produisit. Un bruissement, puis l'éclair d'un envol. Sous le coup de la surprise, Alfred mit la main sur son cœur. Il la retira aussitôt, pour ne pas paraître avoir perdu contenance.

— C'est rien qu'un butor! Tête heureuse!

Il venait de donner à sa compagne le surnom qui lui resterait attaché. Un sobriquet en forme de jugement un peu hautain. Cervelle d'oiseau. Bérénice l'entendit tout autrement. Tête en joie. Faite pour le bonheur.

Ma passagère s'était levée. Si elle avait eu l'espace nécessaire, elle aurait marché de long en large. Sans doute pour exprimer sa frustration d'être privée de cet exutoire, elle m'a servi des propos étonnamment crus.

— C'est un méchant branleux, ton père!

Je n'ai pas eu besoin de répliquer pour l'inciter à s'expliquer.

— Ça m'énerve, moi, du monde de même! Ça n'aboutit pas! Tout ce qu'elle voulait, cette femme-là, c'était se faire mettre!

Elle a grimpé sur le lit, a ôté sa chemise sans prendre en considération l'effet que sa nudité pouvait produire sur moi, et s'est enfouie de nouveau sous la couette. Un oiseau dans son nid. J'étais seul devant les restes du repas, les coudes sur la table. Je me taisais.

— Continue, m'a-t-elle ordonné. Les histoires de cul, ça m'aide à m'endormir.

* * *

J'ai allumé la lampe. Le rond de lumière, sur la table, m'a réconforté. C'est une astuce à laquelle j'ai souvent recours. Dans les moments de détresse ou de simple désarroi, je laisse la lumière me prendre dans ses bras. Un stratagème vieux comme le monde pour conjurer la peur, la solitude, les bêtes et la mort. Une coulée de lumière sur la table. La luisance maternelle. Et j'ai repris mon récit pour moi-même, là où j'en étais. L'enchaînement n'avait aucune importance. De toute façon, mon auditrice ne m'écoutait pas. J'aurais aussi bien pu lui raconter *Le Petit Chaperon rouge*.

Un samedi, celle qui allait devenir ma mère avait dit :

— Faut que j'aille voir mes parents.

Mon futur père avait répondu :

— Tu t'ennuies de tes parents ? À ton âge !

Surprise, Bérénice avait interrogé Alfred du regard. Elle s'était retenue de formuler ses questions à voix haute. À vrai dire, de qui pouvait-il s'ennuyer ? De sa mère ? Il lui avait raconté qu'elle ne sortait jamais de sa chambre. De sa femme ? C'était précisément quand il était avec elle qu'il s'ennuyait. De sa fille, sans doute, mais il valait mieux ne pas aborder ce sujet si on ne voulait pas voir le bleu de ses yeux virer au brouillard et les poils de sa moustache se raidir.

— Je veux savoir ce qui se passe chez nous, expliqua Bérénice. Paraît qu'ils sont rendus à Pointe-du-Lac. Faut que j'aille voir ça.

Il proposa de l'y mener.

— Je dois aller voir ma fille au couvent, à Yamaska, en fin de semaine. Je pourrais te laisser en passant.

— Mais Pointe-du-Lac c'est sur la rive nord et Yamaska sur la rive sud !

— Je prendrai le bateau à Trois-Rivières.

— C'est un long détour.

— Si tu savais comme j'en ferais des détours avec toi !

Elle lui sauta au cou. Sur la pointe des pieds, elle lui offrit ses lèvres rouges. Deux heures plus tard, c'est entre les bras de sa mère qu'elle se jetait. Alfred s'étonna de leurs embrassades qui n'en finissaient pas. En fait de marques d'affection, lui n'avait connu que des manifestations discrètes, tenant davantage des convenances dispensées par une souveraine que des élans d'une mère à l'endroit de son enfant. Pourtant, se disait Alfred, Bérénice avait l'âge où l'on se compose une attitude d'adulte, mais elle se comportait encore comme une petite fille. Ce qu'elle était, songea-t-il. Ce qui lui rappela qu'il se trouvait lui-même, à ce sujet, dans une position plutôt délicate. Il en avait discuté avec Bérénice, pendant le trajet.

— Je ne pense pas que ce soit le temps de faire des confidences à tes parents. À propos de nous deux, je veux dire.

— Pour qui tu me prends ?

— Qu'est-ce que tu vas leur dire ?

— Que tu es un monsieur qui pensionne à l'hôtel et que tu m'as offert de m'emmener parce que tu avais à faire par ici. C'est pas correct?

Il avait souri. Il n'y avait rien de faux là-dedans. Rien de vrai non plus. Et maintenant, monsieur Will Wood venait vers lui, l'air affable. Cet homme était toujours à l'affût d'une bonne affaire. Il examina le nouveau venu pendant que sa fille l'embrassait.

— Je vous ai jamais vu par ici! Faut dire que ça fait pas une semaine qu'on est dans le coin!

Bérénice fit les présentations dans les termes dont ils avaient convenu.

— Une sacrée bonne place! continua monsieur Will Wood. C'est passant sans bon sens. Même la nuit. Faut dire qu'on n'est pas loin de Trois-Rivières, puis Trois-Rivières, c'est la ville de Maurice Duplessis.

Il fit un grand geste circulaire, à la manière d'un empereur en terrain conquis. Alfred avait un tout autre point de vue sur l'endroit. Et sur Maurice Duplessis.

Après qu'on lui eut ôté la route à Saint-Barthélemy, monsieur Will Wood avait acquis un terrain dans une courbe de la nationale, à Pointe-du-Lac, une étroite bande de terre entre le Chemin du Roy et le lac Saint-Pierre. Une à une, il avait chargé ses *cabines* sur une charrette à foin et les avait transportées là. Pas une mince affaire. La dernière était arrivée le matin même. Cependant, monsieur Will Wood faisait face à une difficulté inattendue, l'espace disponible n'étant pas suffisant pour accueillir cet ultime bâtiment.

Alfred tourna autour des installations. Monsieur Will Wood rallumait sans arrêt le mégot mouillé qui lui pendait aux lèvres. Trop haute, la flamme du briquet lui frôlait le nez. Il penchait la tête et plissait les yeux. Deux des frères de Bérénice étaient venus donner un coup de main à leur père pour l'occasion. Aussi indécis que lui, ils le suivaient comme des âmes en peine.

— Ça pourrait peut-être s'arranger, suggéra Alfred.

Monsieur Will Wood et ses Rats attendaient la suite comme s'ils s'étaient trouvés en présence de Maurice Duplessis lui-même.

— Vous pourriez mettre l'arrière de la cabine au-dessus de l'eau, suggéra Alfred. Sur des poteaux. Comme à Venise. Les touristes aiment ça. Ça fait romantique.

— La glace, au printemps? objecta monsieur Will Wood.

— Les gros arbres que vous avez là vont s'en occuper. Vous mettrez des roches devant. Ça devrait suffire. Et puis, les gens vont s'installer là pour pêcher. C'est un attrait supplémentaire.

Les Rats regardaient leur père qui regardait Alfred.

— Un maudit bon homme! décréta monsieur Will Wood, comme s'il parlait d'Alfred en son absence. Un vrai maudit bon homme!

Les fils acquiescèrent. Pendant ce temps, Bérénice préparait le repas en plein air avec sa mère. On n'avait pas encore réaménagé le casse-croûte qui leur servirait d'habitation. Tout juste trouvé le temps de le désosser comme un poulet pour récupérer les matériaux dont on avait besoin pour rendre les *cabines* fonctionnelles. Priorité à la clientèle.

Sur une table à pique-nique dont certaines planches avaient fait leur temps, trônaient tous les ustensiles nécessaires à la vie quotidienne, assiettes, casseroles, seau d'eau et victuailles. À côté, sur l'herbe, une bâche devait protéger le matériel de l'humidité de la nuit. De toute évidence, on vivait là, à la bonne franquette, depuis une grosse semaine. Ce qui n'était pas pour leur déplaire. Sous son tablier blanc, la mère cuisait des saucisses dans une poêle posée sur des briques, au-dessus d'un petit feu de bois.

— C'est qui, ce monsieur-là? demanda Yvette à sa fille. Tu dis qu'il est marié? Comment ça se fait qu'il fait un détour de même pour t'emmener? Qu'est-ce qu'il te veut?

Bérénice n'avait jamais eu l'occasion d'apprendre à mentir. Confuse, elle baissa la tête.

— Mon doux Seigneur! s'exclama sa mère. Tu viendras pas me dire…

Elle s'empara d'un torchon pour attraper sa poêle par le manche.

— Il a deux fois ton âge! Il est pas beaucoup plus grand que toi! Puis, il est pas si beau que ça. Qu'est-ce que tu lui trouves?

— Il s'occupe de moi. Il me fait faire des tours d'auto pour me désennuyer.

— Je veux bien croire qu'il a pas l'air d'être un méchant homme, comme ça, mais c'est un homme, tout de même! Puis toi, t'es encore un agneau! Il va te dévorer tout rond, ma petite fille!

Sans transition, elle lança à l'intention des autres :

— Approchez! C'est prêt! Quand il y en a pour quatre, il y en a pour six.

En ingurgitant une généreuse portion de patates et de saucisses, Alfred songea que ces gens-là portaient leur rêve dans un baluchon. Toujours prêts à recommencer, parce que jamais installés à demeure. Des gens qui croyaient le paradis toujours possible au détour de la route. Des bohémiens du bonheur.

Avant de partir, Alfred proposa à Bérénice de la reprendre sur le chemin du retour, le lendemain après-midi. Cette goutte suffit à faire déborder le vase d'Yvette, qui prit Bérénice à part pour la sermonner en laissant les mots siffler entre ses dents.

— M'as te dire rien qu'une affaire, ma petite fille. Regarde toujours qui est assis sur le siège d'en arrière de la machine, parce que si tu fais pas attention, un beau jour, tu t'apercevras que c'est l'amour qui est installé là. Puis l'amour, t'auras beau lui dire de débarquer, il t'écoutera pas. Je te le dis, ma petite fille, l'amour, quand ça s'installe quelque part, ça se laisse mener par personne!

Elle avait conclu à l'intention d'une Bérénice qui se cachait le visage dans les cheveux :

— Tu pourras pas dire que je t'aurai pas prévenue. Ça fait que viens pas te plaindre…

Un léger bruit m'a fait sursauter. Cela provenait de mon lit. Plutôt un souffle. Un soupir animal. Croyant ma passagère endormie, j'avais commencé à rabattre la table au niveau des banquettes pour la transformer en lit.

— Qu'est-ce que tu fais ?

Le cœur battant, j'ai suspendu la manœuvre.

— Viens donc te coucher, a-t-elle réclamé.

J'étais indécis. Bien entendu, j'avais envie de coucher avec elle, mais pas de payer le prix qu'elle ne manquerait pas de me réclamer pour cette concession. J'ai éteint la lumière, je me suis dévêtu et je me suis allongé près d'elle. La fille s'est tournée vers moi, plaquant ses seins contre ma poitrine. J'ai pris son visage dans mes mains et je l'ai embrassée. Nous commencions à rouler bord sur bord comme un navire dans une belle tempête quand elle s'est retournée pour retrouver le nid de chaleur qu'elle s'était creusé au milieu du lit. Pantelant, il ne me restait plus qu'un espace restreint entre son dos et la paroi de la caravane. J'en étais à me demander comment j'arriverais à m'endormir dans l'état de frustration où elle m'avait laissé quand elle a encore prononcé quelques mots avant de sombrer pour de bon.

— Moi, c'est le matin que j'aime faire l'amour. Toi ?

* * *

Je commençais à distiller un sommeil affolé. À mesure que je m'engourdissais, j'atteignais l'état où les sentiments sont nus dans votre esprit. Mon père en tricot de corps et caleçon gonflé par une violente érection, les chaussettes aux pieds et le chapeau sur la tête. Ma mère nue jusqu'à la ceinture, en pantalon corsaire, une cigarette entre les doigts. Troublante vision.

J'ai longtemps été mal à l'aise en imaginant mes parents en train de faire l'amour. Mon père surtout s'est tellement acharné à m'inculquer le principe que la tête doit toujours demeurer en contrôle du corps que j'ai fini par le prendre pour un pur esprit. Cet homme au-dessus du commun ne pouvait s'adonner aux gigotements pratiqués par les gens ordinaires.

À la limite, ma mère pouvait avoir des désirs puisque je l'ai toujours sentie près de ses sens mais, en ma qualité de fils et d'aîné, la pensée qu'elle pût s'adonner à des ébats sexuels me gênait également. Dans mon jeune âge, si j'avais été témoin des étreintes de mes parents, je me serais sûrement interposé pour défendre la vertu de ma mère.

Vers dix ou onze ans, j'ai découvert un album d'illustrations érotiques dissimulé sous une pile de vêtements dans la chambre de mes parents. Pendant des jours et même des semaines, j'ai épié leurs gestes, espionné leur soupirs, cherché à déchiffrer leurs regards. Rien. Les images de copulation des déesses et des dieux hindous semblaient n'avoir aucune prise sur eux, alors qu'elles troublaient ma sexualité latente.

Mes parents, donc, hors du sexe et au-delà. Ce qui ne m'a pas empêché de m'endormir, cette nuit-là, en entretenant mon érection contre les fesses généreuses de la compagne que le destin m'envoyait.

C'est le chant du merle qui m'a éveillé. Il pouvait être cinq heures du matin. Une lueur de lait coulait du lanterneau au-dessus de ma tête. Ces oiseaux sont d'incroyables optimistes. Ils chantent avant même le lever du jour. J'ai tourné deux ou trois fois sur moi-même pour essayer de retrouver le cours du sommeil. Je n'ai réussi qu'à éveiller la fille qui dormait à mes côtés. Pour mon plus grand bonheur.

Elle s'est jetée sur moi. J'aime les femmes qui attisent leur désir par des gestes effrontés. Je ne suis pas de ceux qui s'enorgueillissent de faire seuls tout le travail. Pour moi, l'amour, c'est une lutte à deux pour gagner la course en même temps. Je dois dire que, ce matin-là, elle courait plus vite que moi et que je n'avais nullement besoin de me retenir pour atteindre le fil d'arrivée en même temps qu'elle. Une affaire vite bâclée, mais ô combien agréable !

Après, je me suis rendormi. Quelle honte y aurait-il à cela ? S'il est un temps où il convient de satisfaire ses besoins sans retenue, c'est bien aux alentours de l'amour. À mon lever, en retrouvant la fille dehors, toujours vêtue de ma chemise, déambulant dans la rosée du parc des Trois-Bérets, j'ai pris toute la mesure de mon contentement. Elle m'a souri, sa manière à elle de me faire savoir qu'elle avait apprécié notre performance. Je me suis senti tout fier et bien vivant.

Quand nous nous sommes retrouvés devant la table du petit-déjeuner, j'étais beaucoup plus attentionné à son endroit que la veille. Nous avons remis le monde en marche en pratiquant le rituel du café et du pain grillé. Le soleil allumait quelques arbres en bordure du parc pour faire flamber la journée. Encore une fois, j'ai parlé trop vite. J'ai dit :

— Bon, qu'est-ce qu'on fait ?

Je voulais dire : « Nous avons passé un bon moment ensemble. Ce sera bientôt le temps de prendre chacun notre chemin. » Mais la fille a mis le pied dans la porte que je venais d'entrouvrir.

— Je vais avec toi.

— Où ça ?

— Chercher ta mère.

— Tu ne la connais même pas !

— Justement ! Je ne voudrais pas rater l'occasion de faire la connaissance d'une mère qui aime ses enfants. Puisque tu dis que ça existe…

* * *

J'ai attendu qu'il soit l'heure et je suis retourné à la bibliothèque municipale. J'ai de nouveau garé ma camionnette habitable sur la petite place de l'église. Ma compagne de voyage est entrée dans la boutique d'artisanat et de souvenirs qui ferme cette place à l'ouest. Moi, j'ai descendu les marches pour entrer dans la caverne aux livres. La responsable de la bibliothèque n'était pas encore arrivée, mais la préposée m'a donné accès aux ordinateurs.

J'ai une adresse Hotmail. Ça me permet de prendre connaissance de mon courriel partout où je peux connecter mon ordinateur portable à une prise Internet. À la bibliothèque municipale, c'est cependant sur l'un des ordinateurs de l'institution que j'ai effectué l'opération. Question de simplifier les choses.

Je l'ai déjà dit, je suis journaliste dans un hebdomadaire. Sans compter les pourriels, je relève chaque matin pas moins d'une trentaine de messages divers, communiqués, convocations et documentation confondus. Je me suis frayé un chemin dans cette jungle.

Elle m'attendait entre une convocation de la Corporation de développement culturel et une publicité pour un substitut de Viagra. Sa voix discrète. Elle avait intitulé son message : VOYAGE (2). Il avait été expédié depuis les bureaux administratifs des Jardins de Métis. Ainsi donc, ma Tête heureuse me précédait toujours en me traçant la route. En me penchant sur l'écran de l'ordinateur, je pressentais que les mots allaient me projeter leur jus au visage. Dès les premières phrases, j'ai su qu'après m'avoir indiqué la direction ma mère allait enfin commencer à me dire pourquoi elle avait pris la route en apprenant qu'elle avait un cancer.

tu te rappelles de la chanson de Claude Gauthier j'ai refais le plus beau voyage de mon enfance à aujourdhui après, ça dit quelque chose comme sans un regret, sans un bagage c'est ce que je suis en train de faire revoir ma vie en me promenant dans le paysage c'est beau par ici ça me fais du bien j'ai toujours voulu voir la mer je t'ai raconté la fois que j'étais partie avec Julien mon frère Ernest et sa femme Nicole on avait jamais trouvé la mer on s'était perdus dans le bois Julien disait qu'on était au Nouveau Brunswick moi je pensais plutôt qu'on était descendus dans le Maine vu qu'on avait passé la douane il me semblait bien qu'il y avait pas de frontière entre le Québec et le Nouveau Brunswick on a couché dans des petits motels et on est revenus gros Jean comme devant

95

ça vous avait bien fait rire les enfants notre mésaventure vous nous trouviez pas mal innocents c'est vrai qu'on l'était il a fallu que je vive toute une vie pour apprendre à pas m'en aller dans le bois quand je veux voir la mer

je pouvais pas laisser ça de même ça fait que je refais mon voyage manqué je dirais plutôt que je finis ma vie par un voyage en forme de commencement ça fait drôle tu sais de savoir que la route va finir quelque part l'autre soir j'ai eu peur dans mon lit je tombais dans le vide

heureusement je suis pas seule j'amène avec moi toutes les personnes que j'ai été la petite fille l'amoureuse qui est tombée dans les bras de ton père puis l'autre femme que je suis devenue après ça me fait de la belle compagnie

j'amène aussi quelques morts avec moi avec les morts c'est facile ils savent déjà tout je n'ai pas oublié les vivants non plus je vous ai tous amenés les enfants la famille quelque amis je me sens comme une femme enceinte de tout son monde

il y a aussi une personne bien spéciale qui fait le voyage avec moi quelqu'un qui sait pas que je sais qu'il existe celui là je veux que tu fasses sa connaissance quand le temps sera venu il a passé toute sa vie comme un fantôme il va commencer à vivre le jour que tu le prendras dans tes bras c'est pour ça que je te montre tous ces endroits comme la maison de St Jean port Joly ça raconte l'histoire de cette personne là

je te l'ai dit dans le mot que je t'ai laissé dans la maison avec des toits pointus j'espère que tu l'as trouvé va te

promener dans les jardins de Métis il y a un oiseau qui
t'attend dans son nid sous un pont

ps essaie pas de m'écrire c'est inutile j'ai pas une
adresse hotmail comme toi et je sais pas comment aller
dans ma boîte à malle sur les ordinateurs des autres
d'ailleurs tout ce que tu pourrais me dire je le sais déjà et
plus encore

Une fois de plus elle assumait son identité en signant *Tête heureuse*. Je suis ressorti en emportant la version imprimée de ce message.

J'ai retrouvé ma Karolyn dans la boutique, parmi les perroquets de bois dans des cages sculptées, les bâtons de marche et les bols à salade creusés dans la pierre, tout un arsenal d'objets pour baliser le temps. Elle me tournait le dos. J'ai posé la main sur son épaule. Elle s'est retournée brusquement. Elle avait déjà eu le temps de changer de planète. Elle a mis une fraction de seconde à me reconnaître.

— Tu as eu des nouvelles? m'a-t-elle demandé pour reprendre pied.

— Oui, lui ai-je répondu en lui montrant le bout de papier, et je crois bien que c'est à mon tour de voir le bonhomme dans la lune.

Elle ne pouvait évidemment pas comprendre à quoi je faisais allusion. Elle tendait le cou pour essayer d'attraper quelques mots du message. Sous le coup de l'émotion, je lui ai tout raconté, au milieu des étagères, parmi les girouettes en forme d'oies sauvages, les roses sculptées dans le cuivre étincelant et les grenouilles de bronze agrippées à des pierres polies. La détermination

97

de ma mère à voir la mer avant de mourir. Cette histoire de personnage mystérieux dont je devais faire la connaissance. L'invraisemblable rallye dans lequel elle m'entraînait. La maison de Saint-Jean-Port-Joli qui ne m'avait pas révélé tous ses secrets. La mission que me confiait ma mère de retrouver un oiseau dans son nid sous un pont dans les Jardins de Métis. Toutes ces nouvelles et mon désarroi grandissant. Karolyn m'a plaqué une question en plein visage.

— T'as jamais pensé qu'au bout du voyage elle pourrait se suicider ?

J'étais tellement atteint que j'ai fait l'innocent.

— Une personne qui pense à se suicider ne perd pas son temps à organiser des visites touristiques !

Elle avait les poings sur les hanches, ses yeux projetaient une lumière noire, et sa chevelure frémissait.

— Si tu savais comme les gens qui pensent à se suicider en ont long à dire.

Pour repousser cette idée, je l'ai défiée.

— Qu'est-ce que tu connais là-dedans, toi ?

Elle m'a regardé avec des yeux si intenses que j'ai dû fermer les miens un instant.

— Beaucoup plus que tu penses.

Elle a ajouté dans un souffle.

— On dirait que vous jouez à la cachette avec la mort, tous les deux.

*   *   *

C'est un pays tout en paysages. La mer ourlée de montagnes sur la rive opposée. Enfin, quand on dit montagnes ce ne sont pas les Alpes, mais la silhouette bleue d'une chaîne rocheuse arrondie par le temps. À marée basse, la grève montre les dents. Le long de la route, on voit çà et là un bateau emmitouflé sous une bâche dans la cour d'une maison. Même à terre, c'est un pays de mer.

On y voit encore, accolés à certaines granges, des ponts inclinés permettant de faire pénétrer une pleine charretée de foin dans le fenil. Les toitures anciennes ont du caractère. De longues galeries prolongent les maisons à bras ouverts. Si je ne me retenais pas, je dirais qu'après 1950 l'architecture populaire est devenue banale et souvent franchement laide. Avant, ça avait plus de caractère, les corniches, les lucarnes, les fioritures. D'autant plus beau que c'était gratuit, souvent tout aussi inutile que les reflets du soleil sur les nuages à l'heure du couchant.

Ces considérations m'ont ramené à mes ancêtres architectes. À mon père qui me rabâchait toujours le même sermon à table, le midi. « Tu n'es pas près d'être à la hauteur de ceux qui t'ont précédé, ton grand-père, ton arrière-grand-père ! Tu n'auras pas assez d'une vie pour essayer de les égaler ! Au lieu de traîner les pieds, suis donc leur trace et tu auras peut-être une chance de faire quelque chose de ta vie. » S'il vivait encore, je lui répondrais aujourd'hui : « Et toi, c'est ton père qui t'a enseigné à quitter ta femme, à enfermer ta fille au pensionnat et à sortir avec une serveuse qui aurait pu être ton enfant? » Faute de pouvoir m'adresser à mon père, c'est à Karolyn que j'ai raconté les petites lâchetés et les grandes compromissions de mon père. Ça ne pouvait mieux tomber. Mes révélations confirmaient son point de vue sur les hommes, séducteurs impénitents et lâcheurs irresponsables. Mais, quoi qu'en pensât ma compagne de voyage, c'est avec beaucoup de piété que je mettais les pieds dans le jardin secret de mon père. Chacune des pierres que je retournais me renvoyait ma propre image.

Alfred, donc, tenait beaucoup à nouer des liens d'affection entre sa fille et sa nouvelle conquête. L'enfant avait dix ans et se prénommait Liette. Elle paraissait frêle sous son costume noir de couventine. Les cheveux tirant sur le roux, coiffés en boudins, et de petites lunettes rondes sur un regard trop sérieux. La gravité des enfants qui souffrent.

Par un dimanche après-midi d'automne, Alfred était allé chercher sa fille au couvent de Yamaska. Erreur de jugement. Même s'ils désespèrent plus ou moins à peu près tout le temps, c'est en automne que les pensionnaires s'ennuient le plus. Sortir une enfant du couvent en cette saison, c'est la condamner à l'enfer au retour entre les murs du pensionnat.

Tout était compliqué ce jour-là, à commencer par le raisonnement d'Alfred. Il n'arrivait pas à déterminer s'il entendait présenter Liette à Bérénice ou l'inverse. Faire entrer sa jeune compagne dans la vie de sa fille ou faire entendre à son enfant qu'il y avait une nouvelle femme dans la vie de son père. Laquelle des deux avait le plus de poids dans sa vie? Il évitait d'aborder cette question.

Et puis, il y avait Cécilia, la sœur de Bérénice. Leur mère avait en effet décrété que sa fille ne sortirait jamais avec Alfred sans chaperon. Futile police d'assurance contre l'inévitable. Cécilia avait donc pris place aux côtés de l'amour sur la banquette arrière de la Dodge. Elle jouait son rôle avec beaucoup de conviction. Surveillait tous leurs gestes. Se penchait en avant pour s'assurer qu'ils ne se tenaient pas la main. Épiait leurs conversations. Pour lui donner le change, Alfred et Bérénice allumaient des cigarettes. Cécilia ne fumait pas. Elle entrouvrait la glace.

— Ferme donc ça, Cécilia. On n'est pas en été!

Pour sceller la rencontre entre Liette et Bérénice, Alfred les avait entraînées sur le terrain vague dont il s'était fait un paradis, au milieu de l'île aux Fantômes. Quand on dit *milieu,* cela ne signifie pas que l'île était ronde. Plutôt longue. Large d'une centaine de pas, tout au plus. Une langue de terre émergeant à peine des eaux. Une caresse végétale. Derrière, la terre ferme s'étendait de l'autre côté d'un étroit canal. Devant, une autre île, très grande celle-là, la Commune, presque entièrement dénudée d'arbres, sertie de salicaires sur son pourtour. Il y avait bien deux ou trois chalets à l'entrée de l'île, à proximité du petit pont de fer mais, au-delà, c'était en l'état où l'avait laissé le Créateur.

À cet endroit se dressait le saule dont Alfred et Bérénice s'étaient fait un confident. L'arbre aux bras ouverts. Alfred commença par y installer sa fille. Liette y trônait comme une reine triste. Alfred eut une soudaine inspiration.

— Va chercher le Kodak dans l'auto, demanda-t-il à Cécilia. Tu vas nous prendre en photo.

Il entraîna Bérénice avec lui. Ils prirent place de part et d'autre de l'enfant. L'image inespérée d'une famille heureuse. Bérénice s'était couverte d'un grand chapeau qui lui donnait l'air coquin. Alfred retroussait sa moustache pour bien montrer son sourire. Attention! le petit oiseau va sortir. Un, deux, trois…

Liette n'était plus là. Elle s'enfuyait en courant vers le bout de l'île, pressant ses petits poings contre sa poitrine. Alfred demeura figé un instant. Bérénice s'élança à la poursuite de l'enfant. Cécilia voulut l'imiter. Alfred la retint.

— Laisse-les faire. Elles sont capables de s'arranger toutes seules.

Liette avait fini par se jeter par terre, dans les feuilles mortes, sans se soucier de salir sa tunique de couventine. La tête cachée dans ses bras croisés. Elle sanglotait. On le voyait à son dos qui se soulevait.

— Il ne faut pas que tu aies de la peine, gronda tendrement Bérénice.

— Va-t'en!

Liette s'enivrait de ses pleurs.

— Va-t'en! Va-t'en!

Bérénice s'en fut s'asseoir trois pas plus loin, le chapeau posé à ses côtés sur les feuilles mortes. Ses longs cheveux noirs lui donnaient, à elle aussi, l'allure d'une enfant qui aurait eu tout juste quelques années de plus que sa jeune sœur.

— Je le sais ce qui t'arrive. C'est pas facile…

— T'es pas ma mère!

— Non, et je ne prendrai jamais sa place. Ça, c'est certain.

— Alors, qu'est-ce que tu fais avec mon père?

— Je suis son amie. Il n'y a pas de mal à ça. Tu en as, toi, des amies?

— Non, puis j'en veux pas.

— Pourquoi?

— Les amies, tu leur dis tes secrets, elles les racontent à tout le monde.

Bérénice tendit la main vers les boucles rousses de l'enfant.

— Moi, je sais garder un secret.

Liette fit un brusque mouvement de la tête pour échapper à cette caresse.

— Touche-moi pas! C'est pas toi que je veux. C'est mon père.

Bérénice se releva lentement et revint vers les autres en tenant son chapeau à la main.

— C'est de toi qu'elle a besoin, annonça-t-elle à Alfred.

Il rejoignit sa fille à son tour. À distance, leur conversation parut houleuse. L'après-midi s'effilochait. À la fin, Alfred prit sa fille par la main et la força à se relever. Elle rechignait toujours. Il secoua les feuilles mortes qui étaient restées accrochées à sa tunique. Il replaça sommairement le grand chapeau sur la petite tête et entraîna sa fille vers l'auto.

Liette pleurnicha pendant tout le trajet de retour. Une heure de route environ. Elle devait être rentrée au couvent à quatre heures, à temps pour les vêpres. Elle pleurait encore quand Alfred la remit entre les mains de la religieuse.

— On va s'occuper d'elle, gronda l'éducatrice.

Penchant sa cornette vers l'enfant, la religieuse siffla entre ses dents :

— Tu n'as pas honte ? Pleurer comme un bébé ! Va retrouver tes compagnes.

Liette s'éloigna, le cœur en morceaux. Bérénice aussi avait le cœur gonflé en attendant Alfred dans l'auto. Sitôt la portière refermée, elle l'aborda de front sans tenir compte de la présence de Cécilia.

— Pourquoi tu la mets pensionnaire ? Elle ne pourrait pas rester avec sa mère ?

— C'est pour son bien.

— Moi, en tout cas, quand j'aurai des enfants, je les garderai avec moi.

— J'ai mes raisons, trancha Alfred.

Mais Bérénice ne voulut pas en rester là.

— Tu peux me les dire, tes raisons ?

— Si je l'ai mise pensionnaire, c'est parce que c'était ce qu'il y avait de mieux pour elle. À part ça, j'ai d'autres raisons dont je préfère ne pas parler.

Pour la première fois, Bérénice découvrait un Alfred à court d'arguments et même de franchise. Malgré son feutre gris et ses gants de chevreau, il pouvait donc avoir ses impasses lui aussi !

Le récit de cet après-midi gâché semblait captiver ma passagère. J'étais aux aguets. Le mouvement de sa chevelure en disait long.

— Un beau salaud, ton père !

J'ai répliqué sec.

— Ça, je ne te le permets pas.

— Pourquoi ?

— Si mon père est un salaud, j'en suis un aussi.

Elle a braqué sur moi des yeux d'une étonnante candeur.

— Tu m'as bien dit, il me semble, que tu ne vis plus avec ta femme ?

J'ai bien été obligé de reconnaître l'évidence, tout en me défendant un peu.

— Oui, mais nous nous aimons encore.

— Qu'est-ce que ça veut dire, aimer ? Coucher de temps en temps ? C'est ça qu'il t'a appris, ton père ? Un beau salaud, je te dis !

Je commençais à en avoir assez de l'entendre ponctuer nos conversations de formules coups de poing dans le ventre.

* * *

Ce qui nous a valu un bout de route en silence. J'ai fini par dire :

— Tout le monde est un salaud. La plupart du temps, on le remarque chez les autres. Pas chez soi.

— Tu parles comme le curé aux funérailles de ma grand-mère !

J'ai poursuivi comme si elle ne m'avait pas interrompu :

— Apprendre à vivre, c'est apprendre à se laver.

— En tout cas, il y en a qui sont plus salissants que d'autres ! m'a-t-elle jeté.

Devant mon mutisme, elle a ajouté :

— J'avais oublié de te dire : moi, j'aime les salauds. C'est les seules personnes intéressantes sur la terre.

Je n'ai pu laisser passer l'occasion de lui faire un aveu en forme de grosse pierre qui débloque tout.

— Je ne peux pas m'ôter de l'idée que mon père a tué sa première femme.

Karolyn a sifflé entre les dents tout en écrasant le mégot de sa cigarette dans mon cendrier qui débordait. Lentement, elle s'est tournée vers moi, les mains entre les cuisses, la bouche légèrement entrouverte. Je savais qu'elle m'écouterait sans m'interrompre. C'était moi, maintenant, qui hésitais. Je n'avais encore jamais fait part à personne du pressentiment que je m'apprêtais à partager avec cette inconnue qui aimait les salauds.

À Sorel, Bérénice n'était pas préparée à connaître un amour aussi tourmenté. En ouvrant les bras, elle se croyait autorisée à vivre à cœur ouvert. Contre toute attente, elle se retrouvait confinée dans la clandestinité. Pis encore, en butte à la malignité des gens.

Elle sortait sur la pointe des pieds, le soir, pour aller à la rencontre d'Alfred. Elle descendait l'escalier abrupt, derrière le Fédéral. En bas, cinq ou six hangars fermaient la cour dans l'ombre. Une ruelle, entre deux murs de briques. Au bout, l'amoureux l'attendait dans sa voiture. Mais soudain, dans le passage sombre, Bérénice croyait apercevoir une silhouette embusquée. Elle rebroussait chemin sur ses talons pointus. La plupart du temps, il ne s'agissait que d'une poubelle ou d'un tas de bois posé contre le mur. S'il se trouvait réellement un être humain dans la ruelle, c'était simplement quelqu'un qui allait lui aussi à un rendez-vous. Le Chaperon rouge voyait le loup là où il n'était pas.

Ces soirs-là, Alfred patienterait en vain derrière le volant de sa Dodge et se sentirait trahi par celle qu'il aimait. Inquiet, en même temps, pour cette femme dont il savait qu'elle n'était encore qu'une enfant. Tourmenté pour elle, mais pour lui aussi.

D'autres fois, Bérénice était en butte à des assauts plus directs. Un soir, pendant le service du souper, Bérénice avait surpris une conversation entre le cuisinier et son aide, en entrant en coup de vent dans la cuisine de l'hôtel. « Paraît qu'il la met tous les soirs, sur le siège d'en arrière de la machine. Pis qu'a gigote pas mal, à part ça. Moi, tu peux être sûr, j'y ferais pas mal ! Une belle petite plotte de même ! » À peine Bérénice avait-elle trouvé la force de balbutier : « Deux fish and chips, double patate », avant de s'enfuir dans la salle à manger.

C'est deux jours plus tard que Bérénice trouva la force de pousser son premier cri de douleur. Elle déversa sur Alfred tout ce qu'elle avait sur le cœur. « Ça ne peut pas continuer comme ça ! Tout le monde me prend pour une putain! Je n'ose même plus descendre au Fédéral m'acheter une paire de bas. Fais quelque chose!»

Alfred se défendit comme un accusé. «Tu veux que je perde ma job? que je me retrouve en prison? Le détournement de mineure, t'as déjà entendu parler de ça?» Bérénice sut à cet instant qu'Alfred n'était pas le dieu tout-puissant qu'elle idolâtrait. Pour éviter qu'il dégringole de son piédestal, elle s'accabla elle-même de culpabilité. Je suis une égoïste. Je ne pense qu'à mon petit bonheur. Si je l'aimais vraiment, je ne lui permettrais pas de m'aimer.

Là-dessus, le petit peuple de Sorel se déchaîna en apprenant qu'Alfred était marié. Comment l'avait-on su? La méchanceté a des antennes fourchues et beaucoup de temps à consacrer à ses basses œuvres. Commères en bigoudis et cafards à casquette. Paraît qu'il a abandonné sa femme et sa fille! Tu parles d'un maudit cochon! Faudrait le dénoncer! Mais ils ne dénoncèrent personne. Ils prenaient beaucoup trop de plaisir à savourer le scandale.

C'était surtout l'avenir qui faisait peur à Bérénice. En ce temps-là, on ne plaisantait pas avec la légitimité matrimoniale. Seule la mort pouvait briser ce que Dieu avait uni. L'indissolubilité du mariage ne le cédait qu'au sacerdoce dans la hiérarchie de l'inviolable.

— On ne peut pas vivre comme ça le reste de nos jours! se lamentait-elle.

— Ne te décourage pas. Il va arriver quelque chose.

— Qu'est-ce que tu veux qu'il arrive ?

— Si je le savais, je me serais arrangé pour que ça arrive.

Bérénice découvrait qu'Alfred souffrait lui aussi. Peut-être davantage qu'elle, puisqu'il avait deux cordes au cou, l'une légitime, l'autre plus étouffante encore, tressée de clandestinité. Incapable de revenir en arrière pour régler ses comptes avec le passé. Dans l'impossibilité d'emprunter sur l'avenir. Confiné dans un présent asphyxiant.

Il se rendait à Nicolet environ une fois par mois, pour régler des affaires avec sa femme. Bérénice présumait qu'il s'agissait de factures d'électricité et de frais de scolarité. Dans les circonstances troubles où il se trouvait, Alfred assumait ses responsabilités. Un homme d'honneur, du moins !

Mais Bérénice n'en ressentait pas moins une morsure au cœur chaque fois qu'il partait pour Nicolet. Un élancement qui s'intensifiait quand elle le revoyait. Il avait été en contact avec l'autre.

Un soir qu'il revenait de Nicolet justement et qu'ils déambulaient sur les quais à l'ombre des élévateurs de grains, des pas s'étaient fait entendre derrière eux. Un homme les avait rejoints. Le souffle court.

— On vous cherche partout. Ils ont téléphoné à l'hôtel. Votre femme vient de mourir à Nicolet.

Dans les minutes qui suivirent, Alfred reconduisit chez elle une Bérénice muette de stupeur, et partit pour Nicolet où il séjourna une semaine. Le temps de remplir ses obligations. D'affronter sa famille. Les deux familles, en fait : la sienne et celle de sa femme. Deux clans campés sur leurs positions. Alfred sous le feu croisé de tous les regards lourds de reproches. Accomplissant les rites avec dignité. La petite Liette à ses côtés. Une pitié, la souffrance de cette enfant !

Le salon funéraire, l'église, la fosse. Il avait insisté pour que sa femme repose sous le monument de sa famille à lui, au cimetière. Ultime réparation ou dernier compromis pour dénouer à jamais une union vouée à l'échec ?

La femme d'Alfred avait succombé aux suites d'une indigestion aiguë, comme on disait à l'époque pour désigner une crise cardiaque mal diagnostiquée. Des crampes à l'estomac après le départ d'Alfred. Elle s'était allongée sur le lit. Elle se tordait de douleur. Elle avait appelé une voisine à l'aide. Le docteur était venu. Valise noire et stéthoscope. Trois quarts d'heure plus tard, elle avait cessé de vivre.

Quand Bérénice revit Alfred à Sorel, il n'était plus le même. Lui qui, d'habitude, enchaînait les phrases avec aisance ne trouvait plus ses mots. Elle-même ne se permit pas de commenter les événements. Elle se débattait avec une trop lourde question. Que s'était-il donc passé à Nicolet ?

On ne meurt pas à trente ans parce qu'on a mangé du poulet en compagnie d'un homme qui vous est devenu étranger ! Pendant toute la semaine, une pensée insidieuse avait envahi l'esprit de Bérénice. Alfred avait tué sa femme !

Pas avec une arme ! Avec des mots ! C'était

pour ça qu'il n'osait plus parler. Jusqu'à la fin de ses jours, Bérénice refoulerait le doute au plus profond de son être.

Alfred et sa femme s'étaient sans doute disputés. Des âmes charitables avaient probablement prévenu la malheureuse que son époux se pavanait à Sorel avec une jeune fille de dix-sept ans. Peut-être avait-il reproché à sa femme de l'avoir pris au piège pour le forcer à l'épouser? Ils avaient haussé le ton. Il l'avait poignardée de reproches. Les injures coupantes. Les menaces cinglantes. Les paroles d'Alfred avaient littéralement fendu le cœur de sa femme.

Jamais, au grand jamais, Bérénice n'aborderait le sujet avec lui. Jamais, non plus, la question ne s'éteindrait dans sa conscience.

Ni dans la mienne d'ailleurs car je partageais avec ma mère, à son insu bien entendu, la conviction qu'il y avait un cadavre derrière la moustache de mon père. Ce terrible secret expliquait peut-être la quête inassouvie de respectabilité qu'il avait entretenue jusqu'à son dernier souffle. Je l'ai assez dit, le chapeau incliné à droite et les gants de chevreau, mais également la prestance d'un grand de ce monde dans les réunions de famille, surtout en présence des Rats des champs ou des granges et des Mouches de tout acabit, personnages au comportement imprévisible que l'imagination la plus enfiévrée n'aurait su inventer, au sein de l'invraisemblable tribu rassemblée autour de monsieur Will Wood et régentée dans les faits par la corpulente Yvette.

Mon père avait quitté Nicolet en déclarant que ce

petit milieu étouffant ne satisferait jamais ses ambitions et qu'en conséquence il n'y remettrait jamais les pieds. Il était pourtant revenu s'y établir vingt-cinq ans plus tard, poussé par la nécessité. D'où les cols encore plus empesés et la cravate maintenue par une épingle étincelante, la voiture toujours rutilante de propreté et les enfants au pensionnat à leur tour, comme les authentiques descendants de l'honorable famille qu'ils étaient. Les bonnes manières érigées en palissade pour empêcher le passé d'envahir le présent.

— Ça, c'est un homme! s'est exclamée Karolyn.

Je l'ai regardée sans dire un mot, vidé de toute parole après une aussi lourde révélation.

— J'aurais aimé le connaître, a-t-elle poursuivi. Au moins, il avait quelque chose à cacher, ton père, alors que le mien, il a passé sa vie à regretter ce qu'il n'a jamais osé faire.

* * *

Nous étions arrivés en vue du théâtre du Bic. J'ai ralenti en faisant un signe de tête en direction de cette grange reconvertie, posée sur une pelouse au bord d'un ruisseau.

— Tu ne devais pas aller voir tes amis? lui ai-je rappelé.

Karolyn a pris le ton d'une personne que le fait de toujours devoir recommencer les mêmes explications exaspère.

— Je m'étais dit que j'arrêterais peut-être ici si je

n'avais rien d'autre à faire. Entre-temps, je t'ai rencontré. Je veux dire, ton histoire, ça vaut toutes les pièces de théâtre.

— On n'est pas au théâtre là, on est dans la vraie vie.

Karolyn secouait la tête.

— C'est la même chose !

Elle a insisté.

— Finis l'histoire de ton père.

— C'est pour ma mère que je suis inquiet.

— Justement, en écoutant l'histoire de ton père, peut-être que je découvrirai si oui ou non ta mère pense à se suicider.

Comme tout le monde, j'avais toujours cru que le destin de ma mère, celui de mon père et leur vie commune constituaient trois aventures bien distinctes. Des personnages au rôle clairement défini : un homme qui passe à côté de sa vie parce qu'il est trop occupé à essayer de ne pas ressembler à ceux qui l'ont précédé, une enfant ensorcelée qui se métamorphose en épouse dévouée en attendant de renouer avec ses sortilèges après la mort de son mari, et un couple mal assorti, constitué d'un mâle dominant et d'une femelle soumise. En somme, l'histoire de beaucoup de gens.

Mais voici que, avec ses petites phrases qui voulaient tout dire et ne rien dire, cette Karolyn confortait mon intuition selon laquelle l'existence d'une personne ne commencerait pas à sa naissance et ne finirait pas à sa mort. Les décisions prises par nos parents conditionnent nos vies. De même, nous continuons d'agir en instillant ce que nous avons été chez ceux qui nous suivent.

— Je suis sûre que tu lui ressembles, a encore dit Karolyn, à ton père je veux dire. Je le sais parce que tu n'as pas fait semblant, comme tous les autres, de ne pas me voir au bord de l'autoroute.

C'est à ce moment, je pense, que j'ai commencé à comprendre pourquoi j'acceptais de la traîner avec moi au bout de ce voyage. Avec sa lucidité épicée de cruauté, elle était le guide inattendu qui m'accompagnerait dans ma périlleuse descente vers mes profondeurs. À ce titre, je devais lui pardonner d'être la femme crue qu'elle était. Lui en être reconnaissant même. Toute autre qu'elle ne se serait jamais aventurée avec moi dans le labyrinthe que ma mère traçait devant nous.

Après avoir roulé un certain temps sur l'autoroute de contournement de Rimouski, je me suis engagé sur une simple route bordée d'épinettes. Un panonceau prévenant les automobilistes de la présence importune d'orignaux dans les environs m'a tué encore une fois. En racontant à Karolyn l'épisode le plus éprouvant de ma vie, je répondais à sa requête. C'est encore de mon père que je lui parlais en évoquant le destin de mon frère.

C'était entre le printemps et l'été, en cette trop courte saison où l'on se croit autorisé à croire qu'il ne peut rien nous arriver de mal. J'étais dehors avec ma femme. Nous préparions le bateau en vue de sa mise à l'eau prochaine : étendre une nouvelle couche de peinture réfractaire aux parasites sur la coque et regarnir les banquettes de leurs coussins fraîchement aérés. Je ne sais pour quelle raison je suis entré dans la maison. J'avais peut-être besoin d'un outil. Le téléphone sonnait. Je me suis précipité. C'était le responsable du poste régional de la Sûreté du Québec. Il cherchait à me joindre depuis plus d'une heure. Après s'être assuré de mon identité, il m'a demandé de passer le plus rapidement possible à son bureau, s'excusant de ne pouvoir envoyer un de ses agents me rencontrer. La pénurie de personnel le contraignait à cette dérogation aux usages. J'ai tout de suite su que c'était grave.

La Sûreté était logée dans un demi sous-sol aux murs lambrissés de panneaux de préfini sombre. C'est dans la salle d'accueil, en présence de la secrétaire, qu'il s'est déchargé de sa mission. « Vous avez bien un frère qui se prénomme Luc ? » J'ai dit oui et j'ai enchaîné parce que je devinais la suite : « Il est mort ? » Le policier a fait signe que oui et m'a expliqué : « Sa voiture a percuté un orignal sur l'autoroute transcanadienne la nuit dernière. Sa dépouille repose à l'Hôtel-Dieu d'Arthabaska. Pouvez-vous aller l'identifier ? »

J'ai basculé dans le néant. Il n'y a pas d'air au revers de la vie. Je me sentais éviscéré vivant. Dépouillé de tout ce que nous ne partagerions pas, mon frère et moi, jusqu'à notre lointaine et improbable vieillesse. Pendant les heures et les jours qui ont suivi, j'ai vécu sans respirer, me vidant de ma substance par les yeux, la poitrine soulevée par les râles. Cependant qu'en digne fils de mon père j'accomplissais les gestes commandés par la situation.

Je me suis rendu à l'Hôtel-Dieu. On m'a conduit à la morgue. L'agent de la Sûreté qui m'accompagnait m'a cédé le passage. Je suis entré le premier dans la chambre froide. Deux pieds, l'un sans chaussure, dépassaient d'un drap blanc. Au début de ma carrière de journaliste, quand je couvrais les faits divers à Trois-Rivières, un agent de la police municipale m'avait confié un secret qui trouvait sa confirmation ce jour-là : « Quand tu arrives sur les lieux d'un accident, si tu vois qu'une personne a perdu une chaussure, tu peux être sûr qu'elle est morte. »

Mon guide m'avait rejoint. Il a soulevé le drap. Mon frère reposait sur la civière. Mon frère en cadavre. Son ultime plaisanterie. Même taille, silhouette identique, des vêtements que je reconnaissais. Un œil crevé, l'autre ouvert sur l'éternité. L'agent a rabattu le drap. En sortant de là, je savais que le plus difficile restait à accomplir. Prévenir les autres. Par qui commencer ? Mon père était au travail. Ma mère à la maison. J'ai pris l'option la plus cruelle. Je suis allé annoncer la nouvelle à ma mère.

Elle faisait de la compote de rhubarbe. Son tablier chantait. Elle s'est essuyé les mains et s'est avancée vers moi pour m'embrasser. J'ai enfoncé le poignard d'un coup, jusqu'au fond. Elle est restée muette un moment, puis un long gémissement est monté. Elle se lamentait en accouchant de la mort de son enfant.

Depuis, je me suis souvent demandé pourquoi j'étais allé vers elle d'abord. Pourquoi pas vers mon père ? Je crois bien que je me méfiais des réactions mesurées de mon père, de sa retenue jusque devant l'effroyable. Tant qu'à faire souffrir, autant blesser quelqu'un qui serait ravagé à l'unisson de ma propre douleur. La peine de ma mère se dressait devant la mienne à la façon des contre-feux qu'on allume pour faire obstacle à un incendie de forêt. Je sais maintenant qu'il faut aimer une personne à la folie pour la blesser à ce point. Ce jour-là, je ne me suis pas privé d'aimer ma mère.

Quant à mon père, il s'est statufié comme je m'y attendais. La distance qui nous séparait s'est accentuée en cette occasion. Il est mort un an plus tard et je n'ai pas versé une larme. Depuis, je suis le fils de ma mère.

* * *

— Pour commencer, tu ne fumes plus dans mon camion!

Je n'avais rien prémédité. Je me suis encore entendu lui dire :

— Et puis à part ça, je commence à me demander ce que je fais avec toi.

Elle regardait alternativement la cigarette qu'elle venait d'allumer et la nouvelle tête que je faisais. Elle s'est défendue en attaquant.

— Si tu ne voulais pas de moi, tu n'avais qu'à ne pas t'arrêter.

Elle a posé la main sur la poignée de la portière.

— Arrête.

J'ai poursuivi ma route. Nous traversions une forêt sinon hostile, du moins indifférente.

— Je vais te laisser quelque part où tu trouveras quelqu'un…

— Arrête !

Elle a crié si fort que mon cœur a fait un tour sur lui-même. Elle a éteint sa cigarette dans le cendrier avec toute la rage qu'elle aurait mise à m'écraser, moi. Comme je continuais de rouler, elle a déverrouillé les portières en appuyant sur le bouton de l'appuie-bras.

— Qu'est-ce que tu fais ?

Elle a entrouvert la portière. Je roulais à cent dix, peut-être cent quinze kilomètres heure. La pression de l'air repoussait la portière. Elle luttait pour l'ouvrir davantage. J'ai ralenti et me suis laissé dévier sur l'accotement. La camionnette n'était pas encore immobilisée qu'elle a sauté à terre. Elle a couru vers le bois. Je me suis élancé derrière elle. Elle s'est arrêtée, s'est tournée vers moi et m'a reçu en me repoussant de ses deux mains sur les épaules. J'ai failli tomber à la renverse. Elle me criait après.

— Tu crois que c'est facile ? Je me retrouve pognée avec ta mère, comme si j'avais pas assez de la mienne ! Va la retrouver, ton hostie de folle de mère, puis meurs avec, si c'est de ça que t'as envie !

Le tranchant de ses paroles m'a stupéfié plus que la bourrade qu'elle venait de me donner. Elle en a profité pour retourner sur le bas-côté de la route où elle a tendu le pouce en direction d'une voiture qui venait. Puis d'une autre. Et d'une autre.

J'ai mis quelques instants à émerger de ma léthargie. J'ai marché vers elle, empêtré de confusion. Je l'avais malmenée, certes, mais cette fille frappait pour tuer. Je suis arrivé près d'elle.

— Attends.

— Ça fait deux fois que tu essaies de te débarrasser de moi, m'a-t-elle rappelé, hier soir sur le quai et là, sur le bord de la route. C'est deux fois de trop. Laisse-moi te dire qu'il n'y en aura pas de troisième.

Elle s'est détournée de moi. Le pouce levé, elle faisait comme si je n'existais pas, derrière elle. Les automobilistes ne manquaient pas de nous apercevoir. L'un d'eux a même klaxonné. J'ai rappelé à ma comédienne de passagère qu'elle avait laissé son sac dans la camionnette. Ce qui a semblé la mettre encore plus hors d'elle-même.

— Si tu savais comme je m'en fous de mon sac! J'ai passé ma vie à le perdre, mon sac, puis j'en ai toujours retrouvé un autre! C'est pas ce qu'il y a dans ton sac qui compte, c'est ce que t'as dans le cœur!

J'étais soufflé. Comment cette fille pouvait-elle se montrer si grossière et me jeter à la tête des vérités qui m'atteignaient autant? Déconcertant paradoxe. Nous avions tous deux à nous faire pardonner quelque chose. Moi, mon agression-surprise. Elle, ses constants changements de saison. J'allais lui demander de me comprendre, sinon de m'excuser, quand elle s'est dirigée vers la camionnette où elle est remontée lestement. Elle a bouclé la ceinture de sécurité en regardant devant elle comme si elle mesurait le chemin qu'il nous restait à parcourir.

J'avais l'air idiot au bord de la route. Je l'ai rejointe

et j'ai remis le moteur en marche. Je me suis tout de même permis une dernière remarque, en guise de précaution, avant d'engager l'embrayage :

— Le moins qu'on puisse dire, c'est qu'on est différents tous les deux.

— Comme ton père et ta mère, a-t-elle commenté.

J'ai opiné, sans plus, pour ne pas provoquer d'étincelles.

— Mais il y a une grosse différence, a-t-elle ajouté. Moi, je ne suis pas ta mère.

Nous avions recommencé à rouler sur l'accotement. Pour ne pas perdre la face, j'ai regardé plus longtemps que nécessaire dans les rétroviseurs latéraux avant de remonter sur la route. Comme si un danger nous menaçait et que ma prudence pouvait l'éviter.

* * *

J'ai passé la plus grande partie de ma vie à tenter de concilier les caractères opposés que j'ai hérités de mes parents. Je commence à peine à découvrir comment mater ces deux tempéraments de fauves pour les amener à cohabiter dans une même cage. Et cette cage, c'est moi. En fait, cela dure depuis le mariage de mon père et de ma mère. Avant ma naissance. J'étais donc écartelé avant d'être. Est-ce possible ?

Alfred se faisait une spécialité des mariages déconcertants. Le premier avait été célébré dans une franche hostilité. Au second, ce qu'il restait de la famille d'Alfred n'en revenait pas de se trouver encore une fois dans une situation aussi choquante.

Les deux clans avaient commencé à s'observer, de part et d'autre de la nef, dans l'église de Sorel où le mariage était célébré. Du côté de la famille d'Alfred, les femmes étaient en majorité. Une ligue de tantes et de sœurs sur leur quant-à-soi. Voilettes et becs pincés. Au milieu d'elles, la petite Liette se mordait les lèvres en se demandant ce qu'elle faisait là. Tassée sous son chapeau, elle ne se remettait pas de la mort de sa mère. Deux hommes seulement, des frères d'Alfred. Marcel, le cadet, sortait à peine de l'adolescence. Un visage rond et réjoui. Antoine, l'aîné, était vêtu comme un ambassadeur, les mains dans le dos et le torse bombé sous son complet rayé. Un homme de petite taille mais de haute prestance. Leur père étant décédé, c'était lui qui tiendrait le rôle de patriarche devant l'autorité ecclésiastique et qui signerait le registre d'état civil en qualité de principal témoin. En attendant d'exercer ses fonctions, Antoine se permettait des œillades et des sourires en coin à l'intention de ses futures belles-sœurs.

De l'autre côté de l'allée, monsieur William Dubois et sa femme Yvette donnaient le ton à leur progéniture. Costume sombre garni d'un œillet pour le père, la mère imposante dans sa corpulence, sous son étole de fourrure agrémentée de têtes de martres. Derrière eux, le petit peuple des Mouches et des Rats, robes bariolées et maquillages prononcés. Un remuement incessant. Olivette, l'une des filles, était dure d'oreille de naissance. On l'entendit faire une confidence à sa sœur :

— Le marié a une méchante moustache ! Moi, j'y penserais à deux fois avant de l'embrasser.

Agenouillés sur des prie-Dieu de velours rouge devant la balustrade, Alfred et Bérénice se retournèrent en même temps. Olivette en fit autant, cherchant au fond de la nef ce qui attirait ainsi l'attention. Avant d'en remettre.

— Puis l'autre, lui as-tu vu le chapeau ? Une vraie bouse de vache !

Au sortir de l'église, on lia les mariés avec de longs rubans de papier entortillés autour de leurs bras et de leurs épaules. Ils venaient de « se mettre la corde au cou » comme le voulait l'expression populaire. Puis on leur jeta de généreuses poignées de riz sur la tête, afin de leur assurer une abondante descendance. Donatien, l'un des aînés de Bérénice, ne se priva pas pour en verser une bonne provision dans le corsage de sa sœur. La mariée riait aux éclats. Contrarié, l'époux esquissa un sourire de circonstance. Le temps d'une photo.

Pour éviter des frais, on avait organisé la réception dans l'appartement que le couple Will Wood avait transformé en maison de chambres. Le salon double étant loué à des chambreurs, les vingt, peut-être vingt-cinq convives s'entassèrent dans la cuisine, fort heureusement assez grande pour contenir à peu près tout ce monde. Les deux familles en furent quittes pour se frotter les coudes.

Il y eut deux tablées successives. Ceux qui ne mangeaient pas buvaient, appuyés au mur. Pendant qu'on dévorait le rosbif et les cornichons, les membres du clan Will Wood n'eurent de cesse de faire tinter les couteaux, cuillères et fourchettes sur les verres, forçant chaque fois les nouveaux époux à se lever et à s'embrasser, sous des exclamations de plus en plus vives.

Au dessert, Bérénice accomplit son premier rituel de future ménagère en coupant le gâteau à trois étages au sommet duquel trônaient deux figurines représentant les mariés. Donatien fut encore une fois pris d'une inspiration. Il se dirigea vers le bout de la table et se mit en frais de proposer lui-même un morceau de gâteau à sa sœur.

— C'est pas correct de la faire travailler de même le jour de ses noces.

On s'attroupa autour de lui. Dans la confusion, un coup de coude maladroit envoya valser l'assiette et le gâteau. Dans une tentative désespérée pour rattraper son offrande, Donatien en aplatit une bonne part sur la joue de la mariée. On s'esclaffa. Alfred fronça les sourcils et débarbouilla sa jeune épouse en trempant le coin de sa serviette de table dans un verre d'eau.

On porta des toasts. Au père et à la mère de la mariée. À celui et à celle qui tenaient lieu de père et de mère au marié. Antoine joua son rôle avec beaucoup de condescendance, se levant et saluant, le verre à la main. Il aurait même prononcé un petit discours, mais on ne l'écoutait pas.

Après le repas, on repoussa les chaises. Pour marquer l'entrée des nouveaux époux dans leur nouvelle vie, les membres de la famille d'Alfred entonnèrent la célèbre *Fascination,* que les frères et sœurs de Bérénice ignoraient visiblement. Alfred invita son épouse à valser. Il avait une maîtrise évidente de cet art. Bérénice se laissa guider, sa robe longue dissimulant la maladresse de ses pas.

> *Je t'ai rencontré simplement*
> *Et tu n'as rien fait pour chercher à me plaire.*
> *Je t'aime pourtant d'un amour ardent*
> *Dont rien, je le sens, ne pourra me défaire.*

Puis, la table fut démontée et rangée. On put passer aux choses sérieuses, sets carrés et Paul Jones. Tous ceux du clan Will Wood s'étaient spontanément levés. Se tenant par la main, ils firent le tour de la cuisine en sautillant. Les frères et sœurs d'Alfred les observaient comme au spectacle, jusqu'à ce qu'on les force à se lever, à leur tour, pour « se décoincer », comme le suggéra si ouvertement Olivette. « Là où il y a de la gêne il y a pas de plaisir. » La maladresse changea de camp.

Plus tard, Donatien, qui avait déjà trop bu, courut chercher sa guitare qu'il avait laissée dans l'entrée et se lança dans une interprétation très sentie d'une complainte du soldat Lebrun, dont les paroles correspondaient bien à la mélancolie dans laquelle l'alcool le plongeait.

> *Viens t'asseoir près de moi petite amie*
> *Dis-moi sincèrement que tu m'aimes*

Et promets-moi que tu ne seras
L'amie de personne que moi.

On réclama quelque chose de plus joyeux. Donatien ne se fit pas prier pour s'exécuter. Sa sœur Olivette leva les yeux au ciel. Rien ne pourrait arrêter son frère désormais.

Prendre un verre de bière mon minou
Prendre un verre de bière right through.
Tu en prends
Tu m'en donnes pas
J'te fais des belles façons
J'te chante des belles chansons
Donne-moi-z-en donc.

Lâchant sa guitare, Donatien se mit en frais de passer de la parole aux actes. S'étant emparé d'une bouteille de bière, il en versa de généreuses rasades dans le verre des dames. S'étant retrouvé devant Bérénice, il s'emporta si bien qu'il continua d'emplir son verre après qu'il fut plein. La robe de la mariée en fut irrémédiablement tachée.

Pour faire diversion, on annonça que la jeune épouse lancerait son bouquet à l'intention des femmes célibataires présentes dans la salle. Celle qui l'attraperait était assurée de se marier dans l'année. Là encore, Donatien s'illustra. Contrevenant à toutes les convenances, ce fut lui qui attrapa le bouquet en l'interceptant de son long bras. Comme il était déjà marié, il décida de partager son privilège avec toutes les dames. Épluchant le bouquet, il entreprit de déposer une fleur dans le corsage de chacune des sœurs d'Alfred. Les cris et protestations s'intensifièrent.

Dans la confusion qui s'ensuivit, Alfred perdit Bérénice de vue un instant. Quand il retrouva sa cavalière, ce qu'il vit le stupéfia. Bérénice était juchée sur le dos de son frère, qui la promenait à travers la salle comme un cheval. Elle fouettait sa monture avec les restes du bouquet. Alfred se dirigea vers eux. Il prit Bérénice par le bras et la força à descendre. Donatien se cabra.

— Tu veux embarquer toi aussi? Envoye, c'est à ton tour.

Alfred ne daigna pas lui répondre.

— On s'en va, annonça-t-il à Bérénice.

— Déjà?

— On s'en va!

— Où ça?

— Chez nous.

Bérénice ne savait pas encore que chez elle, c'était désormais chez son mari.

* * *

Je m'étais bien gardé de partager avec Karolyn cet épisode de la vie de ma mère. Une scène aussi loufoque m'aurait contraint à de trop coûteux aveux. Je n'étais pas prêt à lui révéler que j'avais longtemps été offensé par les manières de ma mère. Humilié même, en plusieurs occasions. Beaucoup plus tard, après la disparition de mon père et la remise au monde de ma mère, je commencerais à reconnaître que sa naïveté même l'avait sauvée.

Pour l'heure, je me contentais d'enregistrer comme un fait objectif la soumission absolue de ma mère à l'endroit de mon père. Elle s'était livrée à lui à la manière des religieuses qui se donnent tout entières à leur Seigneur. Ça, je l'ai raconté à ma compagne de route. C'était nécessaire pour qu'elle puisse apprécier la suite.

Peu de temps avant son second mariage, Alfred avait acquis une maison dans le nouveau quartier de la ville, au sud-ouest, une construction neuve avec un joli pignon au-dessus du perron. Une maison de briques, celle du troisième petit cochon, qu'aucun souffle ne saurait ébranler. Un chez-soi comportant une cuisine, une salle à manger et une chambre principale au rez-de-chaussée, ainsi que deux autres chambres à l'étage. Du coup, Bérénice avait accédé à un monde qui n'était pas le sien. Sa mère le lui avait d'ailleurs signalé dès sa première visite : « Ma petite fille, si tu ne fais pas attention, ce ne sera pas long, tu vas te prendre pour la reine Élisabeth ! »

Bérénice ne se connaissait pas assez d'autorité pour régenter les meubles neufs qui emplissaient la demeure, le divan et les fauteuils du salon, d'un bourgogne profond, les appareils ménagers chromés, les tapis dont les arabesques lui donnaient le vertige. Elle montait et descendait l'escalier de bois franc en faisant bien attention de ne pas glisser sur ses pantoufles feutrées.

Et plus elle faisait d'efforts pour entrer dans les bonnes grâces de ces puissances domestiques, plus elle se rendait compte qu'elle ne savait rien. Elle se concentra sur l'essentiel : préparer les repas de son mari. L'époque du restaurant et des *cabines* ne l'avait pas préparée à sa vocation d'épouse. Chez ses parents, le père caressait d'impossibles rêves, la mère faisait la cuisine et les filles lavaient la vaisselle.

L'un des premiers soirs de sa vie de ménagère, Bérénice se résolut tout de même à préparer des œufs au miroir. Comme elle s'y était prise très à l'avance, elle déposa les œufs au four pour les tenir chauds. Beaucoup plus tard, après qu'Alfred fut enfin arrivé et que le temps fut venu de les servir, les œufs avaient pris la consistance du caoutchouc. Résistants au couteau comme à la fourchette.

Bérénice avait versé toutes les larmes de son corps. Alfred s'était montré à la hauteur de la situation, lui faisant valoir qu'elle avait tout pour être heureuse, un mari compréhensif et une maison de briques avec un foyer au salon. De quoi surmonter toutes les épreuves.

Le nouveau quartier commençait à peine à se développer. Peu de familles l'habitaient encore. Par conséquent, la circulation automobile y était limitée. Comme les maisons se dressaient sur une ancienne prairie à peu près dépourvue d'arbres, des bancs de neige s'accumulèrent au point de boucher pratiquement la grande baie vitrée du salon.

Bérénice fut ravie de cet emmitouflement. Elle se sentait en sécurité dans cette maison où, en plus du bois qui crépitait dans le foyer, l'eau chaude avivait de gros radiateurs de fonte dans chacune des pièces. Par moments, elle en venait même à souhaiter que l'hiver ne finisse jamais.

Les rituels que lui imposait Alfred constituaient également pour elle des balises rassurantes sur le cours de sa nouvelle vie. Dans sa jeunesse, sa mère la laissait courir derrière le premier papillon venu. Alfred, lui, ponctuait leur existence de cérémonials auxquels il tenait avec une intransigeance liturgique. L'heure du lever, le départ pour le travail et le retour, les repas, la toilette et la mise au lit s'exécutaient selon les rites les plus stricts. Jusqu'aux étreintes qui relevaient d'une pratique contrôlée. Ou presque.

Même le chapelet, qu'Alfred lui faisait réciter chaque soir, à genoux devant le gros poste de radio. Elle en marmonnait les répons en écho au ton pontifiant du cardinal Léger. Ce même poste de radio qui, le samedi après-midi, emplissait la maison des clameurs de l'opéra. On ne peut dire que Bérénice appréciait ces arias, mais Alfred y tenait et elle se disait qu'elle s'y ferait. C'était un tout autre répertoire que les délires auxquels l'avaient habituée la guitare de Donatien et l'harmonica d'Olivette, deux des plus lyriques parmi les Rats et les Mouches de sa fratrie.

Quelques sorties, aussi rares qu'imprévues, ponctuaient ce régime rigoureux. Comme cet après-midi d'hiver, par exemple, où Cécilia était venue chercher sa sœur pour l'emmener se balader en ville dans une voiture conduite par son prétendant. Alfred était rentré en rogne ce soir-là.

— Paraît que tu te promenais en ville, cet après-midi, avec un homme ?

Bérénice s'en était expliquée simplement. Alfred était demeuré tranchant.

— La femme reste à la maison pendant que l'homme est au travail.

Lui-même ne sortait à peu près jamais, sauf pour aller gagner leur vie. On aurait dit que, après avoir sauté les clôtures pour conquérir la femme sur laquelle il avait jeté son dévolu, il avait refermé la barrière une fois pour toutes sur sa légitimité reconquise. Et quand la vie mettait un incident inattendu en travers de son existence, Alfred lâchait un « Joualvert ! » qui devait suffire à tenir le destin en respect. À quelque temps de là, il avait tout de même pris Bérénice au dépourvu en lui demandant :

— Tu trouves ça amusant, toi, chaque fois qu'on va quelque part ensemble, qu'on te prenne pour ma fille ?

Il l'avait forcée à remonter ses cheveux en rouleaux. Il l'avait persuadée qu'elle avait besoin de lunettes. Sous ses bésicles rondes et sa coiffure d'un autre âge, elle affichait vingt ans de plus que ses dix-huit ans. Alfred lui apprit ensuite à contenir ses élans spontanés.

— Quand il y a de la visite, c'est bien simple, tu ne parles pas. Comme ça, tu vas passer pour une femme intelligente.

Bérénice s'était résignée sans peine à se montrer intelligente. Au demeurant, pourquoi se creuser les méninges pour parler à des gens qui ne vous écoutent même pas, la plupart du temps? Ses conversations sérieuses, elle les réservait pour les nuages et les papillons.

* * *

Après quelques mois de mariage, Alfred annonça à son épouse qu'il allait se lancer dans un projet qui donnerait une autre dimension à leur vie.

— On a tout! protesta-t-elle.

— Une promesse que je t'avais faite.

— Je me souviens juste d'une. Que tu vas m'aimer toute la vie.

— On va se bâtir un chalet.

— Pourquoi faire?

Il parut offusqué.

— C'est tout ce qui manque à notre bonheur.

Alfred s'était mis en tête d'acheter le bout de terrain, au milieu de l'île aux Fantômes, où ils avaient abrité leurs amours naissantes. Le propriétaire de l'île, un cultivateur de Sainte-Anne, ne se résignait pas à se départir de son bien. Pour un paysan, posséder la terre, c'est s'assurer l'éternité. En même temps, ne pas tirer profit d'une friche inutilisée, c'était du gaspillage. S'il se trouvait quelqu'un d'assez illuminé pour convoiter des broussailles avec de l'eau de chaque côté, il fallait lui donner satisfaction avant qu'il ne change d'avis. Le paysan consentit donc à louer l'emplacement sur lequel Alfred avait l'œil, en échange d'une redevance annuelle modique à première vue, mais perpétuelle. Alfred s'était résigné à ce compromis en maugréant.

— On ne sera jamais chez nous!

— Bien sûr qu'on va être chez nous! avait rétorqué Bérénice. On l'était déjà quand on venait ici pour s'embrasser!

Elle tenait un bout du ruban à mesurer. Elle avançait dans les broussailles vers l'extrémité de l'île. C'était si dense qu'elle ne voyait pas où elle mettait les pieds. Elle ne progressait qu'avec beaucoup d'hésitation, les bras à hauteur du visage pour se protéger des hautes herbes, persuadée qu'il y avait là-dedans des serpents et d'autres bêtes menaçantes.

— Continue! Va jusqu'au bout! Je te dirai quand t'arrêter!

Elle rassembla son courage pour faire encore quelques pas. Elle ne voulait surtout pas le contrarier. Elle n'avait maintenant qu'un but dans la vie : rendre son homme heureux et, dans sa conscience de petite fille métamorphosée en femme mariée, cela équivalait à faire ses quatre volontés. Ce principe avait d'ailleurs été clairement formulé par Alfred. «Laisse-moi faire, ça va bien aller.» «Et moi?» s'était-elle permis de demander un jour. «Tête heureuse! lui avait-il répondu, si je suis heureux, tu le seras aussi!»

— Arrête-toi là! lui cria Alfred. As-tu quelque chose pour marquer l'endroit? Un bout de branche, un bâton, je ne sais pas…

Elle chercha du regard, aux alentours, sans se déplacer.

— Je ne vois rien.

— Attends! Je vais aller effiler un piquet. Tant qu'à faire quelque chose, aussi bien le faire comme du monde! Ne bouge pas! Ce ne sera pas long.

Bérénice se demandait ce qu'elle faisait là. Non pas seulement dans cette friche dont elle délimitait les bornes avec son mari, mais sur l'île aux Fantômes où ils s'apprêtaient à concrétiser le rêve d'Alfred.

Quelques instants plus tard, il surgit des broussailles, chargé de tout un attirail. Une faux et une masse sur l'épaule. Un piquet à la main. En trois ou quatre élans de sa faux, il dégagea une aire, puis il plaça son bout de bois effilé à l'endroit où le ruban à mesurer s'arrêtait.

— Tiens moi ça bien droit.

Il se mit à frapper sur le piquet avec sa masse. Bérénice ressentait les contrecoups dans tout son être. Elle en était terrifiée. Elle ferma les yeux. Du moins, ainsi, elle ne verrait pas venir le coup.

— Tiens-le droit, je te dis! Si on veut se bâtir un chalet ensemble, il va falloir que tu apprennes à tenir ton bout.

Ils besognèrent tout l'été à la construction de ce chalet. Les premiers temps, ils se rendaient chaque soir sur le chantier, après le retour d'Alfred du travail. Ils s'activaient jusqu'à la nuit. Les coups de marteau et la plainte régulière de la scie qui ahane dans le bois emplissaient l'air doux. Pendant ses vacances, pour le gros œuvre, Alfred avait engagé un ouvrier du chantier maritime. Ce fut une lourde tâche. En ce temps-là, une cruche d'eau et beaucoup de courage remplaçaient la rallonge électrique. Mais, dès que la charpente fut montée, Alfred se fit un point d'honneur de tout accomplir avec la seule aide de Bérénice.

Ce fut un exploit. Physique, d'abord. Bérénice ne se plaignait pas, même si elle était souvent appelée à soulever des charges auxquelles beaucoup d'autres femmes auraient refusé de toucher. Il faut dire qu'Alfred faisait preuve d'ingéniosité. Un palan, des câbles soulevaient facilement les pièces trop lourdes. Une brouette dont Bérénice tenait les mancherons supportait l'extrémité d'une poutre dont Alfred déplaçait l'autre bout en se lamentant sous l'effort.

Une prouesse mentale également. Bérénice ne faisait pas la différence entre un clou et une vis. Encore moins entre une planche embouvetée, un stud et une forense. Sans compter les mesures. Juché dans la charpente, Alfred réclamait un bout de stud de trois pieds, quatre pouces et sept-seize. Bérénice le regardait comme s'il lui eût parlé en latin. Elle faisait preuve d'une extrême bonne volonté. Quand elle avait compté et recompté, avec son ongle, chacune des minces lignes qui découpaient l'espace d'un pouce en seize seizièmes et bien repéré la septième de ces lignes, elle marquait sa pièce de bois au crayon, avant de tracer à l'équerre une ligne bien droite dont elle était très fière. Elle prenait la scie. Alfred faisait la grimace sous sa moustache et la corrigeait.

— Prends donc l'égoïne pour ça! Pas la scie à refendre!

Bérénice ne voyait vraiment pas de différence entre ces deux instruments semblablement pourvus d'une rangée de petites dents aiguës.

— Ça fait pas pareil?

— Non, ça fait pas pareil! Puis envoye, grouille! J'ai pas envie de rester jouqué ici jusqu'à demain matin!

Tout cela, malgré tout, dans un climat de belle complicité. Car Bérénice ne voyait aucune raison de s'offusquer d'être ainsi rabrouée par Alfred. C'était sa nature à lui d'être exigeant. Sa nature à elle l'incitait à reconnaître qu'elle ne savait rien. Deux êtres différents et complémentaires à la fois. L'égoïne et la scie à refendre, tiens, justement!

Après le travail, quand ils ne pouvaient plus voir leurs mains au bout de leurs bras, ils s'installaient au milieu de la charpente pour se reposer et fumer. Épaule contre épaule, muets et satisfaits, regardant droit devant eux dans les ténèbres, ils restaient là à s'écouter vivre dans le bruissement de la nuit. Des insectes, mais aussi des oiseaux de passage, et parfois même des bêtes qui déguerpissaient à quatre pattes dans les fourrés. Un abandon délicieux qui emportait Bérénice au-delà d'elle-même. Elle présumait qu'Alfred en faisait autant de son côté. Elle aurait été fort étonnée, si elle avait pu se glisser dans sa conscience, de s'apercevoir que son Alfred régressait vers les zones les plus refoulées de son passé.

Il avait tout ce qu'il voulait, la femme qu'il aimait, une maison de briques et bientôt un chalet, mais c'était vers la grande maison blanche de Nicolet qu'il retournait. Alll... freed! Quelqu'un l'appelait. Mais qui?

Son grand-père et son père, perpétuellement couverts de leur chapeau, se penchaient sur leur tâche et ne levaient les yeux de leur besogne que sous la contrainte d'une extrême fatigue. Des êtres de devoir. Quand ils s'abandonnaient au plaisir, c'était pour recevoir leurs partenaires d'affaires et autres intermédiaires de leur réussite. Un cigare, monseigneur? Une goutte de porto, monsieur le député? Si tu peux me garantir que ce sera fait pendant que la glace est encore fiable, mon Félicien, je te donne le contrat de transporter la pierre de l'église de Sainte-Monique. Tu en as pour un mois, un mois et demi, avant que la glace commence à pourrir. Mais je ne veux pas d'accident, tu m'entends? Pas de chevaux qui passent à travers la glace. Pas d'hommes noyés. Dans tout ce que j'entreprends, moi, je peux me vanter de toujours faire passer la vie humaine avant le profit.

Des hommes à toute épreuve, donc. Pourtant, ils mouraient l'un après l'autre au début de la cinquantaine. Même en ce temps-là, cinquante ans, ce n'était pas vieux. Il fallait bien que quelque chose leur fasse du mal, en dedans, pour que leur cœur se fende à cinquante ans!

Après le souper, les tantes rabattaient les enfants vers l'étage pour la toilette du soir. Le petit Alfred s'exécutait en un tournemain. Profitant de la confusion, il échappait à la surveillance des tantes. Il redescendait sur ses pantoufles de feutre, coquettement coiffé, en pyjama rayé sous sa robe de chambre molletonnée. Il pénétrait dans la chambre de sa mère.

Elle était allongée sur son lit, comme toujours, les draps, les oreillers, les couvertures sévèrement arrangés comme pour une audience. Un chapelet et des tubes de médicaments sur la table de nuit. Une pièce de broderie recouvrait le verre d'eau. Une pendule vivotait sur une commode sombre, au fond de la pièce. Dans cette chambre, l'air avait déjà été respiré et expiré à maintes reprises. L'enfant avait un élan vers le lit. Le regard blanc de sa mère l'arrêtait.

— Qu'est-ce que tu veux?

— Je suis venu vous dire bonne nuit.

— Eh bien! bonne nuit, mon enfant.

Et elle tournait la tête sur l'oreiller. Le petit Alfred restait là, dans l'encadrement de la porte, vidé de lui-même, jusqu'à ce qu'une des tantes l'attrape par le bras pour le renvoyer à l'étage où l'on n'attendait plus que lui pour commencer la prière du soir.

Alfred aurait été l'homme le plus étonné du monde si on lui avait dit que, en construisant ce chalet, il se fabriquait une mère. Un cœur de planches, sur une île que l'eau prenait dans ses bras. Un refuge pour abriter l'enfant trop tôt sevré de tendresse. Les objets nous rendent spontanément l'affection que nous leur portons.

— Il est trop tard pour faire le ménage du chantier, constata Alfred en se relevant.

— Je m'en occuperai demain en arrivant, répondit Bérénice.

— On va être heureux, ici, tous les deux.

Pour toute réponse, Bérénice prit Alfred par le bras pendant qu'ils marchaient vers la voiture pour retourner à Sorel.

— Sûr, qu'on va être heureux! insista-t-il. Qu'est-ce que tu veux qu'on fasse d'autre?

* * *

La construction du chalet se poursuivit jusqu'en septembre. Le gros œuvre était terminé. La toiture, les murs, les portes et les fenêtres en place. La carapace bien étanche. On s'occuperait de l'intérieur plus tard. Bérénice croyait bien que le chantier allait être abandonné pour l'hiver. C'est alors qu'un samedi matin Alfred entreprit de déplacer la route qui traversait l'île en son milieu. On ne pouvait à proprement parler d'une route. C'était plutôt une piste de terre bosselée et marquée d'ornières, à peine assez large pour permettre le passage d'une seule voiture à la fois. Tout de même, ce ne fut pas une mince entreprise que de déporter ce chemin au bord de l'eau sur toute la longueur de la propriété. Trois cents pieds. Un quart de kilomètre.

Des dizaines de camions déversèrent leur cargaison de mâchefer sur la berge. En ce temps-là, le chauffage au charbon avait encore quelques adeptes et il était toujours possible de se procurer ce résidu de la combustion de la houille. Quand le nouveau segment de route fut relié à l'ancienne piste à chacune de ses extrémités, Bérénice ne voyait toujours pas pourquoi Alfred tenait tant à reculer le chemin d'une trentaine de pieds à l'écart du chalet. Même s'il n'y passait que deux ou trois voitures dans la journée, elle se dit que cette précaution mettrait sans doute les enfants qu'ils auraient un jour à l'abri des accidents. Mais Alfred n'était pas au bout de son projet.

Il se mit à creuser des trous tous les trois mètres, sur le pourtour du terrain, en laissant bien entendu la route hors de ce périmètre. Bérénice, qui ne voulait pas en venir à la conclusion qui s'imposait, se retint de poser des questions. Une semaine plus tard, Alfred enfonça des poteaux dans chacun de ces trous. Quelques jours après, il fixa une longue corde d'un bout à l'autre de son ouvrage, ce qui lui permit de scier la tête des poteaux de niveau. C'est Bérénice qui fut chargée d'enduire les nœuds du bois d'un scellant aussi transparent que malodorant, avant d'appliquer deux couches de peinture blanche sur ces sentinelles au garde-à-vous.

Pendant que sa femme accomplissait cette besogne, Alfred assemblait et peignait des cadres rectangulaires avec le bois qu'il avait scié à temps perdu au cours de l'été, des cadres de dix pieds sur trois, marqués d'un grand « X » horizontal qui leur donnait du corps. Alfred achevait de fixer ces sections de clôture aux poteaux quand les premières feuilles se mirent à tomber.

L'ensemble était impressionnant, donnant à la propriété la majesté des demeures des grands de ce monde, comme on en voit dans les magazines illustrés. Une barrière amovible à deux pans permettait d'entrer avec l'automobile à l'intérieur du domaine. Une seconde barrière, plus petite celle-là, donnait accès à l'eau. Bérénice finit par se persuader que son mari s'était donné tout ce mal pour impressionner les voisins. Elle s'en ouvrit à lui avec beaucoup de précautions.

— J'ai pas fait ça pour la visite! s'exclama-t-il.

— Pour quoi faire, alors?

— Pour montrer qu'on est chez nous!

— Mais on est tout seuls, ici!

— Justement, si on veut le rester…

Bérénice ne se sentait pas autorisée à critiquer les décisions de son mari, même et surtout si elles lui paraissaient discutables. Alfred savait ce qu'il faisait puisqu'il était l'homme. En même temps, Bérénice ne pouvait s'empêcher de songer que cette clôture avait probablement été érigée pour la retenir, elle, dans les limites de la propriété. «Tu restes à la maison pendant que je suis au travail», avait-il énoncé. Cela la chiffonnait tout de même un peu de se voir enfermée dans un enclos comme du bétail. Sans prendre le temps de réfléchir, elle posa les deux mains bien à plat sur le dessus d'un poteau et se projeta de l'autre côté de la clôture avec l'aisance d'une gymnaste olympique. Surprise comme une adulte de l'audace de son geste. Ravie comme une enfant de son exploit. Pour conclure sa démonstration, elle salua à la manière des plus grands. Le « Tête heureuse ! » qu'elle reçut en retour lui allait à merveille.

J'ai grandi derrière cette clôture. À trois ou quatre ans, elle me paraissait infranchissable. Chaque matin, quand mon père quittait le chalet pour aller travailler, c'était moi qui refermais les deux pans de la grande barrière et qui actionnais le loquet qui devait contenir le monde hors de notre paradis. Par la seule force du symbole, mon père m'a inculqué la conviction que le bonheur fleurit dans les endroits clos.

À douze ans, quand je me suis mis à griffonner dans des petits cahiers, je me suis installé au sous-sol, dans la maison de ville. Dans l'étroit réduit sous l'escalier, je me suis fait une table de travail du plateau de la machine à coudre de ma mère. Un drap de lit refermait mon univers. Je ronronnais de satisfaction sans savoir pourquoi.

À treize ans, j'ai dressé ma tente dans ma chambre et j'ai connu mes premiers émois solitaires sous cet abri de toile. L'étroitesse des lieux et la précarité de mon refuge me le rendaient d'autant plus réconfortant. Je me persuadais que le regard des puissances qui nous surveillent ne devait pas percer ma tanière de toile.

À trente ans, au cours d'un premier voyage en France, je suis tombé en pâmoison devant la cour intérieure d'un l'hôtel où nous demeurions, ma femme et moi. Je refusais de l'accompagner dans les rues de Grenoble que nous rêvions pourtant de découvrir depuis longtemps. J'inventais les prétextes les plus divers pour ne pas quitter mon paradis. Vingt-cinq mètres carrés de pavés, un banc, un arbre et un coin de ciel où se profilait la silhouette d'une montagne comblaient mes fantasmes les plus inconscients.

Au cours d'un voyage ultérieur, toujours dans la région de Grenoble, j'ai visité avec des amis le monastère de la Grande Chartreuse, dans le massif du même nom. Pendant que les autres parcouraient les lieux en écoutant d'une oreille distraite les commentaires du guide et jetaient un regard passif sur ce qu'on leur montrait, je me suis attardé dans la cellule modèle ouverte aux visiteurs. Un monde clos, deux pièces, l'une pour dormir et prier, l'autre pour travailler le bois, se prolongeant dans un jardinet ceint d'un haut mur de près de quatre mètres. Moi qui n'avais déjà aucune attirance pour les questions religieuses, encore moins pour la vie érémitique, je m'effrayais de vibrer si fort à l'idée que ce lieu pourrait m'apporter le bonheur suprême. Fallait-il avoir les murs et les clôtures inscrits dans l'âme!

Il en a été de même partout et pendant toute ma vie. Les bateaux, par exemple, ont toujours été pour moi non pas des moyens de me promener sur l'eau, mais de petits habitacles proposés à la satisfaction de ma passion pour les espaces enveloppants. Encore aujourd'hui, la caravane portée sur le dos de ma camionnette…

Tout ça pour une clôture que mon père avait tenu à installer autour de son chalet! Si on savait quelles conséquences peuvent avoir nos gestes les plus anodins! Qui ne le sont pas tant que ça, à bien y penser…

Je me suis rappelé que je faisais ces confidences devant une personne qui était loin de partager ma propension pour les placards et autres réduits rassurants. Je me suis empressé de lui montrer l'autre face de ma lune. Celle que présente le journaliste dans l'exercice de sa profession. L'individu sociable et jovial, attentionné avec les autres, connecté au moindre fait de sa collectivité. Le citoyen toujours prêt à s'engager dans les projets et comités les plus divers. Le sens de la tribu. L'héritage de ma mère. Et je ne pouvais m'empêcher de conclure, à ce point de ma réflexion, que nous sommes la synthèse génétique de nos parents. Si c'était la nature, cette grande force qui se cache derrière les divers visages de Dieu, qui nous imposait d'aimer telle personne qui ne nous ressemble pas, plutôt que telle autre qui pourrait nous assurer une existence plus tranquille, à la seule fin d'assurer une bonne diversité génétique à nos descendants?

J'avais rarement tant parlé de moi et jamais à cœur si ouvert. Je m'en suis justifié en rappelant à Karolyn que c'était pour lui faire connaître mon père que je lui montrais mes ressorts intimes. Elle retenait certaines objections depuis un certain temps, c'était évident. Elle s'est d'abord récriée:

— Moi, je ne pourrais pas. J'ai trop besoin d'air. Je suis certaine que j'ai été un oiseau dans une autre vie.

Elle s'est ravisée devant ma mine qui trahissait le peu d'intérêt que je portais à son cas. Pour le moment du moins.

— Mais qu'est-ce qu'il avait donc, ton père, pour écraser sa femme comme un seigneur du Moyen Âge!

— Je pense plutôt qu'il essayait de ne pas être écrasé lui-même.

— Écrasé par quoi?

— Comme tout le monde. Par son passé.

*   *   *

Sous l'impulsion qui me poussait à expliquer mon père à ma compagne de voyage, il me semblait que je cartographiais mieux que jamais le firmament de cet homme que j'avais peu et si mal connu. Cela me procurait une certaine exaltation en même temps que je me désolais de ne pas tout comprendre de lui. Pour que je puisse lire clairement dans les lointaines étoiles de mon père, il aurait fallu que la vie fasse un peu silence autour de moi. Que le quotidien baisse l'éclairage. Cela n'arrive presque jamais, comme chacun le sait.

J'ai dû m'arrêter pour faire le plein d'essence. Karolyn en a profité pour aller fumer à l'écart. Il était trop tôt pour manger, mais c'est toujours l'heure d'un café. Nous sommes entrés dans une cabane qui essayait de se donner des airs de restaurant.

Il y avait cinq ou six personnes là-dedans. Une seule qui parlait, une jeune femme pas très jolie et plutôt mal vêtue, assise au comptoir, avec un bandage qui lui enveloppait l'avant-bras depuis le poignet jusqu'au coude. Blessée par quoi? Par qui? La vie, peut-être? Elle parlait toute seule en brandissant son pansement. J'ai fini par comprendre qu'elle s'adressait à quelqu'un qui devait se trouver à la cuisine et que nous ne pouvions voir.

Elle parlait pour ne rien dire, comme des milliers de gens devaient le faire au même moment, dans des centaines d'endroits comme celui-ci, tout le long de la route du Bas-du-Fleuve et de la Gaspésie. Une chaîne ininterrompue de futilités. Des banalités pour contrer la vacuité. L'illustration la plus parfaite de la détresse humaine. Combler son vide intérieur avec des ragots et des propos de cuisine.

Pour parler de mon père, je ne peux me référer à lui. Nous ne nous sommes rien dit pendant qu'il était en vie. C'est à travers le filtre de ma mère que je le connais et je sais que la mémoire de ma mère est une lentille déformante. Elle voit le passé avec ses lunettes enchantées. Elle enjolive ses souvenirs, elle en fait des bouquets et des emballages pour ses illusions. Elle ensorcelle le passé pour essayer de l'accorder à ce qu'elle est devenue après la mort de son mari.

Je n'avais pas le choix. J'ai donc réintégré avec prudence la conscience de ma mère. Je me suis avancé parmi ses intuitions et ses déductions, sur le terrain miné où chacun survit en faisant correspondre la réalité à sa propre interprétation de la vérité.

Bérénice découvrit assez vite que son époux n'aimait pas les gens. Les trouvait-il trop terre à terre? Dépourvus d'ambition? Lui qui avait été élevé dans la conviction d'être issu d'une élite dont la mission consistait à montrer la route des sommets au reste de l'humanité.

Le fait est qu'il n'avait pas d'amis. Un seul, tout de même, un petit homme timide qu'il surnommait

Ti-bé, avec qui il avait échangé d'innocents secrets au temps de son enfance. Un homme si réservé qu'il baissait la tête quand il parlait aux gens et qu'il bégayait quand il devait s'adresser à des inconnus.

Celui-là était admis dans l'intimité d'Alfred. On le voyait apparaître au chalet le vendredi en fin de journée. En ce temps-là, un autobus faisait la navette entre Sorel et les îles. Ti-bé tournait autour du pot avant d'en venir au fait. Alfred savait très bien ce que son ami avait en tête. Il dissimulait son sourire derrière sa moustache. Il faisait le chat devant une souris trop petite pour lui.

Ti-bé ne possédait pas d'automobile et souhaitait emprunter celle de mon père pour la fin de semaine, histoire de sortir sa famille de l'appartement plutôt sombre où son manque de ressources les confinait. Mon père acquiesçait toujours à cette requête. On ne revoyait Ti-bé et la Pontiac grise que le dimanche après-midi. Très souvent donc, en fin de semaine, notre famille se retrouvait prisonnière de l'île, ce dont mon père ne semblait nullement souffrir. Bien au contraire. Il aimait s'enfermer chez lui sans voir personne.

En épousant Alfred, Bérénice s'attendait à devoir donner des réceptions, de grands soupers, organiser des soirées, aller au cinéma et peut-être même à l'opéra avec ceux qu'elle considérait comme les grands de ce monde. Il n'en avait rien été. Bérénice s'interrogeait. Où étaient les compagnons de travail avec lesquels son mari disait traiter avec tant d'autorité? Les contremaîtres, ses égaux, qu'il fréquentait tous les jours? Les grands patrons mêmes, à qui il n'hésitait pas à en référer, parfois même en anglais, pour résoudre les questions les plus compliquées ? Force lui fut de constater qu'Alfred tenait tout ce monde à l'écart de sa vie privée.

Il restait la famille. Deux des frères d'Alfred, l'aîné et le cadet, les mêmes qui avaient assisté à son mariage, étaient les seuls à le fréquenter.

Le premier était tombé dans la déchéance. Chaque semaine, quand ma mère allait au marché à Sorel, elle faisait des provisions à l'intention de cet ermite qui avait rejeté la société. Ou l'inverse, peut-être ? Les beaux soirs d'été, il venait souvent après souper s'asseoir derrière notre clôture blanche, aux côtés de mon père, et tous deux regardaient en silence le soir procéder à l'enterrement du jour, après quoi il retournait furtivement à sa cabane enfouie sous les saules, à l'extrémité de l'île.

L'autre, le plus jeune, était un être jovial et joufflu. Celui-là se berçait encore d'illusions en entretenant l'espoir de connaître à son tour l'opulence qui avait été celle de ses parents. Pendant un temps, il occupa simultanément trois emplois pour remettre en branle la roue de la fortune. Il parvint tout juste à s'acheter une voiture convenable et à combler les désirs infinis de son épouse.

Il arrivait souvent, en plein samedi après-midi, avec des provisions de gin et de bière. En ces occasions, les deux frères et leurs épouses se lançaient dans une fête éperdue qui s'éternisait jusqu'aux petites heures. On n'y faisait rien de plus mal que de raconter des histoires salées et multiplier les tournées de gin. Vers les onze heures, minuit, au sommet de l'euphorie, Bérénice se serait crue chez ses parents. Tout de même, l'excitation finissait par retomber car chacun devait dormir un peu avant l'heure de la messe dominicale. Tout le monde, sauf Alfred qui demeurait seul à veiller en fumant dans le noir.

Dès la première semaine de leur vie commune, Bérénice avait été consternée de s'apercevoir qu'Alfred n'allait pas à la messe. Pour justifier un écart de conduite aussi blâmable, il avait prétexté une faiblesse au cœur qui le faisait étouffer quand il se trouvait dans la foule. Pourtant, songeait Bérénice en regrettant cette pensée qu'elle refoulait aussitôt dans ses tréfonds, Alfred ne paraissait nullement oppressé quand il levait son verre en entonnant une chanson grivoise, au cours de leurs beuveries du samedi soir. Son mari savait ce qu'il faisait et elle ne devait pas essayer de démêler ses contradictions.

Pour ma part, j'arrivais à un résultat opposé en exposant les faits à Karolyn, devant le reste de café refroidi au fond de nos tasses. J'interprétais les secrets de mon père avec la ferveur d'un apprenti devin qui n'en finit pas de passer les mains au-dessus de sa boule de cristal. J'en ai conclu, devant une Karolyn médusée pour une fois, que mon père s'était bâti un chalet pour se soustraire au regard de Dieu et des hommes, de la même façon que je me roulais en boule, à treize ans, dans ma tente dressée sur le plancher de ma chambre, pour me livrer à des masturbations prodigieuses. Pour des raisons qui relevaient dans les deux cas de nos pulsions mâles, ni mon père ni moi ne souhaitions être vus de personne.

* * *

Même s'il était un peu tôt, j'ai suggéré à Karolyn que nous pourrions profiter du fait que nous étions attablés pour manger. Ça nous éviterait de nous arrêter une heure plus tard pour fricoter quelque chose dans la caravane. De plus, nous ne savions pas ce qui nous attendait là-bas. Aussi bien se remplir l'estomac avant d'affronter l'inconnu. On ne sait jamais quand et dans quel état on en sortira.

Karolyn n'avait pas plus faim que d'habitude, mais elle n'était que trop heureuse de rester là pour continuer de fumer, ce dont elle ne s'était d'ailleurs pas privée depuis notre arrivée. La bavarde au pansement, qui venait enfin de quitter les lieux, lui avait largement donné l'exemple en ce sens. Il était évident que l'interdiction de fumer dans les restaurants n'avait pas encore atteint ces rives du fleuve.

J'ai donc poursuivi ma course entre mes souvenirs d'enfance et l'interprétation parfois fantaisiste que donnait ma mère aux faits des premières années de sa vie de femme mariée. Je m'interrogeais sur les gestes de mon père. Ma mère les justifiait. J'avais échappé assez tôt à l'emprise de cet homme que je n'admirais pas. Dans le cours de sa première vie, ma mère le maintenait sur le piédestal d'où cet être exceptionnel lui prodiguerait confiance, réconfort, protection et ce, jusqu'à la fin de leurs jours, voués qu'ils étaient, présumaient-ils, à disparaître ensemble, une fois devenus très vieux, affinés par une existence privilégiée.

C'est en avalant une soupe au chou et un pain de viande accompagné de pommes de terre en purée que nous sommes retournés en pensée sur l'île aux Fantômes. Karolyn n'avait pas perdu sa mauvaise habitude de fumer entre les plats. Moi, j'étais plus occupé à ne pas perdre la trace de mon père qu'à manger.

Faute de frayer avec ses semblables, Alfred trouvait le moyen d'entretenir son estime de soi en affrontant les éléments. Il ne se privait d'aucune audace. Il s'y voyait encouragé par les frayeurs de ma mère.

En fait d'embarcation, il ne possédait encore qu'une grosse chaloupe Verchères qu'il utilisait pour atteindre la Commune. C'était une grande île plate de plusieurs kilomètres de longueur, sans doute d'un bon kilomètre de largeur, qui s'étalait de l'autre côté du chenal du Moine. Une terre sans arbres, à peine émergée des eaux, une plaine couverte de broussailles dont les berges de glaise, hautes de un à deux mètres selon les endroits, étaient sillonnées par la trace d'un sentier qui en marquait le pourtour. Les paysans de Sainte-Anne faisaient paître leurs animaux en commun sur cette terre. On y emmenait les bêtes en bac, au printemps, et on les lâchait pour plusieurs mois dans ce pâturage naturel d'où on ne les ramènerait qu'aux premiers grands froids.

Bérénice avait observé plus d'une fois le lent mouvement des animaux qui piétinaient le sentier sur la berge, généralement d'ouest en est, en broutant les herbes qui croissaient entre les touffes de salicaires. Une image du paradis terrestre avant que nos premiers parents n'aient mordu dans le fruit.

Mais ce jour là, les animaux allaient dans le sens contraire de leur routine, c'est-à-dire qu'ils remontaient le cours du chenal d'est en ouest. D'abord les moutons, en troupeaux compacts, puis les vaches, lent défilement de bêtes qui semblaient ignorer qu'elles existaient, enfin les chevaux, fougueux ceux-là, des nerfs plein les pattes. Où allaient-ils donc tous?

C'est en levant les yeux vers le ciel que Bérénice eut la réponse à cette question. Un orage montait. Les bêtes le pressentaient. Elles allaient se mettre à l'abri sous les rares arbres qui subsistaient à l'ouest de l'île.

Assez rapidement, le ciel devint mauve, avec des creux de ténèbres. On entendait le tonnerre gronder dans le lointain. L'air sentait la terre. L'eau avait des émanations de vase. On était en octobre, à la fin de l'après-midi, et Alfred partait seul à la chasse, à pied sur la Commune.

Si seulement il avait consenti à reporter son départ au lendemain matin! « Un bon chasseur est à l'affût avant que le jour se lève. Je ne suis pas pour partir en pleine nuit pour traverser de l'autre côté de la Commune! C'est le bon sens même que j'aille m'installer pendant qu'il fait encore clair. » Si seulement il avait accepté d'attendre qu'il fasse moins mauvais! « Quand il fait trop beau, les canards ne lèvent pas. Ils se contentent de manger dans les coins où on ne peut pas les attraper. C'est quand il vente qu'ils décollent. Le mauvais temps, c'est le beau temps du chasseur. »

Bérénice était rongée d'inquiétude en le voyant s'éloigner avec tout son barda. Revêtu d'une combinaison de motoneigiste, le sac de couchage accroché sur le sac à dos rempli de provisions et de munitions, le fusil à la main, il progressait du pas des premiers découvreurs du continent. Il ne fut bientôt plus qu'une lointaine silhouette dont un peintre de talent aurait pu tirer l'image de la destinée humaine sur la terre. Solitude et affrontement du danger.

Bérénice ne dormait pas ces nuits-là. Elle craignait que des bêtes s'en prennent à son Alfred pendant son sommeil à la belle étoile. À une occasion, elle eut presque raison, mais ce n'était pas des animaux qu'était venue la menace. Deux condamnés s'étaient évadés de la prison de Sorel. On les croyait réfugiés dans les îles. Bérénice imagina les pires scénarios, son mari dépouillé de ses biens, égorgé pendant qu'il défendait ce qui était nécessaire à sa survie, abattu d'un coup de fusil parce qu'il avait eu le malheur de voir le visage de ses agresseurs.

Pourtant, le lendemain de cette nuit-là comme de toutes les autres, Alfred réapparut là où sa silhouette avait disparu la veille au soir, encore plus lourd qu'au départ puisqu'il rapportait une quinzaine de canards rassemblés en une grosse grappe de plumes. Beaucoup plus que la quantité permise.

Dès qu'il mit pied à terre devant sa femme, celle-ci l'interrogea sur sa nuit qui ne devait pas avoir manqué d'émotions. Avait-il rencontré les évadés ? Il rit de son inquiétude. Bien entendu que non. « Tête heureuse, commenta-t-il, qu'est-ce que tu voulais qu'ils me fassent, ces deux gars-là ? Ils n'étaient pas armés et moi je l'étais. » Ce qui ne la rassura absolument pas.

On procéda tout de même au rituel. Bérénice photographia son héros devant sa collection de canards épinglés sur le pourtour du chalet. Puis il alla se coucher, fourbu, triomphant.

— Triomphant de quoi au juste ? m'a demandé Karolyn tandis que je me levais pour aller régler l'addition.

— De lui-même, peut-être, ai-je suggéré.

* * *

Mon père aimait faire ce qui ne se fait pas. Par deux fois, il entraîna les membres de sa famille dans des aventures auxquelles ils n'auraient jamais choisi eux-mêmes de se soumettre. Les deux fois, au chalet.

Un avril de ces années-là, on apprit qu'une inondation recouvrait entièrement les îles de Sorel. Ça n'avait rien d'inusité. Chaque année, la fonte des neiges se combinait à la débâcle pour faire monter le niveau des eaux. Pour cette raison, toutes les habitations des îles étaient bâties sur des pilotis. Mais cette année-là, les vieux se grattaient la tête en fouillant leur mémoire. Il y avait longtemps qu'on n'avait vu autant d'eau. Un samedi, notre père annonça à notre mère :

— Greye les petits. On va aller voir ça.

À cette époque, mon frère et moi n'étions pas en mesure de juger de la pertinence d'une telle décision. Notre sœur demeurait enfermée dans son couvent comme à l'habitude. Notre mère partagée entre l'incrédulité et la résignation. Surtout qu'Alfred avait ajouté :

— On va apporter de quoi manger et quelques couvertures. On ne sait jamais.

La famille se mit en route vers le milieu de la matinée. C'était un samedi gris. Il y avait encore un peu de neige dans les champs. Quand on regardait au loin, le ciel et la terre se confondaient en une même masse indistincte. On avait l'impression d'aller vers un grand nulle part.

Après le village de Sainte-Anne apparurent les premières étendues d'eau dans les baissières de la route puis, à peu près sans transition, ce fut la mer. L'eau à perte de vue, sur la route, les champs et autour des maisons. Mais ce n'était pas très profond. On voyait émerger les piquets des clôtures.

Mon père roula quelques centaines de mètres sur la route inondée, puis il immobilisa sa voiture dans la cour d'une ferme. Un cultivateur nous y attendait. La famille monta sur une charrette accrochée à un tracteur, femme, enfants, matériel et provisions. Mon père avait grimpé sur le marchepied du tracteur, le dos appuyé sur l'aile. Il fumait en échangeant quelques paroles avec le passeur. Des mots que le bruit du moteur mangeait à mesure.

Le tracteur et sa charrette avançaient lentement sur ce qui devait être la route, naviguant au jugé entre les piquets de clôture et les poteaux d'électricité. Un beau sillage de vagues s'ouvrait derrière leur passage. Après plusieurs minutes de ce train, il y eut de l'eau jusqu'au milieu des roues du gros véhicule. Nous abordâmes la galerie d'une autre ferme. Notre chaloupe était amarrée là. Mon père avait donc tout prévu! Ma mère se retint de froncer les sourcils. Lui se donnait un air grave comme s'il participait au débarquement de Normandie.

La famille embarqua dans la chaloupe verte. Debout à l'arrière, le chapeau de travers, mon père poussait l'embarcation à l'aide d'un long aviron. Le silence ajoutait à l'étrangeté de la situation. On n'entendait que le « toc » léger que faisait parfois la perche en cognant contre le bord de la chaloupe.

Ma mère n'était pas au bout de ses surprises. Il y avait maintenant assez de profondeur pour que mon père dirige son embarcation là où il le voulait. Plutôt que de suivre les méandres de la route, il coupa donc à travers champs, longeant des granges submergées à mi-portes, à proximité des érablières, dont les troncs serrés baignaient dans un mètre d'eau. À quelques reprises, il est vrai, le fond de la chaloupe frôla bien quelques piquets de clôture mais, comme on n'avançait qu'à vitesse réduite, mon père s'amusait plus qu'il ne s'inquiétait de ces incidents de parcours.

Sur son banc, ma mère nous retenait à pleines mains, les deux enfants, l'excitation de l'un énervant l'autre. Elle-même n'avait jamais rien vu d'aussi irréel. Nous avons abordé l'île aux Fantômes sans le savoir. Le chalet baignait dans une mer étale. En nous approchant, nous constatâmes qu'il y avait de l'eau sur le perron. Dix bons centimètres. Cela indiquait, selon mon père, qu'il y en avait autant sur le plancher.

Il amarra la barque à la grande galerie couverte

qui fermait l'avant du chalet. Il ouvrit l'une des douze fenêtres qui la garnissaient. Lui-même et ma mère avaient mis leurs bottes de caoutchouc. La première, ma mère enjamba l'allège de la fenêtre. Mon père nous fit passer un à un par la fenêtree ouverte. Ma mère nous déposa sur le divan du salon qui baignait effectivement dans dix bons centimètres d'eau. Mon père la rejoignit. Nous n'en revenions pas de ce que nous voyions.

Le chalet n'avait plus de plancher. Il surgissait des eaux comme dans un rêve. Le divan, les pieds des tables et des chaises, les pattes du poêle s'enfonçaient dans le néant. Le pot de mon petit frère flottait au milieu de la cuisine comme un canot de sauvetage à la dérive. Mon père se mit en frais de faire du feu dans le poêle du salon.

— Ça ne fera pas de tort de couper un peu l'humidité ici-dedans.

Puis il alla chercher les provisions dans la chaloupe et il suggéra à ma mère de nous préparer un petit lunch. En après-midi, la lumière avait encore baissé. Pas question, bien entendu, de mettre l'électricité en fonction. Les fils trempaient dans l'eau. Mon père alluma une lampe à pétrole. Ma mère commençait à se demander où il voulait en venir.

— Tu vas me donner un coup de main, annonça-t-il. On va mettre le divan sur la table. Comme ça, les enfants pourront se reposer.

Ma mère était stupéfaite. Elle s'exécuta tout de même. Après nous avoir nourris une seconde fois en fin de journée, elle nous enveloppa dans des couvertures grises. Nous nous endormîmes, mon jeune frère et moi, assommés par l'étonnement.

Assis au milieu du salon, chacun sur une chaise baignant dans l'eau, les pieds posés sur une autre chaise devant eux, mes parents abordèrent la nuit. Ils reprirent les confidences que ces heures intimes leur inspiraient habituellement. Il était assez déconcertant de voir ces deux êtres converser à propos des choses les plus normales de la vie, l'entrée prochaine du plus âgé à l'école et les habitudes alimentaires du plus jeune. Pour ne pas contrarier son mari, Bérénice essayait de se comporter comme si elle s'était trouvée dans le salon de sa maison de Sorel-Sud. En épouse avenante et docile.

Comme il était impossible de réchauffer l'ensemble du chalet, on avait fermé les portes du salon. C'est donc là qu'ils couchèrent eux aussi, mon père et ma mère, chacun dans un fauteuil qu'ils avaient tiré près de la table, pour prévenir toute chute que nous pourrions faire, les enfants, qui dormions au-dessus d'eux sur le divan posé sur la table.

Le vent se leva vers les deux heures de la nuit. Il s'était mis à pleuvoir. Ma mère se redressa. Elle s'aperçut que mon père ne dormait pas lui non plus. Le chalet n'était éclairé que par les ténèbres. On devinait les ombres plus qu'on ne les voyait.

— Joualvert ! grommela mon père entre ses dents. On avait bien besoin de ça !

Du coup, ma mère comprit que ça n'allait pas.

— Qu'est-ce qui se passe ?

157

— Le vent est en train de tourner au nord-ouest, fit-il observer. Si la glace part devant Sorel, on va tout recevoir ça, nous autres, ici!

— Tu ne penses pas qu'on devrait s'en aller tout de suite?

— Il est trop tard. On se ferait écraser par les glaces. Et on a quelque chose de bien plus important à faire ici.

Ma mère ne voyait pas ce qu'il pouvait y avoir de plus urgent que de nous mettre en sécurité.

— Si les bordages décollent, plus haut, dans le fleuve, expliqua mon père, le vent du noroît va pousser la glace dans le chenal du Moine. Je ne sais pas si tu sais ce que ça veut dire, des banquises d'un kilomètre de longueur? Quand l'eau est moins haute, ça s'accroche sur les berges. Mais là, à l'eau haute de même, ça va nous arriver en plein dessus.

Ma mère n'avait pas besoin de suivre le fil de cette démonstration pour comprendre que son mari nous avait mis, elle et les enfants, dans une position périlleuse. Son cœur se serra. Sa poitrine s'emplit d'amertume. Elle se rapprocha de nous, les enfants, pendant que mon père ouvrait la fenêtre de la galerie pour monter dans son embarcation.

Toute la nuit, il lutta contre les banquises que le vent poussait sur le chalet. Les bancs de glace s'avançaient l'un après l'autre. L'étrave de la chaloupe s'appuyait dessus. Mon père enfonçait son long aviron ferré et poussait. Les blocs qui se détachaient de la masse glissaient sous l'eau et refaisaient surface en imprimant à la barque un roulis inquiétant. Le vent violent, les craquements de la glace, les ahans que mon père poussait pour accroître ses forces, tout cela conférait à la scène un caractère de lutte épique contre les éléments. La tempête s'apaisa au petit matin. Le chenal du Moine ne charriait plus que des blocs inoffensifs.

Mon père nous fit tous monter à bord de la chaloupe, et l'on se dirigea le plus rapidement possible vers l'endroit où la terre émergeait des eaux. Pendant tout le trajet du retour, ma mère ne desserra pas les dents mais, pour une fois, ses yeux disaient ce que sa bouche n'osait prononcer. Mon père faisait semblant de ne pas s'en apercevoir. Il avait le regard brûlé de fatigue de celui qui vient de surmonter un grand danger.

Ma mère demeura persuadée qu'en cette occasion son mari s'était comporté en irresponsable, mettant inutilement la vie de ses enfants en danger. Elle me le dit beaucoup plus tard, après la mort de mon père et à voix basse, sur le ton d'une révélation, comme si elle craignait qu'il pût encore l'entendre depuis l'au-delà.

* * *

— Moi, si j'avais eu à vivre avec un homme, ç'aurait été ton père.

Nous nous étions remis en route. Nous n'avions pas encore atteint l'endroit où la mer prend des poses de carte postale à l'intention des touristes. Nous étions toujours confinés dans les bois et sur les collines. Une intimité verte qui porte aux confidences. Pour la première fois peut-être depuis que je l'avais fait monter dans ma camionnette, Karolyn parlait de quelqu'un sans se mettre en opposition avec lui, et c'était à propos d'un mort.

— Oui, a-t-elle affirmé, je suis certaine qu'on aurait eu plus de bonnes journées que de mauvaises.

— Je ne crois pas que ça aurait duré longtemps, votre affaire.

— Au contraire, a-t-elle insisté, ç'aurait pu durer toute une vie parce que moi, j'aurais su concilier son yin et son yang.

— Je ne veux pas te faire de peine mais je suis à peu près certain qu'il n'a jamais entendu parler de ça.

— C'était une sorte de chaman naturel, ton père. Je le sens.

— J'ai plutôt le souvenir qu'il ne portait pas les Indiens dans son cœur.

— Quand il partait à la chasse ou qu'il affrontait les banquises, il devait entrer spontanément en communion avec l'univers.

— Ma mère disait plutôt qu'il aimait se donner de la misère.

— C'est d'une femme comme moi qu'il aurait eu besoin, parce que moi je ne me serais pas contentée de le suivre, je serais allée au-devant de ses élans.

— Non, ai-je insisté en hochant la tête, ça n'aurait pas marché parce que mon père, c'est sa mère qu'il cherchait. Je veux dire, la mère qu'il n'a jamais eue. Une mère qui prend soin de ses enfants. Mon père, il choisissait ses femmes parmi celles qui pouvaient lui donner toute l'affection dont il avait besoin sans jamais chercher à le dominer.

Je l'ai regardée, bien campée dans son authenticité, franche et séduisante. Je ne voulais surtout pas la blesser. Encore moins la provoquer. Il fallait pourtant que je le dise :

— Je suis persuadé que, s'il t'avait rencontrée, il aurait sûrement eu envie de coucher avec toi, mais il ne t'aurait jamais confié les clés de sa maison.

— Et toi, m'a-t-elle asséné, redevenue subitement maligne, tu choisis quoi? Les clés ou la vie?

J'ai poursuivi mon récit pour ne pas m'engager sur ce terrain. L'automne qui suivit l'inondation, mon père se retrouva sans emploi. Dans la profession qu'il exerçait, ça n'avait rien d'inquiétant. Il avait quitté le chantier maritime de Sorel depuis un certain temps déjà. Architecte sans l'être, puisqu'il ne détenait pas le diplôme qui l'aurait autorisé à signer ses réalisations, il s'était spécialisé dans la surveillance des travaux de construction des édifices importants, comme cela avait été le cas de l'agrandissement du Séminaire des Pères des Missions-Étrangères à Pont-Viau, au nord de Montréal. Dans le contrat qui lie l'architecte à l'individu ou à l'entreprise qui requiert ses services, la surveillance des travaux de construction apparaît comme une clause fondamentale. Rares sont les architectes qui prennent le temps d'assumer cette tâche fastidieuse. Ils engagent des gens comme mon père pour le faire à leur place. Aussi, quand mon père se retrouva sans emploi cet automne-là, éprouva-t-il une sorte de soulagement.

Il savait qu'il retrouverait facilement le chemin d'un chantier de construction quand il le désirerait.

Pour l'heure, il sentait que le temps était venu de faire une pause dans sa vie d'écureuil qui tourne dans sa roue. Il avait accumulé assez d'argent pour survivre plusieurs mois sans trop se priver. Il décida de passer l'hiver au chalet. Comment s'y prit-il pour convaincre ma mère que cette décision avait quelque peu de sens? Je ne l'ai jamais su. Ma mère elle-même ne l'a pas encore compris, je pense.

À première vue, le projet paraissait absurde. Mon père s'était mis en tête de couper l'eau et le chauffage dans sa confortable maison de Sorel-Sud, qui resterait vide pendant toute la saison froide. Il s'installerait avec sa famille dans une précaire construction qui n'était pas faite pour être habitée en hiver. Si quelqu'un devait le savoir, c'était bien lui. Pas d'isolation dans les murs. Pas de doubles fenêtres. Un chauffage aléatoire. Coupés du monde, au bout d'une route que les services publics ne déneigeaient pas. Il fallait être fou!

Les arguments de mon père s'articulaient autour des notions de repos, de ressourcement et de reprise de contact avec la nature. « On ne pourrait pas se reposer à la maison? » suggéra ma mère. « Tête heureuse! En ville, ce n'est pas comme dans la nature! On ne s'entend pas penser! » « Et les enfants, fit observer ma mère, tu y penses aux enfants? »

Nous nous sommes installés au chalet au début d'octobre. Malgré la magnificence de la saison, la vie se concentra dès les premiers jours sur l'entretien des poêles. Mon père et ma mère se partageaient les quarts de nuit comme des marins à la barre d'un navire. Il ne fallait surtout pas laisser s'éteindre l'une des trois sources de chaleur, le poêle à charbon du salon, celui de la cave, réduit de terre planté de pilotis et entouré de planches, ainsi que la cuisinière à bois de la cuisine. Autrement dit, il y avait à peu près toujours l'un des deux adultes qui cherchait la chaleur de son compagnon dans le lit pendant que l'autre veillait sur les poêles et sur les enfants.

L'approvisionnement en combustible représentait un autre défi. Mon père s'était constitué une bonne réserve de bois de chauffage, mais il n'avait pas jugé utile d'aménager un espace où entreposer le charbon à la cave, qui aurait été inondée le printemps suivant de toute façon. Il devait donc se rendre en ville deux fois par semaine pour se procurer quelques poches de cette matière lourde et salissante. Il en profitait pour rapporter les cruches d'eau dont on avait besoin pour boire et faire la cuisine.

Car l'eau aussi était un problème. En été, une conduite lestée d'un bloc de ciment et jetée dans le chenal du Moine approvisionnait une pompe qui emplissait une citerne d'où le précieux liquide était distribué à la cuisine et au cabinet de toilette. Il n'avait pas été question de maintenir ce système en usage pendant les grands froids de l'hiver. Nous n'avions donc pas d'eau pour nous laver. Nos ablutions se faisaient une fois par semaine chez mes grands-parents maternels, lesquels étaient venus entre-temps s'établir à Sorel dans leur maison de chambres, après avoir confié les cabines et le restaurant de Pointe-du-Lac à un cousin qui avait encore assez de jeunesse pour assumer la dépense d'énergie que cette entreprise représentait.

Le vent se mit de la partie. Ma mère consacra des après-midi entiers à découper des bandes de tissu dans de vieux draps et à enfoncer ces guenilles avec le bout d'un couteau rond dans les interstices des portes et des fenêtres. Cet hiver-là, elle se fit du vent un ennemi à vie. Elle croyait avoir rencontré son pire adversaire. Elle n'avait pas encore affronté les tempêtes de neige des îles.

Dans ce bout du monde isolé, il suffisait qu'il vente un peu en même temps qu'il neigeait pour que se forment des congères hautes comme le chalet. On aurait dit que les éléments s'acharnaient à bloquer les portes et les fenêtres. Après une nuit de siège, on s'éveillait dans un iglou. Mon père s'en réjouissait : « La neige, ça isole. » Ma mère se lamentait : « Me semble que j'étouffe. » Ils sortaient pelleter pour se réchauffer.

Même à l'intérieur, ils étaient constamment couverts des vêtements que les autres endossent pour aller dehors. Manteaux, bottes et bonnets. Nous autres, les enfants, étions réduits à l'état de momies de laine. On n'en mourait pas, puisque les ancêtres avaient survécu à bien pire que cela, mais c'était loin d'être confortable. Cet hiver-là, nous ne connûmes aucun instant de répit dans notre lutte contre le froid.

Jusqu'au jour où mon jeune frère se cassa une jambe en tombant du traîneau sur lequel il se tenait debout, bien que ce fût interdit, dans la pente qui dévalait vers la rivière gelée. Comme de raison, il faisait une tempête effroyable ce jour-là. On ne voyait ni ciel ni terre. Bien entendu, la route était fermée par les bancs de neige. Ma mère resta au chalet où elle s'efforça d'apaiser son petit pendant que mon père fonçait dans les congères avec sa voiture pour nous ménager une voie de sortie. Au-delà du pont de l'île, la route était dégagée. Du moins l'espérait-on.

Tout de même, ce n'était pas d'un chasse-neige que mon père disposait, mais d'une simple automobile. Il s'enlisa plus d'une fois. Il se tirait de là en pratiquant avec beaucoup de dextérité la manœuvre qui consiste à faire se balancer une automobile sur son propre poids en passant très rapidement l'embrayage de l'avant à l'arrière. Il progressait. Trop lentement pour ma mère, qui s'affola.

Elle partit à pied en remorquant mon petit frère qui se lamentait sur son traîneau. Je suivais à pied, consterné. Par deux fois au moins, le traîneau se renversa en glissant dans les traces que les roues de la voiture avaient laissées dans la neige. Ma mère rejoignit la voiture de mon père à peu près en même temps qu'il atteignait le pont.

Nous nous rendîmes à l'hôpital en silence, et ce mutisme était lourd de toutes les récriminations que ma mère n'avait jamais osé adresser à son mari. Mon frère fut plâtré comme il se devait. Un carême de quarante jours d'immobilité s'ouvrait devant lui. Ma mère ne se voyait pas veiller sur lui dans les conditions d'extrême rigueur qui régnaient au chalet. Il ne lui fut pas trop difficile de convaincre son mari de retourner à la maison de Sorel-Sud. Mon père avait déjà un autre projet en tête.

* * *

Dès la fin de cet hiver-là, peu de temps après que nous eûmes regagné notre banlieue cossue, il entreprit de se construire un bateau. Il connaissait des gens haut placés au chantier naval. Il venait de mettre la main sur ce qu'il convoitait depuis longtemps : la chaloupe de sauvetage d'un cargo.

Les compagnies d'assurances exigeaient qu'on remplace périodiquement ces instruments de survie. Le soleil tapait dru sur le pont des navires, et les embruns salés rongeaient l'accastillage. Quand un cargo était au radoub au chantier naval, on en profitait pour renouveler les canots.

Les chaloupes retirées du service n'étaient pas détruites. Elles étaient très recherchées dans la région de Sorel. Les gens de l'endroit savaient en faire des bateaux de plaisance remarquables.

Mon père avait attendu l'occasion. Il venait d'acquérir une chaloupe de plus de neuf mètres. Une coque à clins de bois peinte en blanc, recouverte d'une lourde bâche huilée d'où émergeait la pointe d'un mât verni, couché sur les bancs. En soulevant la bâche on découvrait trois paires de longues rames sagement rangées le long des bordages.

Cette coque reposait sur un suisse, sorte de traîneau formé de pièces de bois grossières. On avait remorqué le tout sur les plaques de neige fondante dans la cour arrière de notre maison de Sorel-Sud. C'est là que mon père allait consacrer tout l'été à la concrétisation de son rêve. L'été et même une grande partie de l'année suivante.

Par ailleurs, ce printemps-là, il avait recommencé à travailler en prenant la direction des travaux de rénovation d'un foyer pour personnes âgées à Longueuil. Il faisait quotidiennement la navette entre Sorel et la banlieue de la métropole pour pouvoir consacrer toutes ses soirées à son entreprise.

Pendant l'été, il bâtit la superstructure. Il s'était procuré une scie d'établi, une planeuse, un tour et une quantité impressionnante d'outils divers, vilebrequins et passe-partout. Il avait transformé la cave en atelier. Cette cave avait la hauteur du rez-de-chaussée d'une maison et elle était bien sèche, toute en ciment, éclairée par quatre bons soupiraux. Un excellent atelier. Les jours de mauvais temps, quand elle descendait y étendre son linge, ma mère devait regarder où elle mettait les pieds. La cave était pleine de membrures, de découpes et de sections de cabine de toutes formes. Plus souvent qu'autrement, elle retrouvait un peu de sciure et quelques copeaux de bois sur ses vêtements.

Ce fut un été difficile pour elle. Son mari était doublement absent. À Longueuil le jour, sur le chantier du bateau le soir et toutes les fins de semaine. La canicule l'accablait. Nous avions grandi juste assez pour que s'établisse une hiérarchie au sein de la petite meute que nous formions. Nous nous querellions constamment. Notre mère nous surveillait pour nous empêcher d'approcher du bateau. Notre père poussait des « Joualvert ! » de plus en plus énervés. À la fin, il décida que femme et enfants iraient profiter du bon air au chalet pendant le reste de l'été.

Ma mère n'en demandait pas tant. Tout ce qu'elle souhaitait, c'était de regarder le soleil se coucher tranquillement sur les îles, entourée de son mari et de ses petits. Elle dut pourtant se résigner à passer plusieurs nuits par semaine seule au chalet. Seule adulte s'entend, sur une île du bout du monde. Le silence l'effrayait. Au moindre souffle de vent, elle se persuadait que des esprits l'appelaient. Les nuits d'orage, elle nous pressait contre elle, attendant que les éléments engloutissent l'île avec ses habitants. Un cauchemar au paradis.

Elle s'en ouvrit à ceux de sa famille. C'est à cette époque que les Mouches et les Rats de la fratrie de ma mère commencèrent à prendre régulièrement le chemin des îles. Quand il trouvait le temps de nous rendre visite, mon père se mordillait la moustache en découvrant tout ce monde bien installé dans son royaume. Il ne disait rien. Il devait terminer son projet en priorité. Pour le reste, il verrait plus tard.

Aux premiers jours froids d'automne, mon père recouvrit le bateau de plusieurs grandes bâches brunes. Il serait à l'abri pour procéder aux aménagements intérieurs. Tout l'hiver, il assembla le puzzle dont il avait fabriqué les pièces une à une à la cave, en les numérotant soigneusement.

L'été suivant n'était pas trop avancé quand il mit *Le Fantôme* à l'eau. Une merveille ! La coque peinte en noir, les superstructures d'un beau crème doux. Le pont avant et le cockpit arrière étaient d'égale dimension, environ deux mètres chacun, ce qui conférait à l'ensemble un bel équilibre. La première cabine, à l'avant, à trois ouvertures en losange de chaque côté, avait plus de trois mètres de longueur. La seconde, beaucoup plus haute, s'ouvrait sur le cockpit. On pouvait s'y tenir debout devant la roue. Au centre de cette cabine de pilotage, un coffre de bois grand comme un sarcophage abritait un moteur Gray Marine dont mon père n'était pas peu fier. Une toile supportée par des poteaux de métal mettait les occupants du cockpit à l'abri du soleil trop ardent. Les lettres d'identification fièrement affichées à l'avant, sur les flancs : 17D34. Le drapeau de la France flottait à l'arrière sur une courte hampe. Dès qu'il fut à l'eau, mon père alluma les feux de position, même si on était en plein jour, et mit la sirène en marche. Son rêve était vivant.

Les tests furent concluants. Le centre de gravité était assez bas pour donner au bateau une bonne stabilité. Le moteur débordait de puissance. La lourde coque ne déjaugeait évidemment pas, mais sa proue bien effilée fendait l'eau en dégageant un beau rouleau à la poupe.

À quelque temps de là, un samedi, ma mère annonça à mon père que quelques-uns de ses frères et sœurs lui avaient fait part de leur intention de venir pique-niquer le jour même.

— C'est bien de valeur, lui répliqua-t-il, mais moi j'avais autre chose en tête.

Il la pressa d'embarquer des provisions pour la journée. Des vêtements chauds pour les enfants, au cas où un vent frais se lèverait. Des chapeaux de paille contre le soleil trop ardent. Tout ce qu'il fallait pour passer la journée au large. Ma mère osa lui rappeler qu'on attendait de la visite.

— Joualvert! s'écria-t-il, on n'est pas pour rester ici toute la journée à les attendre! Les fins de semaine de beau temps de même, il n'y en a pas tant que ça dans un été! Embarque les enfants! On s'en va!

Il mettait à exécution son plan secret. Son bateau, c'était une autre façon de fuir. Encore plus efficace que le chalet. Il ne savait pas encore jusqu'où cela le mènerait.

*   *   *

— Ma mère aimait le bateau mais elle détestait naviguer. Enfin, je veux dire, ce qu'elle préférait c'étaient les petites sorties tranquilles du dimanche après-midi sur les étroits canaux entre les îles du sud, sous la voûte des arbres dont la ramure formait un tunnel de verdure. Pour elle, c'était le paradis.

— Comme tu le racontes, tout le monde aimerait ça, a souligné Karolyn.

— Elle jouait à la madame dans le bateau, ma mère, les coussins, les rideaux, les pique-niques sur la table dans le cockpit, sous la toile pare-soleil.

— Tandis que ton père, lui, il aimait la tempête. C'est ça que tu veux me dire?

J'ai acquiescé. J'aurais pu m'arrêter là. Karolyn avait déjà compris. De toute façon, ça se résume toujours à une simple équation, l'un noir, l'autre blanc, les deux ensemble, du gris. La vie. Ce n'est donc pas pour Karolyn que j'ai continué, mais pour moi. Je savais que si je naviguais jusqu'au bout avec mon père, je découvrirais ma mère tout entière, illuminée de vérité, après qu'elle se serait retrouvée seule dans sa barque.

Les îles de Sorel ne sont les îles de Sorel que pour les gens de Sorel. Pour ceux de la rive nord, ces mêmes îles sont les îles de Berthier. Le chenal principal qu'empruntent les géants des mers marque la séparation entre les deux mondes. Ma mère aurait souhaité que son navigateur de mari se contente de croiser entre les îles du sud. C'était bien assez pour leurs ébats du dimanche. Comme de raison, mon père n'avait que les îles du nord en tête.

Chaque fois que *Le Fantôme* sortait du chenal de l'île aux Raisins pour déboucher sur la lumière trop crue du grand chenal, ma mère en avait un coup au cœur. Elle agrippait le plat-bord. Elle fixait son regard sur son mari. Debout devant la roue, bien campé sur ses jambes qui compensaient le roulis au rythme des vagues, il prenait un air sévère. Le gros temps lui donnait de l'assurance. L'adversité, de la confiance.

La plupart du temps, au terme de la traversée du grand chenal, nous abordions à l'île Plate. Comme son nom l'indiquait, c'était une terre qui émergeait à peine des eaux, une plage à la Robinson Crusoé, peuplée de saules tordus. Comme l'île se dressait en bordure nord du grand chenal, elle était soumise aux éléments, ravages du vent et assauts des glaces de la débâcle. Une terre sauvage, une île au trésor, pour peu qu'on ait conservé un rien d'enfance.

Nous ancrions *Le Fantôme* au large, descendions dans l'eau jusqu'à la taille et faisions plusieurs allers et retours pour porter les provisions sur la plage. Nous y pique-niquions des après-midi entiers. Nous nous baignions pendant que nos parents semblaient occupés à ne rien faire.

Mon père s'était aventuré à l'intérieur de l'île, d'abord pour y ramasser du bois afin de faire un petit feu de cuisson, ensuite pour satisfaire la curiosité qui s'emparait de lui à mesure qu'il découvrait la beauté quasi mystique des lieux. Il finit par déboucher sur une clairière naturelle qui lui inspira l'idée la plus saugrenue. Sans souffler mot de ses intentions, il retourna sur les lieux la semaine suivante en emportant un attirail de haches et de scies. Il nous avait laissés sur la plage sous la surveillance de notre mère.

Quand il nous introduisit à son secret, il avait abattu cinq arbres qui subsistaient en bouquet au centre de la clairière, réservant les souches à différentes hauteurs, l'une tenant lieu de table, les autres de sièges. Bien entendu, les troncs des arbres et les branches avaient été tronçonnés et rejetés aux abords de la clairière. Ils alimenteraient le feu du foyer pendant plusieurs années.

C'était un endroit magique. La lumière y descendait comme sur les images des calendriers montrant la grâce divine se déversant sur l'humanité. Même nous, les enfants, sentions instinctivement qu'il fallait y entrer sans crier. C'est là que mon père prit l'habitude de bourdonner, c'est-à-dire de laisser flotter une mélodie dans sa poitrine, au rythme du souffle qui y entrait et en ressortait, à la manière d'un orgue qui aurait joué tout seul, en sourdine, la nuit, dans une église déserte. La clairière devint vite le sanctuaire obligé de nos cérémonies du dimanche.

Nous faisions griller de minces tranches de lard salé fichées sur de fines branches fourchues, au-dessus d'un feu bas. Il en montait un fumet délicieux. Parfois l'une de ces offrandes s'enflammait. Cela arrivait généralement à l'un de nous deux, les enfants. Notre père se portait à la rescousse du malheureux. On aurait dit que, à l'abri de tous les regards, peut-être même de celui de Dieu, cet homme pouvait enfin se laisser aller à des gestes d'affection sans que son intégrité en fût menacée.

Célébrer la vie, cela a été fait des milliards de fois et de toutes les façons, depuis le commencement des temps, mais rarement, de nos jours du moins, de la manière dont notre famille pratiquait ce paganisme instinctif. Il s'agissait de tout autre chose que de se nourrir autour d'un feu de bois. À notre insu, nous entrions en communion avec l'univers. J'ai passé le reste de ma vie à essayer de retrouver la formule qui provoque cet état. Je commence à peine à comprendre qu'il suffit de faire les gestes les plus simples pour que la magie opère. La preuve en est que pendant le trajet de retour nous chantions spontanément de vieilles chansons naïves.

Sur le grand mât d'une corvette
Un petit mousse noir chantait…

Ou encore :

Partons la mer est belle,
Embarquons-nous, pêcheurs.
Guidons notre nacelle,
Ramons avec ardeur.

La plupart du temps, en arrivant aux abords de l'île aux Fantômes, nous apercevions quelques Mouches et Rats qui nous attendaient là, assis en cercle sur l'herbe sous le grand arbre près du chalet. Las de patienter, ils avaient fini par se résigner à manger leur pique-nique entre eux. Ils venaient tous ensemble nous accueillir sur le quai. Ils ne semblaient nullement offusqués d'avoir été ainsi délaissés. Ces gens-là avaient les rapports simples de ceux qui sont naturellement heureux. Je sais que le cœur de ma mère fondait en les apercevant.

— On pourrait pas les emmener un de ces jours ? suggérait-elle à mon père.

— On verra, répondait-il, mais pas tout de suite. On n'a pas encore fini de tout arranger sur notre île.

* * *

Je me disais, en surveillant la réaction de ma passagère, que j'avais bien fait de lui faire voir mon père sous son jour heureux, car ce qui venait allait montrer encore une fois le côté sombre de cet homme tourmenté. Je craignais qu'elle n'en tire comme d'habitude des conclusions tranchées au couteau. Je me suis efforcé de la prévenir :

— Ne le juge pas trop vite.

Elle a eu le réflexe de saisir le paquet de cigarettes qu'elle avait jeté entre nous sur la banquette. Nous nous sommes regardés, sans plus. Nous allions entrer dans la nuit de mon récit. Sorcière à sa façon, elle le pressentait, je crois.

À cette époque où la vie de mon père allait prendre un tournant, le gouvernement entendait célébrer le centenaire de la Confédération canadienne en multipliant les projets d'édifices prestigieux qui commémoreraient l'événement à la face des générations futures. C'est ainsi que mon père se retrouva responsable, pour le compte d'une prestigieuse firme d'architectes, de la bonne marche des travaux de construction du futur centre culturel de Montmagny.

Il prit donc le chemin de Montmagny pour une et peut-être deux années. Il ne reviendrait à la maison qu'une fin de semaine sur deux. Le reste du temps, il écrirait consciencieusement à ma mère des lettres qui se terminaient toutes par : « Ton mari qui t'aime. » Je les ai lues plus tard, après sa disparition à lui.

Ma mère se retrouva donc seule, triplement seule, car l'impensable s'était produit. L'un après l'autre, quand nous en avions atteint l'âge, Alfred nous avait mis en pension au Jardin de l'enfance, tenu par les religieuses qui l'avaient lui-même formé en son temps, à Nicolet. L'histoire tournait sur elle-même et se mordait la queue.

— Pourquoi elle l'a laissé faire ça? s'insurgea Karolyn. Me semble qu'elle avait dit, c'est toi qui me l'as raconté, à propos de la fille que ton père avait mise au couvent : « Moi, quand j'aurai des enfants, personne viendra me les ôter. » C'est pas ça qu'elle avait dit?

— Ma mère ne pouvait pas tenir tête à mon père, me suis-je contenté de lui répondre.

Je ne souhaitais pas évoquer avec trop de précision ces événements qui m'avaient laissé des cicatrices à l'âme. Un soir qu'il était seul avec ma mère devant la télé, mon père avait jeté négligemment :

— Le plus vieux arrive à six ans. Ça va être le temps de l'école. On va le mettre pensionnaire chez les sœurs à Nicolet.

Ma mère n'avait réussi qu'à pousser un « Pourquoi? » d'effroi avant d'objecter :

— Il est bien trop petit !

— C'est quand ils sont petits qu'il faut les former. Pendant qu'ils sont encore malléables.

Mais pensionnaire ! À Nicolet ! Comme si mon père avait voulu me soumettre à l'épreuve dont il n'avait pas lui-même triomphé. Une autre enfance sans mère ! L'autorité en lieu d'affection ! Des religieuses à la place des tantes !

La veille du départ, on me revêtit de mon uniforme, veste et pantalons bouffants de serge bleue et petits gants de cuir. Le béret sur la tête, bien entendu. On m'installa devant la maison pour me photographier. Les enfants du voisinage s'assemblèrent. Je croyais qu'on m'admirait. On n'en revenait tout simplement pas de mon accoutrement. Un Martien!

Pour lui permettre de faire les courses en son absence, mon père avait donné des leçons de conduite à ma mère. C'est donc elle qui me mena seule, en voiture, au Jardin de l'enfance de Nicolet. Pendant le trajet d'une centaine de kilomètres, elle refoula sa peine et me fit miroiter les splendeurs qui m'attendaient. Je vivrais comme un prince dans son palais, parmi d'autres enfants bien élevés qui admireraient mes bonnes manières. Je deviendrais si instruit qu'on s'inclinerait sur mon passage, comme devant les grands de ce monde. Je ne demandais qu'à croire ma mère. J'avais tout de même un doute.

— Mais le soir? Est-ce que je vais être loin de toi aussi le soir?

Le Jardin de l'enfance était logé dans l'aile nord de l'École normale. Une forteresse. Les robes noires, les cornettes et les bavettes de celluloïd des religieuses imprégnaient les lieux d'une atmosphère de sévérité extrême. On nous fit visiter l'établissement. Le dortoir aux petits lits blancs alignés côte à côte souleva tout de suite ma méfiance. La chapelle sentait si fort l'encens que je faillis m'évanouir. La salle de récréation, dans le sous-sol, s'emplissait d'échos suspects. Le réfectoire, avec ses lourdes tables de bois massif, me parut rébarbatif. Seule la cour, bordée d'érables, et au fond de laquelle s'ouvrait une allée de peupliers, me fut de quelque réconfort. Je m'y élançai. On me ramena vite aux corridors et aux escaliers. Quand vint le temps des adieux, ce furent les larmes de ma mère qui déclenchèrent les miennes. Nous nous accrochions l'un à l'autre. Une religieuse dut nous séparer.

Je passai presque toute cette première année scolaire à l'infirmerie. Je m'étais inventé un asthme pour me soustraire aux rigueurs de la vie du pensionnat. Quand ma mère vint me chercher aux vacances de Noël, je tenais la main gauche dans ma poche. Après une journée de ce manège, ma mère finit par me contraindre à lui montrer ce que je dissimulais. Je m'étais rongé l'ongle de l'index au point qu'une plaie s'était formée. L'inflammation s'y était mise. Je pourrissais vivant et en silence depuis deux mois. On m'opéra. Le résultat ne fut pas très heureux. À la place de la première phalange, mon index gauche se termine par une grosse boule de chair coiffée d'un ongle rabougri. Toute ma vie, j'ai gardé ce stigmate de ma bonne éducation. La rigueur du père avait atteint le fils jusque dans son intégrité physique. J'ai montré ma difformité à Karolyn. Elle a sifflé entre les dents.

— Méchant nazi, ton père!

*   *   *

Ce fut l'occasion de la première révolte de ma mère à l'endroit de son mari. Elle commença par tourner face au mur le petit éléphant d'ivoire qu'il avait hérité de sa distante mère. Le fétiche reposait sur la table de chevet de mon père. Dans sa nouvelle posture, le porte-bonheur perdait tout son effet. Mon père serait privé de sa protection tant qu'il ne se serait pas ravisé. La place d'un enfant était aux côtés de sa mère. Même les éléphants savaient ça.

Forte de cette impulsion, Bérénice se résolut à frapper un grand coup. Elle annonça à son mari qu'à son tour elle avait pris une décision. Je ne retournerais pas au pensionnat après les vacances. Mon père blêmit, fronça les sourcils et éleva la voix. Il n'était pas question de priver cet enfant de ce qu'il y avait de plus précieux sur terre : une bonne éducation. Comme ma mère ne cédait pas encore, il lâcha ses arguments les plus ravageurs.

Ce n'était pas au contact des enfants du voisinage que j'acquerrais les bonnes manières et l'élévation d'âme qui feraient de moi un digne descendant de mes ancêtres bâtisseurs. Je devais me préparer à reprendre le flambeau de la dynastie là où il avait été déposé.

— Là où tu l'as laissé tomber ! s'entendit dire ma mère.

Mon père reçut le coup en plein ventre. Trop sonné pour riposter. De son côté, ma mère regrettait déjà d'être allée si loin. Mais comment fuir ? Elle était à découvert. Pour se défendre, elle attaqua.

— Ce n'est pas pour qu'il soit bien éduqué que tu

le mets pensionnaire. C'est pour qu'il ne soit pas mal éduqué par moi.

Ma mère n'en pouvait plus de s'entendre prononcer à voix haute d'aussi criantes vérités.

— C'est ça, hein ? Dis-le ! Mais dis-le donc !

Comme de raison, mon père l'emporta. Non seulement je retournai au pensionnat, mais mon jeune frère m'y rejoignit le temps venu. Notre père l'emportait toujours. Il l'avait emporté le jour même de son mariage avec Bérénice. Il l'emportait depuis qu'il s'était découvert une faiblesse d'enfant mal aimé.

Alors, ma mère tourna son dépit contre elle-même. Son mari était reparti à Montmagny. Pendant toute une semaine, elle ne fit ni son lit, ni la vaisselle, ni sa toilette. Aucun ménage ou époussettage. Elle regardait la télévision toute la journée ou bien elle feuilletait les romans-photos que son mari honnissait tant. Elle en aurait fait davantage si elle avait eu assez d'imagination pour inventer d'autres formes d'insoumission. Quand Liette, la fille d'Alfred, se présenta à la maison le vendredi soir, sa petite valise noire à la main, elle ne fut pas peu étonnée d'apercevoir sa mère adoptive en train de faire une patience sur le tapis du salon. Ma mère fumait en buvant un verre de coca-cola. La télé jouait à tue-tête. Liette en fut d'abord effrayée. Tant de règles contrariées en même temps, cela ne pouvait qu'attirer le malheur. Elle se renfrogna.

Elle se méfiait de sa belle-mère comme d'une rivale, depuis que cette jeune femme qui aurait pu être sa sœur avait pris sa place dans le cœur de son père. Elle ne fut pas peu étonnée d'entendre sa fausse mère lui annoncer :

— Demain, on va aller patiner ensemble.

Ainsi tout cet hiver-là, au cours duquel l'adolescente se rapprocha à petits pas de sa nouvelle mère. Les rapports de Liette et de Bérénice ne relèveraient jamais des liens filiaux d'affection, mais une solide amitié teintée de respect s'établit entre les deux femmes, qui allaient devenir d'authentiques compagnes au fil des années.

Bérénice couvrit les frasques de Liette. Une soirée passée à danser chez une copine alors qu'elle aurait dû se trouver chez une autre en train d'étudier. Une balade interdite en voiture avec des garçons. La première cigarette. Le premier verre de bière. Quand notre père perçait le mur de dissimulations que les deux complices dressaient devant lui, Liette s'arrangeait toujours pour que l'implication de ma mère ne soit pas dévoilée. Bien entendu, il ne vint plus jamais à l'idée de Liette d'asséner à Bérénice la phrase assassine avec laquelle elle l'avait d'abord reçue : « Tu n'es pas ma mère ! »

À mesure que la connivence se resserrait entre elles, les accrochages se firent plus vifs entre la fille et le père. Liette se faisait les griffes sur notre père. Plusieurs années plus tard, leurs relations s'envenimèrent définitivement après que Bérénice se fut chargée d'annoncer à Alfred que sa fille était enceinte.

Le père était un jeune paysan qui cachait sa timidité sous une abondante chevelure noire. C'était un garçon qui avait envie de mordre dans la vie comme tout le monde et ne se privait pas de sortir le samedi soir, quitte à passer directement de la salle de danse à la traite du dimanche matin à l'étable.

Mon père n'estimait nullement la profession de celui qui avait séduit sa fille. Un habitant, rien de plus. Dans son esprit, il réservait un avenir plus brillant à sa progéniture. Il n'en tira pas moins la conclusion qui s'imposait. Puisque Liette était enceinte, on les marierait.

Toutefois, pour bien marquer sa désapprobation, il refusa de paraître au mariage, prétextant une fois de plus que sa santé ne lui permettait pas de fréquenter les foules. Son frère aîné la conduisit à l'autel à sa place.

Ma mère en tira la conclusion qui s'imposait et qu'elle garda pour elle. Mon père ne pouvait pardonner à Liette d'avoir commis la même faute que lui : avoir des relations sexuelles avec une personne qui n'était pas de sa condition, hors des liens sacrés du mariage. Ne pas avoir su prendre les précautions nécessaires pour éviter la grossesse. D'où ce nouveau mariage obligé. On n'en sortait donc jamais ? Il en rageait de dépit.

Je conserve comme une précieuse pièce à conviction une photo qui fut prise à la maison, à la fin de cette éprouvante journée. Debout devant le foyer du salon, entre sa fille et son gendre, mon père a le regard effaré de celui qui a entraperçu l'au-delà. Devant cette photo, je comprends pourquoi je n'ai pas pu avoir de rapports normaux avec lui. Bien avant sa mort, il n'était déjà plus de ce monde.

Par ailleurs, sur la même photo, ma mère se permet d'esquisser un petit sourire. Cette timide mimique montre bien qu'elle était la seule à avoir conservé l'espoir de maintenir l'harmonie dans la famille. Faut-il préciser que sur ce cliché les mariés eux-mêmes ont un air d'enterrement?

Mes parents étaient entrés dans leur saison froide. Cette année-là, en décembre, à l'occasion de son anniversaire, ma mère reçut le télégramme suivant: «Bonne fête et bonjour. Alfred.» Pas de fleurs, pas de «Je t'aime». Cette concision extrême la glaça. Son mari l'aimait-il encore? Si elle en avait eu le courage, elle aurait reconnu qu'il ne parvenait plus à s'aimer lui-même. Pour aller encore plus loin, avait-il jamais été capable d'aimer?

* * *

— Moi, ce qui me fait le plus chier, c'est les gens qui ne sont pas capables de se séparer quand ils ne peuvent plus s'endurer. Mon père, au moins, lui, il est parti. Ce qui ne le rend pas plus intelligent. Juste un peu moins couillon.

Je n'ai pas eu l'occasion de me lancer dans le débat que cette remarque aurait dû provoquer. Nous arrivions aux Jardins de Métis. L'affiche est plutôt discrète en bordure de la route. J'ai freiné assez brusquement pour m'engager sur la voie d'accès aux jardins.

Karolyn a détaché sa ceinture de sécurité. Elle a fouillé dans sa chevelure en écartant les doigts pour redonner du volume à sa crinière. Elle a secoué la tête.

183

Elle s'est redressée sur le bord de la banquette. Elle a ramassé son paquet de cigarettes. Elle me faisait penser à une écolière impatiente de passer à la prochaine activité du programme de la journée.

J'ai eu le réflexe de me méfier. Tout de suite, je me le suis reproché. Je n'avais pas embarqué cette fille dans mon aventure pour lui en vouloir d'être ce qu'elle était.

J'ai garé la camionnette dans la section du stationnement réservée aux véhicules récréatifs, et nous avons marché d'un bon pas vers l'accueil, Karolyn à mes côtés. Le soleil tapait sans retenue. Nous devions avoir l'air d'un couple d'amoureux dont la différence d'âge étonne. Au guichet, j'ai acheté deux billets et nous nous sommes engagés sur les sentiers.

Je n'avais pas pris la précaution de me procurer le plan des lieux. Nous nous sommes vite perdus dans un labyrinthe de petits chemins entrecroisés sous de grands arbres qui nous privaient de toute perspective. Des bordures de fleurs longeaient les sentiers. Des ponceaux enjambaient des ruisseaux. Au détour d'une courbe ou au sommet d'une pente s'ouvraient de grands massifs où les espèces étaient regroupées par familles. Autour de nous les gens s'extasiaient. En d'autres circonstances j'aurais pu, moi aussi, me laisser toucher par cette beauté. Dans le cours de sa deuxième vie, ma mère était parvenue à me faire partager sa passion du jardinage. Karolyn, elle, semblait n'attacher aucun intérêt à ce qu'elle voyait.

— Dans son message, qu'est-ce qu'elle disait au juste, ta mère? m'a-t-elle demandé.

— Que je trouverais un oiseau sous un pont.

— Elle ne pourrait pas parler pour qu'on la comprenne?

— C'est sa manière à elle.

Ma sorcière de mère trouvait encore le moyen de mettre un brin de folie dans la tragédie. Je la reconnaissais trop bien. Elle jouait avec la mort comme elle l'avait fait au cours des dernières années avec la vie. Elle détournait mon attention de l'échéance qui s'annonçait en me forçant à me concentrer sur mes recherches. Ou elle m'y préparait. Peut-être les deux à la fois.

Je me suis senti découragé. Soudain, les petits jeux de ma mère ne m'amusaient plus. Mais je me suis ressaisi rapidement. Je devais suivre ma mère à la trace, pas en courant n'importe où comme un fou. J'ai décidé de retourner au pavillon d'accueil chercher le plan des jardins. La justesse de cette décision m'est apparue quand nous nous sommes égarés de nouveau en tentant de revenir sur nos pas. Nous sommes parvenus à destination après avoir parcouru des allées qui ne semblaient pas pressées de retrouver la sortie. Une stratégie de l'administration pour retenir les visiteurs?

Je suis entré à l'accueil en laissant Karolyn à la porte. Elle avait envie de fumer, comme de raison. Quelques minutes plus tard, je l'ai retrouvée qui achevait sa cigarette.

— Je pensais à ça en t'attendant, m'a-t-elle dit. Ta mère veut se suicider, c'est clair. Plus je t'écoute, plus je sais que j'ai raison. C'est pas un voyage qu'elle fait. Elle s'en va mourir quelque part. Penses-y comme il faut. Qu'est-ce qu'elle dit dans ses courriels?

— Qu'elle fait le voyage le plus important de sa vie et qu'à l'autre bout elle veut me présenter quelqu'un.

— Qui?

— Un personnage mystérieux qui ne sait pas qu'elle le connaît et dont moi je n'ai jamais entendu parler.

— C'est intéressant ça, a-t-elle ironisé. Au lieu de te fixer un vrai rendez-vous, elle t'envoie te promener dans les fleurs. Moi, dans mon dictionnaire, envoyer promener quelqu'un dans les fleurs, c'est faire juste ce qu'il faut pour qu'il s'égare.

— Non! ai-je protesté. À chacun des endroits qu'elle m'amène à visiter, il s'est passé quelque chose qui a rapport avec l'histoire qu'elle veut me raconter. C'est ce qu'elle m'a écrit. C'est ce qu'elle a toujours fait. Me raconter des histoires avec sa vie.

Karolyn a haussé le ton pour lâcher une chose horrible.

— Si ce que tu penses est vrai, je vais te le dire, moi, ce qu'elle est en train de faire, ta mère. Elle rédige son testament. Et comme elle n'aime pas écrire, elle le dessine dans le paysage.

Je me suis aperçu que je tenais une poignée d'aiguilles de mélèze dans ma main. Si douces. Je regrettais d'avoir mis Karolyn dans la confidence. Je lui en voulais d'avoir peut-être raison. J'avais raté la mort de mon père. Je ne voulais surtout pas que cette étrangère me

186

fasse manquer celle de ma mère, si c'était de cela qu'il s'agissait. L'après-midi avait continué de couler. J'avais remarqué sur un panonceau à l'entrée que les jardins fermaient à 17 heures. J'ai dit à Karolyn :

— On laisse tomber.

— Pour aujourd'hui…

— Non. On laisse tout tomber en ce qui te concerne, toi. On fait comme si je ne t'avais jamais rencontrée. On sort d'ici. Tu continues ton chemin. Moi, je reviens demain. Il faut que je trouve le fameux oiseau.

Je suis ressorti du sous-bois. J'ai rapidement rattrapé le sentier. J'ai rejoint l'escalier qui menait à un autre segment de sentier en contrebas. Elle marchait à mes côtés.

— T'es pas en état de continuer tout seul. Viens.

Elle m'a pris par la main. C'était bien la dernière chose à laquelle je me serais attendu. J'en avais pardessus la tête de ses allers et retours d'un extrême à l'autre des sentiments. Cependant, je n'ai pas lâché sa main. Déboussolé comme je l'étais, j'aurais déboulé l'escalier.

* * *

Nous nous sommes installés au camping Annie. C'est tout juste à quelques kilomètres à l'est des Jardins de Métis, un camping comme les autres, une prairie entourée d'arbres. Je me suis inscrit à la réception et j'en ai profité pour dépouiller mon courriel. Comme dans la plupart de ces établissements, la direction met des connexions Internet à la disposition de ses clients.

J'ai parcouru mon fouillis habituel de communications inutiles. Pas un mot de ma mère. Quel sens fallait-il donner à ce silence ? Faute d'avoir trouvé l'oiseau, je ne pouvais l'interpréter. Je me suis efforcé de ne pas trop m'inquiéter. Je me suis dirigé vers l'emplacement qu'on m'avait attribué.

Le camping Annie, c'est un quadrillage de chemins étroits donnant accès à cent cinquante emplacements. Une piscine, une aire de jeux pour les enfants. La joie de vivre. La très grande majorité des gens qui fréquentent de tels endroits sont en vacances. Ils ne sont que trop heureux de fraterniser avec leurs voisins. Les autres font comme moi. Ils montrent par leur comportement qu'ils souhaitent avoir la paix.

Nous occupions la dernière rangée, celle du fond, adossée à quelques arbres maigrichons. C'était toujours ça de gagné en quiétude. Le ciel s'était couvert d'épais nuages sombres. Il pleuvassait. On ne pouvait douter que cela s'intensifierait. Tant mieux. Le mauvais temps calme les ardeurs des campeurs.

Nous nous apprêtions à souper. Karolyn m'a proposé de retarder l'opération de quelques minutes. Elle m'a demandé si j'avais une bougie. Je lui ai donné celle que j'ai en réserve dans ma trousse de sécurité. Elle réclamait également une assiette d'aluminium. J'en ai toujours quelques-unes à portée de main. Indispensable pour cuire les légumes sur le barbecue. Elle a fiché la bougie dans une soucoupe sur la table et elle est sortie avec son assiette d'alu.

Elle est revenue quelques minutes plus tard avec un rameau de cèdre. Un peu de sable au fond de l'assiette. Elle a allumé la bougie et elle a passé son rameau vert au-dessus de la flamme jusqu'à ce qu'il se mette à fumer sans s'enflammer comme un bâtonnet d'encens. Elle l'a ensuite posé sur le sable dans l'assiette.

Nous étions de part et d'autre de la table. Elle m'a invité à me recueillir. J'ai baissé la tête. Elle en a fait autant. Elle s'est mise à parler à voix basse. Elle remerciait la terre de nous prodiguer ses bienfaits. Le soleil pour son soutien vital. La lune était encouragée à nous suggérer des rêveries éclairantes.

Puis, elle a repris son rameau de cèdre et l'a orienté vers les quatre coins de la caravane, afin que la fumée qui s'en dégageait imprègne nos quatre horizons. Elle a ensuite tenu son rameau devant elle, à la hauteur de son visage et, de sa main libre, elle a projeté sur elle-même quelques volutes de fumée. Un peu comme on s'aspergerait d'eau. Elle m'a invité à en faire autant. Je me suis exécuté, après quoi elle a de nouveau posé le rameau sur le sable où elle l'a laissé se consumer.

Cette cérémonie de purification, m'a-t-elle expliqué, devait contribuer à nous débarrasser des ondes négatives que nous avions accumulées pendant la journée, tant celles qui nous avaient traversés, venues de l'extérieur, que celles, plus pernicieuses encore, que nous avions nous-mêmes générées. Je n'ai pu m'empêcher de me rappeler l'échange plutôt aigre que nous avions eu dans les mélèzes. J'ai chassé cette pensée. Le visage apaisé de Karolyn m'attirait dans son miroir tranquille. Je lui ai demandé d'où elle tenait ce rite. Elle m'a parlé de copines à elle, deux filles qui vivaient ensemble et qui fréquentaient un chaman de la région de Sept-Îles.

Nous avons soupé assez vite et en silence. Comme il n'y avait d'espace que pour une personne à la fois devant l'évier, j'ai lavé la vaisselle tout seul après avoir prêté mon imperméable à Karolyn afin qu'elle puisse aller fumer dehors. Puis je suis allé la rejoindre. J'avais enfilé un blouson qui résiste assez bien à la pluie. Nous nous sommes mis à marcher à pas de promeneurs sur les petits chemins qui quadrillent le camping.

Je ne pouvais m'empêcher d'examiner les divers types de véhicules récréatifs qu'on peut dénombrer dans un espace aussi restreint. Karolyn ne semblait même pas s'apercevoir qu'ils différaient les uns des autres. Après notre séance de purification, je ne pouvais me permettre de lui tenir rigueur de son manque d'intérêt pour ce qui me passionnait.

Je lui ai révélé que, sans être moi-même un adepte de ces pratiques magiques, je n'étais pas totalement ignorant non plus du genre de rituel auquel elle s'était livrée avant le souper. Ma mère aussi avait fréquenté une personne qui s'adonnait à des cérémonies semblables. Karolyn n'en revenait pas. Elle voulait que je lui en dise davantage.

Je lui ai expliqué que c'était trop tôt. J'avais commencé par lui révéler les secrets de ma mère en évoquant le regard de petite fille qu'elle avait posé sur mon père. Je m'étais ensuite enfoncé dans la forêt touffue des années au cours desquelles elle s'était perdue à ses côtés. Si Karolyn voulait connaître la suite de l'histoire, elle devait m'accompagner jusque de l'autre côté de cette forêt tourmentée. Je l'assurais qu'elle y ferait la connaissance d'une sorcière heureuse. Karolyn pressait le pas.

— On rentre.

Nous avons repris nos positions, de part et d'autre de la table. Elle a rallumé la chandelle, les cendres du rameau de cèdre toujours entre nous. J'ai parlé à voix basse. La nuit venait. Nous savions qu'elle serait longue. Cela ne nous inquiétait nullement. Karolyn avait ses gris-gris, moi, ma mère. Chacun son paratonnerre.

* * *

Mes parents étaient entrés dans leur première glaciation. Une seule suffit à gâcher toute une vie. Mon père travaillait sur le chantier de construction du centre culturel de Montmagny. De suggestion en référence, il avait trouvé à se loger chez des gens de Saint-Jean-Port-Joli qui avaient accepté de le prendre en pension. Toutes les deux semaines, il roulait pendant trois heures et demie en direction de Sorel pour venir rendre visite à sa femme.

Ma mère ne reconnaissait plus son mari. L'empreinte des gestes y était encore, un baiser à l'arrivée, les questions sur la façon dont elle occupait ses journées, mais le cœur ne s'entendait plus. Une cloche sans battant. Pendant les repas, mon père regardait à travers sa femme. À l'heure de se mettre au lit, il lui dispensait des caresses diplomatiques, sans plus.

Ma mère savait d'instinct qu'il était inutile de bombarder mon père de questions. On aurait pu prendre l'attitude de cette femme naturellement soumise pour de la résignation. Tout au contraire, elle pratiquait avec beaucoup de finesse cette sorte de judo mental qui consiste à se laisser entraîner par l'adversaire plutôt que de lui résister. De cette façon, elle espérait finir par le saisir et le renverser. Profiter d'un instant de vulnérabilité pour lui faire rendre sa vérité. Mais ce moment tardait à venir. En le voyant franchir la porte le dimanche après-midi pour prendre le chemin du retour, est-il nécessaire de dire qu'elle-même avait le cœur qui sonnait fêlé?

Un après-midi de janvier, mon père s'affaissa sur le plancher de béton du chantier. Crise cardiaque. Il était au milieu de la quarantaine. Encore plus tôt que pour son père et son grand-père. Les choses ne s'arrangeaient pas.

On le transporta d'urgence à l'hôpital. Les médecins refusaient de se prononcer sur ses chances de récupération. «Je ne comprends pas ce qu'il a pu faire pour se retrouver dans cet état, déclara le cardiologue à l'un de ses collègues. Il a le cœur d'un homme de soixante-dix ans.» Pour comprendre, il aurait fallu descendre loin dans la mémoire des gènes. Explorer les broussailles d'instincts où prolifèrent les remords, les regrets et les déceptions. Tous sentiments qui rongent en secret, de génération en génération.

Dès l'instant où il avait senti l'insupportable douleur lui fendre le cœur, mon père avait acquis cette vacuité du regard qui caractérise ceux qui ont été marqués. Un regard de bête qui a pressenti la mort aux abords de l'abattoir.

Il n'avait plus eu qu'une idée : aller mourir chez lui. Dès que son état se fut un peu stabilisé, il rassembla ses forces pour que sa voix ne tremble pas trop en téléphonant à sa femme.

— J'ai eu un malaise. Rien de grave, mais ils ne veulent pas que je conduise mon auto. Appelle mon frère Marcel. Dis-lui de venir me chercher. Tu as bien compris ? Qu'il vienne me chercher. Ça presse.

Ma mère entendait battre son cœur dans ses oreilles. Elle rejoignit Marcel, qui partit pour Montmagny dans l'heure qui suivit. Et les minutes se mirent à compter pour des heures.

Mon oncle Marcel était un homme de fidélité. Il avait tout laissé là et il était parti. La route lui parut interminable. L'ignorance de l'état réel de son frère le taraudait. Quand il se trouva en présence d'Alfred, à l'hôpital de Montmagny, c'est son propre père que Marcel reconnut, aux derniers jours de sa vie. Fantôme de lui-même, mon père était déjà à moitié passé de l'autre côté du miroir. Le trajet du retour fut une redoutable épreuve.

Pour ajouter à la tragédie, une effroyable tempête

de neige s'était déclenchée. Les autorités fermaient les routes à la circulation peu après le passage de Marcel. Le cadet tenait le volant à s'en faire blanchir les jointures. Un silence à en percer les oreilles. Mon père formulait parfois une petite phrase effilée comme un poignard : « Tu le sais, toi, que je l'ai aimée, ma mère ! » Ou encore : « Que vont devenir les enfants ? » Et surtout : « Qu'est-ce qui va arriver à Bérénice ? »

Contre toute attente, celle-ci se montra à la hauteur. Ce fut cette prétendue enfant qui remit son mari au monde. Par l'effet de la soudaine vulnérabilité de son compagnon, elle n'était plus ni sa fille ni sa femme. Elle était devenue sa mère. Elle l'enroba dans un cocon de tendresse. Son lit était un nid où elle lui apportait des brindilles de vie pour le ressusciter. Il la regardait de son regard voilé, aussi blanc que les draps, et un faible sourire s'envolait parfois de ses lèvres. « Qu'est-ce que je ferais si je ne t'avais pas ? »

Il s'abandonnait. Il ne soupçonnerait jamais que son épouse était responsable de ce qui lui était arrivé. N'avait-elle pas tourné la tête de l'éléphant d'ivoire du côté du mur ? Bien entendu, dès avant le retour de son mari, ma mère avait corrigé la situation en remettant le pachyderme dans la position qu'il n'aurait jamais dû quitter. Malgré ce geste de réparation, les événements se précipitèrent.

* * *

Comme on pouvait s'y attendre, mon père refusa de retourner à Montmagny. Il prétexta n'importe quoi pour ne pas avouer qu'il avait peur d'aller mourir seul là-bas. Il lui fallait pourtant continuer de gagner sa vie. Il chercha un emploi stable qui lui permettrait de revenir manger à la maison le midi. Une fonction qui ne l'accablerait pas de responsabilités. Un engagement à long terme qui ne le contraindrait pas à se mettre en quête de travail tous les deux ou trois ans, à l'autre bout de la province. Il trouva ce qu'il espérait là où il s'était juré de ne jamais revenir. À Nicolet.

La municipalité cherchait un responsable du Service d'urbanisme. À l'époque, on disait encore *l'inspecteur municipal*. Mon père était plus que qualifié pour occuper cet emploi. Le temps de faire entériner la décision par le conseil, il fut engagé.

Il s'était pourtant promis de ne jamais remettre les pieds dans cette ville. Au temps de ses dix-huit ans, son inconduite avait fait scandale auprès des bienpensants qui constituaient la très grande majorité de la population. Maintenant qu'il était dans la mi-quarantaine, il s'imaginait que les parents avaient prévenu leurs enfants contre lui. Une sorte de condamnation héréditaire. Aussi, les premiers temps, était-il pris d'une panique de collégien chaque fois qu'il devait aborder l'un de ses concitoyens. Il entendait l'étonnement muet de l'autre dans le regard duquel il lisait la projection en accéléré des péripéties qui avaient conduit à son départ de la ville. L'effondrement de la dynastie familiale et son échec personnel conjugués.

Une humiliation permanente. Teintée de regrets peut-être? Je ne le saurais jamais.

Mon père surmonta ces épreuves en se creusant un nid encore plus profond que tous les précédents. Nous nous retrouvâmes donc tous les quatre, mon père, ma mère, mon frère et moi, dans un appartement en sous-sol dont les fenêtres, dans la côte, donnaient sur la rivière. Le cœur feutré, mon père était désormais persuadé que de mener une vie rétrécie le tiendrait mieux à l'abri du malheur que tous les remèdes des docteurs et toutes les invocations des prophètes. Moins on sortait la tête de son trou, moins on risquait d'être attrapé.

Hasard ou pulsion inconsciente, l'appartement que mon père avait loué se trouvait à proximité du cimetière. Le soir après le souper, il rendait souvent visite aux siens en faisant la promenade que lui imposait le médecin. Il racontait sa journée aux défunts comme il aurait tant souhaité le faire, dans sa jeunesse, à ses parents bien vivants. Mais alors son père était trop occupé pour l'écouter et sa mère trop neurasthénique pour l'entendre. Maintenant qu'ils étaient morts, ils ne pouvaient se dérober aux confidences de leur fils.

Mauvaises fréquentations, les morts, pour celui qui n'est pas encore parvenu à se mettre au monde dans la quarantaine. Condamnation à vie plutôt. En revenant à Nicolet, mon père s'enterrait pour ne pas mourir.

Pour s'assurer de ne pas avoir envie de revenir en arrière, il se fit construire une maison neuve, devant l'hôpital, à portée du cimetière. Un bungalow de briques plutôt conventionnel qui se distinguait davantage par la solidité des matériaux que par le style. Le choix de ce type de construction avait permis à mon père d'ouvrir de larges baies vitrées dans le mur sud-ouest qui donnait sur les splendeurs de la rivière. En hiver, par les plus grands froids, l'ardeur du soleil suffisait à tenir la maison au chaud sans que la fournaise se mette en marche. Un garage dans lequel était remisée une rutilante voiture neuve, une antenne de télévision sur le toit, tout ce qu'il fallait pour afficher une respectabilité reconquise.

Puis, pour couper ses derniers ponts, il vendit le chalet de l'île aux Fantômes. Cela fendit le cœur de ma mère qui se consola en se convainquant que ce pacte avec le destin leur assurerait une longue et sereine vieillesse à tous deux. Elle n'était pas au bout de ses surprises. Plus précisément de ses désolations.

Car mon père fit pire encore. Il y avait à Nicolet un homme dont le statut social le condamnait à de menus travaux que d'autres n'auraient jamais accepté de faire, vider un puisard ou tuer un chien malade. Mon père tenait cet exclu en estime. Il avait reconnu en lui l'être intense qui dissimule sa vulnérabilité derrière des manières d'asocial. Il lui confia une tâche si suspecte qu'ils la tinrent secrète jusqu'à ce qu'elle fût exécutée.

Un samedi matin, ce Roger se rendit à l'île aux Fantômes où il dépouilla le bateau de mon père de tout ce qui pouvait avoir quelque valeur, le moteur, l'accastillage de cuivre, les câbles et l'ancre. Il remit ce matériel à un revendeur en insistant pour qu'il s'efforce d'en tirer le meilleur prix possible.

Le lendemain, qui était un dimanche, Roger emprunta une chaloupe de chasse et remorqua *Le Fantôme* au milieu du lac Saint-Pierre. Là, après avoir copieusement aspergé le bateau d'essence, il y jeta une allumette. Il revint à Nicolet en fin d'après-midi, afin de rendre compte du succès de sa mission. En apprenant que ce qu'il avait voulu avait été accompli, mon père se recroquevilla comme un escargot. Ce fut une autre de ses morts.

C'est à cette époque que ma mère prit l'habitude de se lever la nuit pour errer en silence. Elle croyait son mari endormi. Assis dans son lit, mon père écoutait battre son cœur en se demandant ce qui pouvait bien se passer dans celui de sa femme. Après quoi soupirait-elle? Après qui?

La plupart du temps, elle finissait par sortir de la maison. Même en hiver. Un manteau, un foulard, une tuque, des mitaines et de grosses bottes, elle marchait sur la croûte que le gel avait durcie sur la neige. Elle confiait ses secrets à la lune. Debout dans le noir, à la fenêtre, un homme brisé regardait sa femme se livrer à des gestes qu'il jugeait insensés. Ils ne pouvaient apparemment plus rien l'un pour l'autre.

Ils allèrent pourtant leur train pendant encore dix-huit ans. Ils faisaient toujours les gestes de l'amour puisqu'ils eurent un troisième enfant, le petit de la dernière goutte, comme on disait dans le temps. Les concitoyens de mon père ne manquaient pas de s'amuser de sa fécondité. « Il lâche pas, le bonhomme ! Il en a pas l'air comme ça, mais il a encore de la mine dans le crayon ! »

L'enfant était né avec une mèche de cheveux roux dans sa tignasse blonde. Ma mère savait très bien d'où lui venait cette marque distinctive. Elle m'avoua beaucoup plus tard, après la mort de mon père, que celui-ci lui rendait hommage, à chacun de ses anniversaires, avec un ruban rouge noué autour de son pénis en érection.

Vivre pour passer le temps. S'accrocher à la lecture de *Sélection du Readers' Digest* pour donner un sens à son existence. Dans chacune des livraisons de ce mensuel, on célébrait *L'être le plus extraordinaire que j'ai rencontré*. Aucun des candidats à ce titre n'arrivait à la cheville du père avec lequel Alfred avait raté son rendez-vous. Faute de l'avoir connu, il s'y accrocha comme à un personnage mythique qui n'a pas besoin d'avoir existé pour être vénéré.

Les enfants grandirent et partirent à tour de rôle. Notre sœur Liette s'était envolée la première, dans un climat d'animosité. J'avais moi-même bâti mon nid en dénichant un emploi de journaliste à l'hebdomadaire local et en me mariant à mon tour. Mon frère Luc avait connu un départ définitif en quittant notre terre à travers la ramure de l'orignal qui avait percuté sa voiture sur l'autoroute. Quant à Sylvain, le plus jeune, il avait pris un appartement dès qu'il avait déniché du travail chez un installateur de systèmes d'alarme. Mon père et ma mère s'étaient retrouvés l'un face à l'autre, sans enfant, c'est-à-dire vieux aux yeux de la collectivité nicolétaine.

Pour ne pas mourir tout à fait, mon père s'était réservé une seule fantaisie : la chasse aux canards. Il ne se donnait plus le mal qu'il aimait s'imposer à l'époque des îles de Sorel, en partant à pied avec tout son attirail sur la Commune. Il s'adonnait maintenant à la chasse de la façon dont on la pratique dans la région de Nicolet, sur le lac Saint-Pierre. Il s'était procuré une chaloupe de bois, revenant ainsi au type d'embarcation de ses débuts, une bonne grosse barque qu'il avait fait transformer en cache par son complice Roger.

Une cache, c'est une chaloupe déguisée en bosquet de thuyas. On dit des *cèdres* dans nos régions parce que les Anglais désignent les thuyas sous le nom de *cedars*. Au bout du compte, en anglais comme en français, cèdre ou thuya, il s'agit d'un type de végétation qui garde sa fraîcheur longtemps après qu'on l'a coupée. Une cache, c'est donc une barque à fond plat, haute de bords, recouverte d'arceaux découpés dans du contreplaqué, sur lesquels on tresse des branches de thuyas de façon à la recouvrir entièrement, ne laissant qu'une ouverture au sommet, par où on peut se dresser pour épauler le fusil et tirer sur les canards. Par gros temps, on referme cette ouverture avec des panneaux de contreplaqué.

Le rêve, pour celui qui a le culte des petits endroits clos. C'était le cas de mon père. Par mimétisme, ma mère avait fini par y prendre goût elle aussi. Elle n'allait cependant pas à la chasse pour tuer des canards. Elle n'avait même pas de fusil. Elle allait à la chasse pour accompagner son mari. Mon père, lui, comptait son gibier. Au retour, il étalait ses victimes à la face de ses ancêtres tutélaires. Façon d'attirer leur attention. Il faisait encore nuit. Il pouvait être quatre heures tout au plus. Ils étaient encore empêtrés de sommeil tous les deux. Ils ne dormaient plus dans la même chambre depuis longtemps. Ils s'étaient rejoints à la cuisine. Le café et les provisions pour la journée. La météo à la radio. On annonçait des bourrasques et peut-être même de la neige pour l'après-midi. Ma mère essaya bien de formuler des réserves. Mon père lui rabattit le caquet.

— À matin, c'est à matin. Le mauvais temps, c'est pour cet après-midi. Envoye, greille!

Il sortit déposer le matériel dans la voiture. Ma mère le rejoignit peu après. Elle leva les yeux. Le firmament était complètement bouché.

— Tu trouves pas que le ciel est pas mal noir?

— Tête heureuse! S'il n'était pas noir, ce ne serait pas la nuit.

— Je veux dire, il n'y a pas d'étoiles.

— On n'est pas des Rois mages! On n'a pas besoin d'étoiles pour trouver notre chemin!

Mon père et ma mère partaient à la chasse un matin où il aurait été plus sage de rester à la maison. C'était le 22 octobre 1988.

* * *

Karolyn sentait bien que j'avais atteint la ligne de partage des eaux dans le récit de la vie de mes parents. Jusque-là, elle avait sautillé autour de mon histoire, la précédant parfois, ponctuant ma narration de ses jugements à l'emporte-pièce et inventant souvent ses propres dénouements. Maintenant, elle paraissait disposée à se laisser entraîner dans mon roman-fleuve. Assise dans le sens de la longueur de la banquette, dos à la paroi de la caravane, elle enlaçait de ses bras ses genoux relevés. Les pieds nus sur le coussin. Ses cheveux enveloppaient presque tout son visage, sauf ses yeux qu'elle me jetait dessus. Comment ne pas éprouver une grosse bouffée d'affection pour cette grande fille malmenée par la vie ? Elle avait les crocs acérés d'un chiot qui mord pour vrai en voulant jouer. Persistante hérédité du temps où il était loup. J'ai voulu m'assurer qu'elle ne bougerait pas de là tant que je ne serais pas arrivé au bout de ma nuit.

Je suis allé chercher le cendrier que je garde au fond de l'armoire pour les cas désespérés. Je l'ai posé devant elle. Je ne pouvais me permettre de la laisser aller fumer dehors. Si le présent ne file pas au même rythme que le passé, on perçoit le décalage, et le passé ne devient plus qu'une invention.

D'un signe de tête, j'ai désigné le lanterneau qui s'ouvre dans le toit de la caravane, au-dessus de la table. Ces bouches d'aération sont munies de petits ventilateurs dont les modèles les plus récents sont pratiquement inaudibles. J'ai appuyé sur le bouton. L'appareil s'est mis à ronronner. Karolyn m'a souri. Elle a mis sa main sur la mienne. Chaude à en donner froid dans le dos. Puis elle s'est empressée de sortir une cigarette du paquet qu'elle garde toujours à sa portée. La fumée est montée vers le lanterneau sans m'incommoder. De toute façon, cette fumée conférait une touche de réalisme supplémentaire à mon récit. À l'époque, ma mère fumait encore. Mon père, lui, n'a pas eu le temps de cesser.

Ils s'engagèrent sur la route qui menait au club nautique. Fin octobre, la lumière nous est comptée. Une succession de jours étriqués où nous accomplissons une partie de nos occupations dans le noir. À la marina, c'est à la lueur des phares qu'ils transportèrent leur matériel dans la cache, vêtements, provisions, cartouches et fusils. Le reste se trouvait déjà à bord.

Il pouvait être environ cinq heures quand ils décollèrent du quai. Debout à l'arrière, Alfred tenait la manette du moteur à bout de bras en inclinant l'épaule. Il défiait l'obscurité d'un regard résolu. Sous son bonnet de laine bleue et son parka rouge, il émergeait de son bosquet de cèdres dans une interprétation très réussie du capitaine sans peur dont il tenait tant à projeter l'image.

Bérénice, elle, se pelotonnait à l'intérieur, à l'abri du vent, s'occupant du café, dont elle tendit une tasse à son mari par l'ouverture dans le toit. Rien ne la réconfortait comme de faire les gestes du quotidien dans des endroits inédits.

Deux voies s'offraient à eux pour accéder au lac Saint-Pierre : l'embouchure de la rivière et le chenal de la Ferme. Ce dernier menait directement où ils allaient. Alfred y dirigea la cache en réduisant la vitesse. Le pied du moteur ne tarda pas à toucher le fond. Cela ne surprit personne. En cette saison, une fois sur deux, il n'y avait pas assez d'eau dans ce bras de la rivière pour permettre le passage des embarcations. Alfred fit donc demi-tour et fonça vers le cours principal de la rivière. Cela déplut à Bérénice. Elle savait qu'ils se retrouveraient bientôt dans le chaudron de la sorcière, là où le nordet battait la mesure des courants opposés de la rivière et du fleuve, créant des bouillons sur lesquels l'embarcation s'agiterait. Ce qui se produisit comme elle l'avait prévu.

— Tu ne trouves pas que…

— On va être à l'abri dès qu'on sera entrés dans la baie.

Vingt minutes plus tard, ils cavalaient au large, à cinq ou six kilomètres de leur point de départ. La profondeur du chenal donnait une amplitude surprenante aux vagues. L'étrave de la barque se parait d'une belle moustache d'écume. Bérénice n'appréciait guère cette allure. Le mouvement brouillait ses sentiments. Elle s'accrocha à son banc et fila vers d'autres langueurs. Elles étaient généralement tirées de son enfance heureuse.

Peu de temps après, dans les premières lueurs de l'aube, Alfred fit accomplir un grand arc de cercle à la barque de façon à l'orienter vers les quatre grands arbres que la nature avait dressés comme un phare sur la berge lointaine. Pouvait-il seulement les voir ? Sans doute pas, mais il savait qu'ils étaient là.

Ils parvinrent à leur emplacement habituel une demi-heure avant le lever du jour. Rien n'indiquait que le jour se lèverait ce matin-là. Il n'y avait pas beaucoup de profondeur d'eau à cet endroit. Les vagues s'appuyaient sur le fond sablonneux de la baie pour prendre leur élan vers la surface. La cache montait et descendait à leur rythme. Alfred manœuvra avec habileté pour lui maintenir le nez dans le vent.

— Tu peux jeter l'ancre.

Bérénice s'exécuta.

— Lâche les canards à présent.

Il s'agissait de jeter à l'eau des cordées de six canards de plastique reliés les uns aux autres et lestés d'une quille de plomb qui leur permettrait de flotter la tête en haut même par gros temps. En les disposant en ordre dispersé, on créait un rassemblement le plus naturel possible de volatiles qui semblaient se ravitailler. Des appelants. Ce qu'il fallait pour attirer leurs confrères sauvages errant au-dessus du lac Saint-Pierre. Mais une longue lame saisit la barque par en dessous et la fit virer en travers. Elle roula bord sur bord. Une cordée de canards s'empêtra sous la cache.

— Voyons donc, joualvert !

Alfred parvint à replacer l'embarcation face au vent. Bérénice n'osait plus jeter ses canards de plastique à l'eau.

— On va laisser faire pour tout de suite, décréta Alfred. Ça va bien finir par se calmer !

Ils amarrèrent la barque à deux perches qu'ils enfoncèrent dans le sable et dans la vase du fond, l'une à l'avant, l'autre à l'arrière. Ainsi maintenue face au vent, la cache bondissait d'une vague à l'autre comme un cheval nerveux. Ils avaient récupéré les cordées de canards que leurs zigzags avaient emmêlées.

— Va bien falloir que ça finisse! répéta Alfred.

Bérénice regrettait d'être là.

— C'est plus mauvais que ce que la météo annonçait.

— C'est normal. Il y a toujours un peu de vent quand le jour se lève. Après, on fait notre chasse puis on rentre avant que ça se gâte. T'es contente?

Bérénice ne répondit pas. Pour ne pas avoir l'air de parler tout seul, Alfred fit semblant de converser avec le vent. Il soulevait son bonnet pour se gratter la tête d'un air grave, tout en essayant d'apercevoir l'horizon. Sans cette référence, on ne sait trop où l'on est.

Bérénice lui proposa un sandwich. Ils mangèrent pour donner un peu de normalité à la situation. Ils n'auraient jamais dû être là. C'était trop venteux. Les prévisions peu favorables. Bérénice aurait souhaité qu'ils prennent tout de suite le chemin du retour. Elle n'osa le suggérer. Elle savait que cela ne ferait que durcir Alfred dans son entêtement.

Ils s'allongèrent sur les pièces de contreplaqué disposées sur les bancs. Chacun entra en soi-même pour tuer le temps à sa manière. Alfred en se réfugiant dans le passé. Bérénice en se tricotant un après-midi de rêve. Il lui tardait de l'endosser.

* * *

Ils étaient si loin dans leurs ailleurs qu'ils n'entendirent pas le bruit d'un moteur qui approchait. Alfred finit par le percevoir par-delà le grondement du vent. Peut-être même ne fit-il que le pressentir? Il se préparait toujours au pire.

— Joualvert! s'indigna-t-il. Même pas moyen d'avoir la paix au milieu du lac Saint-Pierre!

Bérénice sursauta en entendant gronder son mari. Il se dressa dans l'ouverture entre les touffes de thuyas. Elle le suivit de près. C'étaient Proulx et Desjardins.

Des Proulx, il y en a plus d'une centaine à Nicolet. Celui-là se prénommait Jean-Guy. Il y avait bien au moins deux ou trois Jean-Guy Proulx qui existaient en même temps dans la petite ville, mais ce spécimen était célèbre pour sa bonhomie. Pour déranger tout le monde, aurait dit Alfred.

Desjardins, lui, c'était Denis. Deux acolytes au tempérament opposé, l'un le directeur, l'autre son adjoint à la direction des Services auxiliaires de l'École nationale de police. Ces deux-là se détestaient si fort qu'ils ne pouvaient se passer l'un de l'autre. Ils s'imposaient même de chasser ensemble pour mettre leur inimitié à l'épreuve.

C'étaient de bons chasseurs. Il fallait par ailleurs être un excellent navigateur ou un parfait imbécile pour s'aventurer sur le lac par un temps pareil. Alfred savait tout cela. Sans être un intime, il connaissait ces deux énergumènes, ayant participé à divers projets d'agrandissement et de rénovation à l'École de police. Proulx coupa le moteur. Les deux caches cognèrent l'une contre l'autre.

— Ça brasse pas mal à matin! annonça Proulx en guise de salutation.

— Ce sera pas chanceux aujourd'hui, renchérit Desjardins. Les canards sont dans les champs.

— La météo, ils disent que ça va pas s'emmieuter, continua Proulx.

— Je sais pas, avança Alfred. Quand il fait mauvais, il reste parfois des plongeurs.

— Tu penses, toi, que ça vaut la peine de se geler la quéquette pour quatre, cinq plongeurs qui traînent sur le lac? s'exclama Desjardins. C'est bon à rien, les plongeurs. Moi, ce qui m'intéresse, c'est les gros noirs.

— Commence donc par t'occuper de ta noire à toi! lui suggéra Proulx.

Ils rirent tous les deux, puis tous les trois. Bérénice ne semblait pas avoir entendu la plaisanterie. Les nouveaux venus se donnaient en spectacle pour distraire le couple de l'attente que le mauvais temps leur imposait.

— Tant qu'à être rendus ici, aussi bien remmener quelque chose, trancha Alfred.

— En tout cas, nous autres, annonça Proulx, on s'en va dans l'anse. C'est pas la première fois qu'on va se mettre à l'abri dans les joncs.

— C'est bon à rien dans les joncs, objecta Alfred. Tu les vois pas venir, les canards. T'as juste le temps de les regarder passer au-dessus de ta tête.

— On peut toujours se consoler avec ça, répliqua Desjardins en brandissant une bouteille de gin.

— Au moins, dans les joncs, poursuivit Proulx, ça bardasse pas de même. Puis, à part ça, ç'a le temps de changer d'ici demain soir. On a toute la fin de semaine devant nous autres.

— Tant qu'il reste de l'antigel! pontifia Desjardins en brandissant une fois de plus sa bouteille. Il joignit le geste à la parole, en avalant une bonne gorgée au goulot. Avec sa tuque de travers sur le bout de la tête, son parka dézippé et son sourire racoleur, on l'aurait vu à la télé dans une publicité pour un médicament miracle contre la grippe. À lui seul il incarnait toute la proverbiale bonhomie des Québécois.

— T'es sûr que t'en veux pas?

Desjardins tendit la bouteille à Alfred. Le flacon dansait au bout de son bras.

— Non merci. J'ai tout ce qu'il me faut.

Pendant que Proulx séparait les deux barques et remettait son moteur en marche, Desjardins ingurgita la gorgée dont Alfred n'avait pas voulu. Quand ils furent partis, Bérénice se dirigea vers l'arrière de la cache en se retenant comme elle le pouvait pour ne pas perdre pied. Elle était rudement secouée. Son poids combiné à celui d'Alfred enfonçait l'arrière de l'embarcation.

— Reste en avant, si tu ne veux pas faire embarquer la vague.

Bérénice demeura tout de même là, comme pour donner plus d'importance à ce qu'elle allait dire.

— Tu penses pas qu'on devrait s'en retourner?

— T'as peur?

— Mettons que j'aime pas ça.

Il se mit subitement à neiger. Une neige drue, dense, cinglante. Une neige d'hiver en octobre. Une gifle en plein visage. Bérénice essayait de donner un nom à son mal-être. Une chasse dans la neige, c'était une menace. À tout le moins un avertissement.

— Manquait plus que ça, joualvert! Donne-moi un coup de main, on va replacer les panneaux.

Pendant qu'ils s'exécutaient, Bérénice tira profit de cette neige qui tombait pour donner à son mari des nouvelles de sa météo intérieure.

— Je comprends pas pourquoi tu t'obstines. La chasse, c'est supposé être du plaisir.

— Ça fait du bien, de temps en temps, se donner de la misère.

— Ça donne quoi?

— L'erre d'aller.

— Et si, moi, j'avais pas besoin d'erre d'aller pour avoir envie de rentrer à la maison?

La moustache d'Alfred se raidit. Les muscles de ses joues se contractèrent. Son front se plissa sur un regard sombre. C'était sa façon à lui de s'emporter. Il ne criait jamais. Il se durcissait. Quand elle le voyait dans cet état, Bérénice osait encore moins le contrarier. Ce qu'elle ne faisait pratiquement jamais, d'ailleurs. Elle se permit tout de même d'ajouter :

— T'es pas raisonnable, avec ton cœur. Si ça continue, je vais être obligée d'en parler au docteur.

Chaque fois que Bérénice tenait tête à son mari, même avec toute l'affection dont elle était capable, Alfred entendait son père le sermonner en silence. Un simple froncement de sourcils suffisait à l'envoyer dans sa chambre. En choisissant Bérénice pour compagne de vie, Alfred croyait s'être fait un rempart contre les remontrances. Ce matin-là, contre toute habitude, il haussa le ton.

— Veux-tu bien me sacrer patience! Je sais ce que j'ai à faire!

Il désigna du menton l'étendue du lac. Une soupe d'eau sale et de ciel plombé que la neige assaisonnait.

— Tu vois bien que c'est pas un temps pour s'en aller au large. Ici, on est un peu à l'abri. On va attendre que ça se calme. Après, on partira.

Bérénice retourna à l'avant. Sous ses branches de cèdre, le dos rond sur le banc, elle observait Alfred à la dérobée, s'efforçant de se convaincre que son compagnon maîtrisait encore assez la situation pour les tirer de là. Ensuite, il lui appartiendrait à elle de veiller à ce qu'ils ne se retrouvent plus jamais dans une position aussi inconfortable.

* * *

— Pas besoin d'être un grand devin pour deviner comment ça va finir, ton histoire!

Les mains jointes sur la table, je me suis penché vers elle.

— T'as déjà navigué un peu?

— Une fois, sur le lac Champlain. Une de mes amies s'était fait un chum qui avait un voilier. Je pensais qu'on allait passer la fin de semaine à se faire bronzer. Je ne sais pas si c'est parce que le gars voulait nous impressionner parce qu'on était des filles, en tout cas il faisait tellement pencher le bateau qu'il était pratiquement couché sur l'eau. Je ne vois pas quel plaisir il peut y avoir là-dedans. Tu passes ton temps à t'accrocher pour essayer de ne pas tomber à l'eau. En plus, ce soir-là, quand le bateau a été ancré dans la baie, il voulait faire l'amour avec nous deux en même temps. Moi, ça ne me tentait pas. Pas avec lui, en tout cas. Ç'a été la première et la dernière fois que j'ai navigué.

— T'as eu peur?

— Du gars?

— Non, de l'eau.

— Un peu, je veux dire, oui. Il faisait beau ce jour-là, c'était peut-être moins pire, mais quand il venait un coup de vent, tu avais l'impression que ce n'était plus le gars qui menait. Le vent c'est plus fort que n'importe qui.

— C'est justement là que je voulais t'emmener.

Je lui ai fait faire un petit tour d'hélicoptère imaginaire au-dessus du lac Saint-Pierre, aux abords de la rivière Nicolet. C'était nécessaire pour qu'elle comprenne bien dans quelle situation se trouvaient mon père et ma mère.

On ne s'imagine pas. Sur les cartes, le lac Saint-Pierre n'est qu'un élargissement du fleuve Saint-Laurent, une étendue d'eau douce qui s'étale dans le parcours d'un des plus grands fleuves du continent nord-américain. Mais c'est un évasement qui a des humeurs de mer intérieure, et les mers intérieures sont toujours les plus tumultueuses. Ça, on le sait seulement quand on y a navigué.

À proximité de la ville de Nicolet donc, dans la portion sud-est de ce lac Saint-Pierre, devant le champ de tir de la Défense nationale, on pourrait se croire en plein océan, du moins par gros temps, même s'il y a moins d'un mètre de profondeur d'eau à certains endroits. Un lieu à ne pas fréquenter. C'était pourtant là qu'ils se trouvaient.

Évidemment, nous n'étions pas au courant nous autres, ma sœur, mon frère et moi, du fait que nos parents étaient sur le lac Saint-Pierre ce matin-là. Pour contrôler un peu leurs allées et venues sans que ça paraisse, nous leur avions offert un appareil C.B. portable à Noël. J'en avais moi-même un en ma possession. Comme ça, ils pouvaient toujours nous appeler s'il arrivait quelque chose.

— Pourquoi ils ne l'ont pas fait?

— Pour nous dire quoi? Qu'il faisait mauvais? Mon père avait du mal à demander de l'aide à sa femme. Encore moins à ses enfants. Et puis, au point où ils en étaient ce matin-là, ils maîtrisaient encore la situation.

Il neigeait à plein ciel. Une vraie tempête d'hiver. Le néant originel. Il n'y avait plus d'horizon. La cache était un astre perdu aux confins de l'univers.

— Qu'est-ce qu'on fait? demanda ma mère.

Elle aurait préféré souffrir un bon coup et que ça finisse, comme pour une dent ou un pansement collé dans le poil. Pour une fois, elle se permit de le suggérer :

— Je n'en peux plus, moi, ici. J'aimerais mieux qu'on se fasse brasser un bon coup puis qu'on retourne à la maison.

— On ne sera jamais capables de rentrer dans la rivière, je te dis ! Avec le vent du nordet, ça ne prendra pas cinq minutes, la chaloupe va se remplir, puis on va chavirer. T'as envie de te retrouver à l'eau tout habillée, toi ?

Il criait pour se faire entendre. Le vent rugissait. Sous leur toit de branchages, Alfred et Bérénice s'accrochaient à ce qu'ils avaient sous la main, un banc, l'un des arceaux, pour ne pas tomber à la renverse. Les canards de plastique, la glacière, la boîte qui contenait les ustensiles de cuisine, le réchaud à gaz, le coffre à outils, les fusils, les cartouches, les parkas de rechange, les cirés, les bottes, tout s'entrechoquait. La cache montait sur des pics d'écume et descendait dans des précipices. Un brassage incessant, à vous sortir le cœur de la poitrine. Avec, de temps en temps, une poussée sournoise de côté, pour achever de vous désorienter.

Alfred sortit la tête en écartant l'un des panneaux qui protégeaient les ouvertures. Les bourrasques qui soulevaient l'embarcation achevaient d'arracher les perches qui la maintenaient en place. Inutile de dire que l'ancre chassait. Alfred le savait sans avoir besoin de le vérifier.

— On va essayer de se rapprocher du bord.

Il prenait enfin la situation en mains, mais pas de la façon dont Bérénice l'aurait souhaité.

— Qu'est-ce que ça va nous donner, d'aller au bord? Moi, c'est à la maison que je veux aller.

— T'écoutes pas quand je te parle? Combien de fois il va falloir que je te le dise? Pour rentrer chez nous il faut retourner au large pour prendre l'embouchure de la rivière. Avec *Le Fantôme,* on aurait pu le faire. On se serait fait brasser sans bon sens mais on y serait arrivés. Mais pas avec une périssoire de même! Il n'y a pas trente-six solutions. On va aller retrouver les deux autres, à l'abri du vent dans les joncs, au bord.

— Rendus là, on pourrait peut-être partir à pied? Moi, ça ne me fait rien de marcher, même si c'est loin.

— Tête heureuse! Il n'y a pas de terre là! C'est des marécages à perte de vue!

Devant la mine déconfite de sa femme, Alfred enchaîna du ton de celui qui a bien réfléchi à la question.

— Mais on a de la chance dans notre malheur. Le sol n'est pas encore gelé. La neige qui tombe va fondre à mesure. L'eau, ça coule vers la rivière, le fleuve, le lac. Ça pourrait faire remonter un peu le niveau de l'eau dans le chenal de la Ferme où on n'a pas pu passer ce matin. Entre deux coups de vent, on longe la baie et on rentre par là dans la rivière. Ça nous fera quelque chose à raconter à nos petits-enfants.

— Je peux te garantir une chose, signifia Bérénice, la chasse quand il fait mauvais de même, c'est fini

215

pour moi! Peut-être bien pour toi aussi. On va en reparler. Si tu ne veux pas m'écouter, c'est le docteur qui va te l'annoncer.

Rien ne se produisit comme Alfred l'avait prévu. Il mit le moteur en marche et fit virer l'embarcation pour la diriger vers la rive. Une puissante lame la prit en travers et faillit la faire chavirer. Il fallut tout l'instinct d'un familier du lac Saint-Pierre pour inciter Alfred à réduire la vitesse du moteur, laisser la cache se redresser et profiter d'un répit entre deux vagues pour redonner de la puissance au moteur. La proue de la chaloupe pointa vers la berge et se mit à planer sur les montagnes d'eau qui la soulevaient par l'arrière comme sous l'effet d'un surf géant. Par moments, on sentait que ce n'était plus l'homme qui menait la barque, mais les éléments.

Bérénice passa à nouveau la tête dans l'ouverture du toit. Elle essayait d'apercevoir les joncs qui devaient représenter leur salut, quelque part sur l'improbable berge qu'elle ne distinguait pas. Elle aurait pu se trouver en plein ciel, en avion dans les nuages, qu'elle n'aurait rien vu davantage. D'ailleurs, la neige qui tombait dru la forçait à n'ouvrir les yeux que par intermittence.

Elle sentait que ça n'allait pas. Plus ils avançaient, plus ils étaient secoués. L'ample houle qui les portait fit place à une succession de rouleaux serrés. Les courtes vagues claquaient sur les flancs de la barque et retombaient à l'intérieur.

— C'est pas assez profond, cria Alfred. La vague renverse. On va emplir le temps de le dire.

— Proulx et Desjardins, comment ils ont fait pour passer?

— Ils sont partis juste à temps. Nous autres, on dirait que la météo nous en veut à matin.

Il fit virer la barque bout pour bout dans un mouvement qui faillit les engloutir une fois de plus. Bérénice replaça le panneau de contreplaqué et se recroquevilla sur son banc. Alfred se baissa pour qu'elle puisse l'entendre.

— Faudrait que tu vides l'eau qui est au fond!

Bérénice mit la main sur le seau de plastique qu'ils réservaient à cet usage. En même temps, elle pencha la tête pour saisir son regard. Trop tard. Tout de même, Alfred n'avait pas besoin de voir sa femme pour percevoir son inquiétude. Sa voix plaintive s'élevait au-dessus du bruit du moteur et du hurlement du vent.

— Tu nous emmènes où à présent?

— J'essaie de revenir à l'endroit où on était avant.

— On n'est pas plus avancés!

— Au contraire. On sait quelque chose qu'on ne savait pas.

— Quoi?

— Qu'on n'est pas sortis d'ici!

Bérénice ferma les yeux. La peur l'attendait derrière ses paupières. Ce noir sentiment avait déjà commencé à envahir tous ses organes. Bérénice se mit à écoper avec frénésie.

Oiseau terrestre égaré en mer, la cache n'était plus qu'une bête blessée qui cherche où se poser sur l'océan. Comment Alfred put-il décréter qu'ils étaient arrivés au bon endroit? Il n'avait pas de boussole. Il ne pouvait apercevoir aucun repère à travers la purée blanche. Il aurait tout aussi bien pu naviguer les yeux fermés.

— Tu vas m'aider, annonça-t-il en coupant le moteur. On va planter nos perches ici.

Bérénice n'avait pas ôté ses mitaines. Des éponges, de toute façon. Elle se pencha au-dessus du plat-bord pour peser de tout son poids sur la perche. Elle devait l'enfoncer assez profondément pour qu'elle résiste aux coups de boutoir des vagues. La barque bondissait comme un animal qui refuse de se laisser attacher. Entre les vagues, le niveau de l'eau variait d'à peu près un mètre. C'était prévisible, une lame reflua, engloutissant tout le haut du corps de Bérénice. La combinaison de motoneige trempée des poignets jusqu'aux épaules.

— Tête heureuse! Tu fais rien que des bêtises, toi, aujourd'hui! Mouillée comme tu l'es, si on est pour rester quelques heures ici avant de pouvoir rentrer, c'est tout ce qu'il faut pour attraper ton coup de mort!

* * *

— Toi, pendant ce temps-là, tu ne te doutais de rien…

Karolyn ne tenait plus en place sur la banquette de la caravane. À mesure que je lui faisais vivre l'aventure qui était survenue à mes parents, elle en réinterprétait les péripéties. Elle battait la mesure des événements, elle changeait de visage comme de personnage.

Ce qui ne lui laissait plus le temps de porter ses jugements à l'emporte-pièce. Pour ne pas lui en donner l'occasion, j'ai poursuivi sans attendre.

Je passai à la maison de mes parents ce matin-là. Je le faisais de plus en plus souvent. Je commençais à essayer de combler le fossé entre mon père et moi. Il demeurait égal à lui-même, empêtré dans ses émotions. Il ne répondait pas à mes avances. Cela ne m'atteignait pas trop. Je tentais ce rapprochement bien davantage pour me réconcilier avec moi-même que pour le toucher, lui. J'arrêtais donc chez mes parents quand l'occasion se présentait. Prendre des nouvelles. Ma mère m'en demandait des miennes. Le genre de bavardages qui font les chroniques familiales.

Dans une petite ville comme Nicolet, du moins dans ce temps-là, on ne craignait pas les voleurs. La maison n'était pas fermée à clé. Encore moins le garage. Je passai par là. La voiture était sortie. Je fus tout de même un peu étonné, en entrant dans la maison, de constater que mon père aussi était absent. On était samedi. Ma mère devait être allée à l'épicerie. Mon père n'avait pas l'habitude de l'accompagner dans cette corvée. Encore moins d'aller bavarder devant un café avec l'un ou l'autre de ses concitoyens. Peut-être à l'hôtel de ville, à réviser quelque dossier dont il espérait se débarrasser ? Il n'était pas homme à prendre du retard dans son travail. « Le papier qui traîne, disait-il, ça ramasse les problèmes. » Je ressortis en me disant que j'éclaircirais ce petit mystère à la prochaine occasion. Je poussai une pointe jusqu'au club nautique. C'était l'endroit idéal pour recueillir quelques échos pour ma chronique « Vu et entendu » dans le journal.

On était fin octobre, les quais et les bateaux avaient été retirés de l'eau. On n'avait conservé qu'une précaire passerelle à laquelle étaient amarrées des chaloupes de chasse ainsi que quelques caches. On ne distinguait pratiquement rien, à vrai dire. Le vent du nord-est chassait une neige drue qui abolissait le paysage. En y regardant de près, je constatai que l'embarcation de mon père n'était pas là. J'en eus un coup au cœur. Jamais je ne l'aurais cru assez fou pour partir sur le lac par un temps pareil.

J'attrapai mon appareil C.B. Je le réglai sur le canal que nous avions convenu d'utiliser pour nous parler en cas de nécessité. Pas de réponse. J'en déduisis qu'il avait laissé son appareil hors connexion. C'était bien lui. Je l'entendais proclamer : « J'ai pas envie de me faire crier dans les oreilles à tout bout de champ pour des insignifiances ! Si j'ai affaire à vous autres, je le connecte, le C.B. Le reste du temps, vous savez où me rejoindre. Pas besoin de vos machines à batterie pour se dire bonjour. » Le cœur me cognait quand j'entrai dans le chalet de la marina.

À l'intérieur du club, on ne voyait pas vraiment davantage que dehors, dans la tempête. Une épaisse fumée de cigarettes et la lumière glauque vous donnaient l'impression de vous enfoncer sous l'eau. La condensation tapissait de buée les grandes baies vitrées. Les habitués discutaient par petits groupes en tétant leur bière. Des éclats de rire parfois, sous le coup d'une plaisanterie, deux personnes qui s'interpellaient, puis tout redevenait calme. Je m'approchai du comptoir. Gilles, le barman, me regardait venir sans expression particulière.

— Si c'est pas mon journaliste préféré! me lança-t-il. Tu cours encore après les nouvelles? Qu'est-ce que je te sers? Une bière?

Je fis signe que oui tout en formulant la question qui trahissait mon inquiétude.

— Mes parents sont sur le lac. Il y en a d'autres, des fous comme eux autres, qui sont sortis aujourd'hui?

Gilles haussa les épaules.

— J'ai bien vu ça, la cache de ton père était pas là quand je suis arrivé au milieu de l'avant-midi.

Les clients du comptoir avaient entendu notre échange. Le Serpent vert se tourna vers moi. Celui-là avait donné à son humble propriété de campagne le nom d'une ancienne série de la télévision : *Les Arpents verts*. Comme sa bouche édentée faisait chuinter les syllabes, on l'avait surnommé Le Serpent vert.

— En tout cas, s'ils sont sur le lac, ils sont encore mieux là que dans l'entrée de la rivière. Philippe a essayé de sortir, ça fait pas une heure. Il a eu toutes les misères du monde à revirer pour revenir. C'est l'enfer, là-bas.

— Il y en a d'autres, des chasseurs, sur le lac?

— Je ne vois pas, répondit Gilles en déposant une bière devant moi. C'est sûr que Proulx et Desjardins doivent être là. Mais à part ça, du monde normal, je vois pas…

Une main invisible me serrait le cou. Je suggérai :

— On pourrait pas demander à la Défense nationale d'aller faire un tour ?

Un grand sec, qui nous tournait le dos, fit volte-face pour commenter cette proposition.

— La Défense nationale, c'est pas leur job d'aller secourir les gens sur le lac. Puis, penses-y à part ça, avec des vagues de même, l'aéroglisseur, il tiendrait pas en place.

— Ils ont leur C.B., tes parents ? s'enquit un gros à moustache.

— Je les ai appelés. Ils sont hors connexion.

— Ça prouve qu'ils ne sont pas en danger, conclut Gilles. S'ils étaient malpris, ils appelleraient.

— Moi, en tout cas, décréta Le Serpent vert, je m'en fais pas pour ton père. Il connaît le lac comme le fond de sa poche. Il sait ce qu'il fait.

— C'est sûr, renchérit le gros à moustache. S'il est parti aux petites heures, à matin, il faisait beau. Maintenant que ça vire à la marde, il est cent fois mieux de se faire brasser le derrière au large plutôt que d'essayer de rentrer dans la rivière.

— En tous cas, conclut Gilles, si j'entends parler de quelque chose, je t'appelle.

Un gros coup de vent me plaqua la porte sur le nez comme je sortais du club nautique. J'éprouvais le besoin de partager mon inquiétude. Je fis le détour par chez ma sœur, sous prétexte de prendre un café en passant.

Liette avait épousé un cultivateur du bois Saint-

Michel, Raymond, un homme humble et bon. Les pieds bien ancrés dans la terre, mais tout de même capable de regarder les étoiles. Le couple habitait la maison ancestrale des parents de Raymond, au bout d'une route de terre qui serpentait dans une érablière. Il neigeait à plein ciel, et Raymond était au large, comme il disait. Sur ses terres. Bien au chaud dans la cabine de son tracteur.

— C'est pas un peu de neige qui va l'arrêter, me fit observer Liette en éclatant de rire. Les labours d'automne, il aime ça. Il s'amuse comme un petit fou.

Mon plus jeune frère, Sylvain, celui qui est en train de gravir les échelons chez un installateur de systèmes d'alarme, sortit à ce moment du cabinet de toilette. Préoccupé comme je l'étais, je n'avais pas remarqué sa voiture dans l'entrée. Il faut dire qu'il y a toujours quatre ou cinq automobiles aux alentours de chez ma sœur. Les enfants, les amis des enfants. L'auberge des adolescents.

Comme chaque fois que je le vois, j'accueillis mon frère en effleurant du bout des doigts sa touffe de cheveux roux. Une sorte de rituel magique entre nous. Il venait d'arriver lui aussi. Il allait faire des courses à Trois-Rivières, acheter du matériel pour l'entreprise où il travaille. Il avait sacrifié à sa vieille habitude de s'arrêter pour saluer notre sœur en passant, même s'il n'appréciait pas le café instantané de Liette. D'un premier voyage en Europe, Sylvain avait rapporté le goût du café corsé des Français.

Nous étions donc là tous les trois, frères et sœur

sans distinction, malgré les aléas des mariages successifs de notre père. Il n'en manquait qu'un, Luc, le fils du milieu, et celui-là manquerait pour l'éternité, vu qu'il avait rencontré son orignal depuis un certain temps déjà. Je mis les survivants de notre fratrie au fait de la situation. Liette se récria aussitôt :

— Bon Dieu de Sorel ! C'est pas une journée pour être sur l'eau !

Sylvain était bien de cet avis mais il ne s'énervait pas. C'est un taciturne. Stoïque en toute occasion. On se demande parfois si les événements ont prise sur lui. Ma sœur et moi nous amusons à le décrire comme quelqu'un qui ne s'alarme jamais. Fine allusion à son métier.

Liette tenait sa tasse à deux mains comme pour se réchauffer les doigts. Ses mains tremblaient. Cela lui était venu avec les années. Ce jour-là, elle avait une bonne raison de trembler.

— J'ai essayé de les appeler, continuai-je. Pas de réponse. On dirait qu'ils n'ont pas mis leur C.B. en fonction. Ça vous surprend ?

Comment aurions-nous pu savoir qu'au même moment notre père se décidait enfin à appeler à l'aide ? Il demanda à notre mère de lui passer le C.B. Elle se rappelait l'avoir glissé dans la poche de sa combinaison de motoneige en partant le matin. L'appareil n'était plus là. Après être restée figée quelques instants, elle chercha fébrilement dans ses autres poches. Pas de C.B. nulle part.

Soumis à un brassage incessant comme ils

l'étaient, il ne leur fut pas aisé de fouiller toute la barque, les coffres, les divers contenants, les poches des vêtements de rechange et même le fond de la chaloupe où une eau huileuse ballottait. Après quelques minutes de cette quête effrénée, ils durent se rendre à l'évidence. Le C.B. avait disparu. Bérénice finit par se résoudre à formuler la conclusion qui s'imposait :

— Il a dû tomber à l'eau quand je me suis penchée pour planter la perche.

— Veux-tu bien me dire pourquoi tu l'as mis dans ta poche? fulmina Alfred. Il est bien trop gros pour ça, cet appareil-là.

— Si je l'avais mis sur le banc, tu m'aurais reproché de l'avoir laissé se mouiller avec les vagues, la pluie et la neige.

Le silence qui suivit sembla durer une heure. Bérénice entendit enfin Alfred prononcer la phrase qu'elle ne voulait pas entendre.

— En tout cas, si jamais on n'en sort pas, on saura à qui la faute!

* * *

Il était quatorze heures trente. Dans les minutes qui suivirent ce désastre, Alfred parut se ressaisir. On aurait dit que la peur lui donnait du courage.

— Bout de Christ! Par exemple! Ça ne se passera pas de même!

Pendant toute leur vie commune, Bérénice n'avait entendu son mari jurer que dans les moments de grande tension. Qu'il en ait appelé directement à Dieu ce jour-là témoignait de son profond désarroi. Ce qui accentua celui de Bérénice.

— C'est vrai, bon yeu! On attend quoi? Qu'il fasse noir?

Il neigeait un peu moins, presque plus, mais le vent agitait toujours le lac et soulevait des trombes d'eau qui s'abattaient sur les branchages de la cache. Depuis qu'ils avaient constaté la perte du lien qui leur aurait permis d'appeler à l'aide, ils étaient demeurés à l'intérieur, trempés, face à face, chacun sur son banc, le regard vide et les dents serrées. Leur silence disait tout ce qu'ils pensaient. Alfred sortit vers l'avant en courbant le dos.

La catastrophe se perpétuait. La perche qui leur avait coûté le C.B. flottait au bout de sa corde. Bérénice n'avait même pas réussi à l'enfoncer solidement. Alfred s'en fut à l'arrière. L'autre perche aussi était déjà à moitié arrachée.

— Saint Simonaque!

Privés de leurs amarres, ils dérivaient donc sans le savoir depuis un certain temps. C'était ce qui pouvait leur arriver de pire. Le vent soufflait du nord-est. Il les poussait vers le large, là où ils ne devraient espérer aucun secours.

Mû par une soudaine détermination, Alfred attacha les perches inutiles sur le toit de la cache et mit le moteur en marche. D'un brusque coup de poignet, il tourna la manette des gaz. Bérénice faillit tomber à la renverse. L'éprouvante chevauchée reprit.

— On s'en va où là ? s'enquit Bérénice.

— Cheu nous ! répondit Alfred en mordant dans le *cheu* pour bien marquer sa résolution.

— Tu disais que c'était pas possible !

— On n'a plus le choix. Ça passe ou ça casse.

Bérénice n'aurait jamais dû rester à l'intérieur. Elle ne voyait pas venir les coups. À ce train, elle finit par attraper une nausée qui accentua son angoisse. Debout à l'arrière, Alfred se soûlait de sa colère. Il en voulait à l'univers. Il n'avait rien fait pour mériter ça. Il surmonterait l'épreuve. Il demanderait ensuite des comptes. Il ne savait encore trop à qui.

Dans les creux, le moteur descendait au ras de l'eau. Sur la crête des vagues, l'hélice tournait à vide pendant un instant. C'était bien au-delà de tous les excès qu'Alfred s'était permis jusque-là dans sa vie de navigateur. Il y eut une secousse. Le moteur toussa. La barque sembla s'accroupir.

— Bon yeu de marde !

Un autre élan. Une deuxième secousse, comme si une grande main s'était appesantie sur la cache. Elle s'immobilisa. Une vague monta à contre-courant et pénétra par l'arrière. Il y eut soudain de l'eau jusqu'au milieu de la chaloupe. Un dernier effort. Une autre vague, encore plus puissante que la première, reflua et acheva de noyer le moteur, dont le pied s'ancrait sur une batture. La cache gisait dans un demi-mètre d'eau. Elle n'était plus qu'un oiseau blessé sur lequel les éléments se jetèrent aussitôt.

Bérénice s'était précipitée vers son mari pour

essayer de comprendre ce qui se passait. L'avant de la barque se redressa mais l'arrière s'emplit davantage. Alfred et Bérénice avaient de l'eau jusqu'aux genoux. Ils étaient tournés vers le moteur englouti. Chaque vague leur claquait dans le dos. Tout leur semblait irréel. Ils se retenaient de nommer ce qu'ils voyaient par crainte d'être submergés par la panique. Ce qui faillit tout de même se produire quand Bérénice osa demander :

— Qu'est-ce qu'on va faire ?

Alfred acheva de l'affoler en dressant le bilan de la catastrophe. Il n'était désormais plus question de rentrer à la maison. Seulement de survivre.

En temps normal, ils auraient pu compter sur les autres chasseurs qui pouvaient passer par là. Comme il n'y avait personne d'assez insensé pour se trouver sur le lac par un temps pareil, leurs chances étaient à peu près nulles de ce côté.

Restaient les cargos. On n'avait jamais entendu dire que l'un d'eux s'était arrêté pour porter secours à un plaisancier. Pour que l'improbable se produise, il aurait encore fallu qu'on les aperçoive depuis la passerelle d'un géant des mers. Derrière le rideau des vagues et les embruns, à moitié submergée et couverte de végétation comme elle l'était, la cache devait ressembler à une touffe de joncs à laquelle personne ne pouvait s'intéresser.

En calculant large, ils n'avaient plus que trois heures de jour devant eux. De demi-obscurité plus précisément. Après, la nuit s'abattrait sur eux. Ce serait l'enfer. Ce l'était déjà.

— Vous n'avez pas pensé à aller voir ce qu'ils fai-saient?

— Personne ne pouvait sortir par un temps pareil.

— La police… je ne sais pas…

— Nous n'avons pas osé alerter les autorités. Il était probable que nos parents chassaient dans la zone interdite, à l'intérieur du périmètre de sécurité qui déli-mite le champ de tir de la Défense nationale.

— Ils n'avaient pas peur de se faire tirer dessus?

— C'est fermé en fin de semaine.

— Et vous êtes restés là à ne rien faire…

— À essayer de nous convaincre de ce qui était le plus probable. Qu'ils s'étaient réfugiés dans les joncs, dans l'anse. Le pire qui pouvait leur arriver, c'était de trouver le temps long. Mais tout de même, partir à la chasse seuls tous les deux, par mauvais temps, ce n'étaient plus des jeux de leur âge. Dès leur retour, nous nous promettions bien de les gronder comme des enfants.

Bérénice avait perdu une mitaine. Alfred ne sen-tait plus ses doigts dans ses gants. Sous leurs yeux, une partie du matériel partait à la dérive, le réchaud, un avi-ron, la boîte contenant les ustensiles de cuisine. Quelques canards de plastique commençaient aussi à flotter, retenus par leurs cordes.

— On va mettre les canards dans la pointe. Ça va nous aider à flotter.

Plus facile à dire qu'à faire. Les cordes étaient emmêlées. Alfred les trancha avec son canif. Pour attraper tous les canards que les vagues ballottaient, ils durent plonger les bras dans l'eau glacée. Le froid saisit Bérénice au creux de la poitrine. Une douleur en forme de croix.

— Continue tout seul. Je ne suis plus capable.

Tout en poursuivant son travail, Alfred leva les yeux vers elle. Assise sur la pointe, dos aux vagues, le capuchon relevé, elle s'accrochait des deux mains aux bordages de la barque. Le fait qu'elle n'ait plus qu'une mitaine la rendait plus pathétique encore.

Alfred mit une bonne demi-heure à terminer cette besogne. En partant, le matin, ils disposaient de quinze cordées de six canards. Il en manquait peut-être une ou deux maintenant. Alfred ne se donna pas la peine de les compter. Quand la pointe fut pleine, il attacha les derniers appelants au premier banc. Ils en avaient plein les pieds. Dérisoire assemblage coloré de becs et de plumes de plastique.

— Comme ça, on ne coulera pas, déclara-t-il.

Elle le regarda sans le voir.

— Oui, mais qu'est-ce qu'on va faire ?

Pour toute réponse, Alfred consulta sa montre. Il était quinze heures trente.

* * *

Vers seize heures, il ne s'était rien passé. Il ne pouvait s'être passé quoi que ce fût, ils n'avaient rien fait.

Ils étaient restés sur la pointe, à l'avant, sans se parler. Assommés. Brassés par la tempête. Occupés à entretenir ce souffle si particulier aux humains, la conscience qui engendre la peur.

Alfred se leva. Comme l'avant de la barque pointait vers le haut, il lui était difficile de se déplacer. L'embarcation était submergée depuis le milieu jusqu'à l'arrière. On ne voyait même plus les plats-bords. Alfred progressa tout de même vers l'arrière. Si au moins il avait eu ses bottes de chasse en caoutchouc. Ils avaient opté, ce matin-là, Bérénice et lui, pour leurs Kodiak recouvertes de nylon sur une membrane de polyuréthane, doublées de feutre à l'intérieur. On peut passer une journée entière dehors avec ça, par des vingt-cinq degrés sous zéro. Mais pas dans l'eau! Alfred avait l'impression de porter des bottes de plomb. Il arriva devant le moteur. Ou plutôt à l'endroit où devait se trouver le moteur, car celui-ci était entièrement immergé. On en voyait seulement le capot, parfois, dans le creux d'une vague.

Alfred s'accroupit. Il plongea les mains dans l'eau. Il avait de l'eau jusqu'au menton. Il n'aurait pas dû faire ça. Le devant de son parka était tout imbibé. Il cherchait quelque chose sous l'eau. Il geignait. Bérénice le rejoignit.

— Qu'est-ce que tu fais?

— J'essaie de relever le moteur.

— Il ne voudra jamais repartir!

— Non, mais si je réussis à le relever, je pourrai peut-être le détacher.

— Il me semble qu'il y a un cadenas…

— Oui, puis un bon à part ça! Et je n'ai pas la clé. Mais si je pouvais l'arracher…

Elle aurait voulu l'aider. Si elle faisait un pas de côté, elle heurtait le plat-bord et tombait à l'eau. Ils avaient d'ailleurs peine à tenir debout, battus par les vagues comme ils l'étaient. Ils trébuchaient, s'accrochaient et se retrouvaient parfois à genoux. À un certain moment, Alfred eut même la tête sous l'eau. Bérénice tira de toutes ses forces pour le relever. Il s'essuya le visage dans la manche de son parka détrempé. Il rattrapa ses lunettes de justesse.

— Passe-moi une des perches.

— Qu'est-ce que tu veux faire?

— Passe-moi une perche!

À plusieurs reprises, il essaya de coincer la perche entre le moteur et le tableau arrière de la barque. L'agitation de l'eau l'empêchait de manier son instrument avec précision. Il parvint tout de même à insérer la perche là où il le désirait. Elle se dressait presque à la verticale entre ses mains. Il tira dessus. Peine perdue. La première fois, elle se déboîta. La seconde, c'est une vague qui emporta Alfred à la renverse. Bérénice le releva comme elle put. Il était à bout de souffle, à quatre pattes dans l'eau comme elle.

— On n'y arrivera jamais! lui cria-t-elle.

— As-tu une meilleure idée?

Bérénice regarda son mari, le parka lourd et le bonnet imbibé d'eau. Elle eut l'impression de se trouver devant la statue de celui qui avait été son compagnon de vie. Alfred s'en retourna vers l'avant. Bérénice le suivit. C'était ce qu'elle pouvait faire de mieux pour lui.

— Aide-moi à trouver le coffre.

— Qu'est-ce que tu cherches ?

— La hache.

— Pour quoi faire ?

Il s'accrochait à un espoir. S'il ne pouvait détacher le moteur, il allait arracher le tableau arrière de la barque.

— Si tu fais un trou, on va couler ! se récria Bérénice.

— On coule déjà ! grommela-t-il. Une chaloupe pleine d'eau, ça flotte entre deux eaux. Si on peut se débarrasser du bon yeu de moteur, on sera à la moitié de nos peines. Avec les perches, on pourra se pousser vers le bord. Ce ne sera pas facile, je le sais, mais ensemble on est capables de le faire. Quand on sera dans deux ou trois pieds d'eau, on marchera au fond. Je te l'ai dit, au bord, c'est des marécages à n'en plus finir, mais au moins on aura une chance. Tandis qu'ici…

Bérénice savait qu'elle ne serait même pas capable de faire le premier geste d'un tel exploit. Elle finit pourtant par mettre la main sur la hache, qu'elle tendit à son mari. Il retourna à l'arrière. Elle l'y suivit de nouveau. Veiller sur lui, ça, elle saurait le faire. Jusqu'au bout.

Il besognait en serrant les dents. Avant de porter chaque coup, il fermait les yeux pour concentrer sa force. La résistance de l'eau était telle que son énergie se dissipait avant d'avoir atteint le point d'impact. Le tableau arrière de la cache était conçu pour supporter un moteur de trois cents livres lancé à pleine puissance. Comment Alfred pouvait-il espérer le réduire en pièces en donnant des coups dans l'eau avec une hache faite pour tailler du petit bois destiné à alimenter un feu de camp?

Il frappait sans merci. Il gueulait pour se durcir. À bout de forces, il frappait encore. L'un des coups fut porté dans le vide. Il fut entraîné en avant, les bras tendus dans l'eau tumultueuse. Il se débattait. Au risque de connaître le même sort que lui, Bérénice le saisit par le parka et le ramena au-dessus de la barque, dans laquelle il finit par reprendre pied. Crachant. Toussant. De l'eau dans les poumons. Ne sachant trop ce qui lui était arrivé. Il avait perdu la hache. Cela valait sans doute mieux. Il se serait fait éclater le cœur à poursuivre sa tentative désespérée. Il s'aperçut qu'il avait aussi perdu ses lunettes. Ça, c'était beaucoup plus grave. Il n'aurait désormais plus qu'un périmètre de vision d'un mètre autour de lui. Bérénice finit par le convaincre de retourner à l'avant. Il s'y laissa mener.

— Faut que tu reprennes ton souffle.

Ils se retrouvèrent une fois de plus sur le nez ponté de la barque. Rudement secoués. Trempés. Glacés surtout. Ils grelottaient au point d'avoir peine à respirer. Ils étaient donc encore vivants!

En une heure, leur situation s'était grandement détériorée. Elle était passée de l'incident à la tragédie. Elle semblait maintenant désespérée. En plus de ses lunettes, Alfred avait perdu sa montre en essayant de décrocher le moteur. Bérénice, bien entendu, n'avait pas mis la sienne pour aller à la chasse. Alfred estima qu'il pouvait être environ dix-sept heures. La nuit venait. Ils étaient dorénavant hors du temps.

∗ ∗ ∗

— À moins que… suggéra Bérénice. On pourrait vider les réservoirs d'essence. Ça flotte. On s'accroche à ça et on nage jusqu'à terre.

Alfred faisait non de la tête. Bérénice insista.

— C'est pas plus bête que d'essayer d'arracher le moteur !

— Tu veux mourir ?

Il y avait encore juste assez de lumière pour que le regard de Bérénice s'embrase.

— Pourquoi tu dis ça ?

Il lui mit la main sur le bras.

— On va prendre le temps de réfléchir tranquillement, veux-tu ?

— Tu trouves ça raisonnable, toi, de donner des coups de hache dans l'eau ?

Alfred se raidit. Il avait fait ce qu'il fallait. Maintenant, son devoir était d'empêcher Bérénice de commettre l'irréparable en succombant à la panique. Il devait aller jusqu'à lui faire peur, si nécessaire, pour empêcher sa femme de faire des folies.

— L'hypothermie, t'as déjà entendu parler de ça ? Tu tombes à l'eau, tu engourdis. Tu ralentis. Puis tu meurs. Le seul avantage, il paraît que tu ne souffres pas trop.

— On n'est pas en plein hiver! Et puis on va se débattre dans l'eau. Ça va nous réchauffer. Ça ne peut pas être pire que de rester ici, tout mouillés, en plein vent.

— Tu sais à quelle distance on est de la terre?

— Un kilomètre?

— Je dirais plutôt deux. Peut-être trois. Essaie d'imaginer ce qui va arriver si on se jette à l'eau avec nos réservoirs d'essence. Avec des vagues de trois pieds de haut, ce ne sera pas long, on va perdre la terre de vue. On ne la voit même pas d'ici. On sait qu'elle est là parce qu'on a des repères dans la tête. Mais, en bas, comment veux-tu qu'on sache où on va? T'as remarqué? il recommence à neiger. Et puis, il va faire complètement noir dans dix minutes.

Bérénice ne voulait plus entendre ces arguments. Alfred en rajoutait.

— As-tu pensé au vent? Il retrousse le courant. Même en nageant de toutes nos forces on sera déportés vers le large. On va se retrouver au milieu du lac, en pleine noirceur, accrochés à des réservoirs d'essence.

— Il passe des cargos…

— Tu penses, toi, qu'ils vont nous voir en pleine nuit? Le mieux qui pourrait nous arriver, ce serait de ne pas être transformés en steak haché par l'hélice!

Une évocation d'horreur pour oblitérer celle qu'ils vivaient.

— Ça fait que si tu veux être raisonnable, trancha

Alfred, c'est à moi que tu vas t'accrocher. On est ensemble. On le reste.

Tête heureuse se pressa contre lui. Il essaya de prendre un ton plus mesuré. Ce n'était pas facile dans cette tourmente.

— Tu vas voir, ça va se calmer. Ils vont venir nous chercher, les enfants. Ils vont alerter quelqu'un. Emprunter un bateau. S'il fait trop mauvais cette nuit, ils vont venir demain matin. Demain, c'est certain ! Beau temps, mauvais temps, ils vont nous retrouver. Au mieux, il nous reste quelques heures pas très confortables à passer. Au pire, une nuit. Mais on est deux. En fait, on est trois…

Il leva les yeux vers les ténèbres qui achevaient de s'établir au-dessus d'eux.

— On va mettre ça entre les mains du bon Dieu. Si tu veux, on va faire une prière.

Il entonna son oraison. Comme il ne fréquentait plus l'église depuis longtemps, il n'était pas au fait des réformes engagées dans la foulée de *Vatican II*. Il était peut-être l'un des derniers à continuer de vouvoyer son Créateur. À l'ancienne.

Notre Père qui êtes aux cieux
Que votre nom soit sanctifié
Que votre règne arrive
Que votre volonté soit faite
Sur la terre comme au ciel.

Pendant qu'il s'inclinait pour prier, Bérénice

releva la tête. La nuit se taisait. Cette femme simple s'étonna de ne pas sentir une présence bienveillante se pencher sur elle. Y avait-il seulement quelqu'un là-haut?

*　*　*

Ce que mon père avait prévu s'était produit. Sûrement pas tout, mais tout de même l'une de ses prédictions. La neige qui était tombée en abondance pendant la journée avait fondu. Toute cette eau avait haussé le niveau du lac. Le pied du moteur ne touchait plus le fond. L'une après l'autre, les vagues avaient poussé vers le large l'embarcation à demi submergée. Le vent se faisait une voile des branchages tendus sur la cache. Il n'y avait plus ni durée ni distance. Deux cœurs qui battaient sans le savoir, transis d'angoisse, dans une dérive imperceptible.

C'était de ne pas savoir où ils allaient qui leur faisait le plus mal. Je ne dirais pas que le temps s'était mis au beau, mais le ciel s'était quelque peu dégagé. Pas d'étoiles, mais de lointaines lumières sur la terre ferme, à des kilomètres de leur position. D'où ils étaient, ils ne pouvaient apercevoir que la rive nord du lac. La houle les poussait dans cette direction. Le désastre. Ils s'en allaient vers le néant. Naufragés des grandes solitudes, ils s'éloignaient de tout secours.

Pour notre part, dans la caravane, nous entendions les rafales de vent rabattre la pluie sur les parois de tôle d'aluminium. En plein après-midi, ça peut être un délice. La nuit, c'est toujours plus inquiétant. D'autant que ces habitacles à roulettes vous portent vers des endroits que vous ne connaissez pas. Vous n'avez donc jamais de repères. La porte fermée et les stores descendus, il n'y a ni devant ni derrière. Presque plus d'avant ou d'après. Hors du temps. La voix de Karolyn m'a fait sursauter.

— Tu pourrais pas éteindre la grosse lumière?

Je me suis exécuté pendant qu'elle allumait la bougie. Nous étions ainsi dans un environnement plus approprié pour accompagner mes parents dans leur dérive. Karolyn en oubliait de fumer. Je sentais la présence de mon cœur physique dans ma poitrine. Ce n'est jamais bon signe. Ces mécanismes sont faits pour fonctionner à notre insu.

Ils ne vivaient plus, ils grelottaient. Ils ne respiraient plus, ils haletaient. Le noir les tenait. Et le noir emporte avec lui tout ce que la lumière ne nous permet pas de voir, les squelettes du passé, nos haines fourchues et nos désirs cornus. Un cinéma secret sur l'écran de notre intimité. Un film dont les séquences d'horreur auraient été montées sans ordre, les unes à la suite des autres. Alfred asséna à Bérénice quelques vérités qu'il aurait été plus approprié de formuler en une autre occasion. S'il avait été seulement décent de les dire à voix haute.

Il en ressortait qu'Alfred avait été un incompris toute sa vie. Qu'aucune âme sœur ne lui avait jamais vraiment touché le cœur. Il s'était accroché à des illusions. Les femmes qu'il avait rencontrées ne s'étaient pas montrées à la hauteur de ses attentes. Il avait été obligé de tout faire tout seul, aimer et s'aimer à la fois. À cause de cela, il était passé à côté de son destin. Il était venu sur terre pour accomplir de grandes choses. Le manque d'ambition de ses compagnes l'avait contraint à la médiocrité. S'il réchappait du mauvais pas où il se trouvait, il reprendrait sa vie à zéro. Seul, comme tout homme doit l'être. Ce genre de délire qu'on laisse sortir quand on a trop bu ou qu'on a peur de mourir. C'est alors que Bérénice se mit à lui taper dessus, à grands coups du plat de la main, sur la poitrine et dans le dos.

— Arrête! Qu'est-ce que tu fais?

— Tu ne sais plus ce que tu dis. Tu parlais d'hypothermie tantôt. Le cerveau est en train de te geler. M'as te réchauffer, moi!

En même temps, elle laissait un mantra lui remonter de la poitrine. Comme on récite une comptine pour endormir un enfant.

Les bras, les épaules, ça fait du bien, hein? Le cou aussi. Un petit peu dans le cou. Ça réchauffe le cœur. Il ne peut pas tout faire tout seul, le cœur! Il faut l'aider un peu. Encore un peu. Tiens! Encore! Encore! Encore! Les bras, les épaules…

Si elle avait pu le voir, Bérénice aurait constaté qu'Alfred avait le regard fixé sur l'au-delà.

— Ça fait combien de temps qu'on est ici? demanda-t-il.

Elle s'étonna. Elle comptait sur lui pour le lui dire.

— On est arrivés de bonne heure à matin, se remémora-t-elle. On a coulé, il devait être vers les trois heures de l'après-midi, quelque chose comme ça. Là, il doit être pas loin de neuf heures du soir…

— Regarde ta montre.

— Tu sais bien que je n'en ai pas.

— Qu'est-ce que j'ai fait de la mienne?

— Tu l'as perdue en essayant d'arracher le moteur.

— T'es pas folle, toi? Arracher le moteur!

Il glissait vers l'envers de lui-même. Cette zone où le présent ne répond plus. Elle le saisit aux épaules et le secoua.

— Ce n'est pas le temps de te laisser aller!

Il approcha son visage si près du sien qu'elle en eut peur. Il avait l'air de ne plus la reconnaître.

— Je ne vois pas clair. Donne-moi mes lunettes. Elles sont sur la table de nuit.

Elle continua de le bousculer, comme on tente d'éveiller un dormeur récalcitrant.

— Tu les a perdues, tes lunettes. Ta montre aussi. C'est pas grave. On va s'en sortir ensemble. Tu restes avec moi!

Elle le secoua encore plus rudement.

— C'est à ton tour de me réchauffer, réclama-t-elle.

Comme il tardait à le faire, elle lui prit les mains et guida ses gestes. Mais il se débattait plus qu'il n'accomplissait ce qu'elle attendait de lui. La plupart de ses efforts se perdaient dans le vide. Découragée, elle l'étreignit. Il avait la tête sur son épaule. Il murmura :

— Qu'est-ce qu'ils font, les enfants, qu'ils ne viennent pas nous chercher?

— Ils s'en viennent. Ce ne sera pas long.

— Ils ne sont même pas capables d'être là quand on a besoin d'eux!

Puis, après un silence oppressant:

— Tu pourrais pas leur téléphoner, aux enfants? Leur dire de se dépêcher un peu!

* * *

Nous avions passé la journée à nous tourmenter. Après le départ de Sylvain pour Trois-Rivières, j'étais resté chez ma sœur. Comme prophète de malheur, Liette ne cède sa place à personne. Le fait que la vie n'ait pas été tendre à son endroit lui donne peut-être raison? Et si notre vision du monde dépendait des coups de dés sur lesquels le hasard décide de notre destin? Liette me servit l'un après l'autre les scénarios les plus apocalyptiques que la situation de nos parents pouvait lui inspirer. Elle avait regardé trop de films américains.

Dans la tempête, ma mère avait été projetée par-dessus bord. Mon père s'était jeté à l'eau pour la sauver. Ils s'étaient noyés tous les deux. On retrouverait leurs corps une quarantaine de jours plus tard, flottant aux abords de Deschaillons, comme c'était le cas de la plupart des personnes qui mouraient dans le lac Saint-Pierre ou qui se jetaient en bas du pont de Trois-Rivières. Deschaillons, c'était pour nous l'équivalent du cimetière des grands éléphants.

Ou encore, suggérait Liette, nos parents avaient fini par se résoudre à tenter d'atteindre la berge à pied, en marchant dans l'eau peu profonde de l'anse. Ils s'étaient retrouvés dans un marécage immonde comme on en voit dans les films d'épouvante. Un lieu interdit d'où personne ne revient. Pour ne pas être avalés par la boue, ils s'étaient réfugiés dans la carcasse d'un grand arbre mort d'avoir trop longtemps séjourné les pieds dans l'eau. On ne retrouverait jamais leurs cadavres crucifiés dans les branches, déchiquetés par les oiseaux.

Et quoi encore? C'étaient toutes des hypothèses aussi plausibles qu'horribles. Vers dix-huit heures, quand Sylvain est revenu de ses courses, nous avions l'imagination en feu. Même s'il n'en laissait rien paraître, nous sommes parvenus à transmettre notre angoisse à notre frère. Nous avons avalé une soupe en vitesse et nous sommes partis au club nautique tous les trois.

Là, personne n'a voulu nous aider, je veux dire personne ne se sentait le courage de partir en bateau sur le lac Saint-Pierre. Dans l'espoir de finir par convaincre l'un d'eux de nous accompagner, nous avons bu une bière et puis deux avec ces héros des expéditions imaginaires au-delà du possible, ces aventuriers des missions en deçà du réel. Hâbleurs le samedi soir et couillons le reste de la semaine.

Jusqu'à l'arrivée de Philippe. Celui-là, devant son physique imposant et ses manières d'homme des grands espaces, personne n'aurait pu deviner qu'il avait été médecin et même excellent chirurgien dans une vie antérieure. Depuis la retraite, on aurait dit qu'il avait pris des proportions encore plus démesurées au contact de la nature. Une barbe blanche et une bedaine d'ogre qui croque la vie par tous les bouts. Un tendre monstre, un cœur d'enfant sous une écorce de géant. Et celui-là ne s'est pas fait prier. Le temps d'entendre notre histoire, il s'est écrié :

— Embarquez, les petits gars. On va aller voir ce qui se passe.

Ma sœur a eu le réflexe de nous emboîter le pas. Philippe s'est retourné comme s'il avait des yeux tout autour de la tête.

— J'ai dit les petits gars. Pas les petites filles. Toi, tu nous attends ici. On va revenir, ce sera pas long.

Le Bayliner de Philippe, le *Doc II*, un croiseur de vingt-huit pieds à bord duquel il passe ses étés sur la baie Georgienne en Ontario, avait été sorti de l'eau et remisé en même temps que tous les bateaux et les quais. Ne restaient plus de disponibles, comme je l'ai dit, que les caches et les chaloupes de chasse. Philippe s'est dirigé tout naturellement vers la chaloupe du club, une bonne grosse barque d'aluminium pourvue d'un moteur de soixante-quinze forces. Il est monté là-dedans sans demander la permission à qui que ce soit. D'ailleurs, personne n'aurait songé à contester l'une ou l'autre de ses initiatives. Il était partout chez lui, Philippe, au Club nautique, à Nicolet et sur la terre entière. Un homme qui était bien dans la peau de la vie. Il nous a résumé la situation comme s'il y avait réfléchi toute la journée.

— Votre père, il a pas été prudent, mais si on était toujours prudents, la vie serait bien plate. Seulement, pour pouvoir prendre des risques, faut pas être un imbécile. Inquiétez-vous pas pour ça, les petits enfants, mon père était l'ami de votre grand-père. Des vrais Nicolétains. Nous autres, on aime ça jouer des tours au bon Dieu. Lui donner la frousse un petit peu. Lui non plus, d'ailleurs, il ne se gêne pas pour nous donner des jambettes à l'occasion, mais ça vous le savez déjà.

En quelques phrases, cet homme commençait à dissiper l'inquiétude de toute une journée. Par bonheur, il a continué.

— Bon, maintenant, qu'est-ce qu'on fait? Partir à l'aventure sur le lac, à l'heure qu'il est, par le temps qu'il fait, ce serait tenter le diable. Qu'est-ce qu'on veut au juste? Sauver vos parents? Ils ont pas besoin de nous autres pour ça. Ils ont rien qu'à se mettre à l'abri dans l'anse, et c'est ce qu'ils ont fait. Nous autres, ce qu'on veut, c'est les rassurer et nous rassurer en même temps. C'est ce qu'on va faire.

Il a engagé la barque dans le chenal de la Ferme. C'était presque idyllique. Sous la grande nuit noire, à l'abri du vent entre les berges rapprochées, nous progressions lentement car l'eau est peu profonde dans ce bras de la rivière. On l'a vu, il débouche directement sur la démesure du lac. Ce soir-là, cette mer intérieure n'était pas plus calme que dans la journée. Il ne pleuvait plus, il ne neigeait pas non plus, le vent semblait quelque peu apaisé, mais l'eau du lac bouillonnait toujours. On ne la voyait pas mais on l'entendait. Les vagues battaient la berge en cascade. Philippe a planté le nez de la barque sur l'île Proulx. Ça nous a projetés en avant.

— Allez-y! Descendez!

En marchant dans les broussailles, nous avons atteint la petite plage qui ferme le fond du lac. Philippe a sorti une puissante lampe à piles d'une des nombreuses poches de son parka. Comme un professeur devant son tableau noir, il nous a donné une leçon de géographie marine en projetant son faisceau sur les profondeurs de la nuit.

— En face, de biais, de l'autre côté, c'est Louiseville. On n'a rien à faire là. Au milieu, vous ne pouvez pas le voir, c'est le chenal des gros bateaux. On n'a rien à faire là non plus. De ce côté-ci, à gauche dans l'anse, mais plus loin, très loin devant nous, à peut-être deux ou trois kilomètres d'ici, c'est la zone réservée par la Défense nationale. Tout le monde y va quand c'est fermé en fin de semaine, même si c'est interdit. C'est ce qui rend la chose intéressante.

Il marchait de son grand pas sur la berge, en direction de la pointe de l'île qui fait presqu'île entre la rivière et le lac. Une ancienne digue de roches à moitié édentée la prolonge vers le large. Elle a été construite il y a peut-être une centaine d'années pour protéger l'entrée de la rivière. Philippe nous a conduits jusque-là en sautant d'une grosse pierre à l'autre.

C'était grandiose, le vent, la nuit, le claquement des vagues sur les roches. J'étais exalté comme un enfant qui se trouve à un endroit où il n'a pas le droit d'aller. Philippe a dirigé son projecteur au sud-sud-ouest, du côté où c'était le plus noir.

— C'est là qu'ils sont.

Il m'a tendu le projecteur.

— Vous allez leur faire des signaux. Qu'ils sachent qu'on les a pas oubliés. Qu'on les attend demain matin. Ça va les aider à passer la nuit. Je ne pense pas qu'ils puissent nous répondre. Ils ont sûrement pas une lampe assez puissante pour ça dans leur cache. Ça n'a pas d'importance. Nous autres, on sait qu'ils sont là. Eux autres, ce qu'on veut, c'est qu'ils sachent qu'on ne les a pas abandonnés.

Je me suis mis à agiter la torche électrique de haut en bas et de droite à gauche, à grands gestes que je voulais solennels et réconfortants. Sylvain m'a pris la torche des mains pour en faire autant. Un bon bout de temps. Nous avons laissé nos empreintes dans la nuit. Des traces sur le mur du noir.

Comment aurions-nous pu savoir que nos parents, du fond de leur détresse, avaient perçu nos signaux, là-bas ? Ma mère me l'a dit tant de fois et répété à satiété, alors que ça me fait de plus en plus mal de l'entendre. De là où ils étaient, nos appels leur apparaissaient comme des signes de croix. Sans le savoir, nous leur chantions un *De profundis*.

* * *

— Le plus cruel, c'est de l'être sans le savoir. C'est pour ça que j'essaie d'aller chercher ça le plus loin possible en dedans, quand je veux être méchante. Pour bien m'en apercevoir.

J'ai sursauté en entendant Karolyn proférer une vérité aussi acérée. Elle m'avait montré ses blessures. J'avais reçu ses récriminations comme des injures. Chacun notre façon de souffrir. Qu'on crie ou qu'on se taise, la douleur est toujours la même. Elle m'a attrapé les mains. Je ne m'attendais pas à ça. Je ne savais trop à quel sentiment me vouer. Je n'ai pourtant pas cherché à me dérober. C'est dans cette position que j'ai poursuivi mon récit.

Bérénice tenait Alfred dans ses bras. Il était plus gros qu'elle et tout lourd. Ils étaient debout à l'avant, de part et d'autre de l'espace ponté qui sert au rangement. Pendant la lutte qui avait précédé, ils avaient arraché les branchages de cèdre qui les gênaient pour se déplacer dans la barque immergée. Dès lors que la cache n'était plus accrochée à la batture par le pied du moteur, elle s'était replacée à l'horizontale. Ils dérivaient au large, sous des houles plus amples qui les secouaient moins. Les berçaient presque. Leur position était plus confortable, mais beaucoup plus précaire. La nuit entrait dans son plein. Le mercure était descendu sous zéro. Le froid les pétrifiait.

Bérénice se rendait compte qu'Alfred s'engourdissait dans ses bras. Il ne parlait presque plus. Pour maintenir les apparences de la normalité, Bérénice entretenait la conversation à elle seule.

— Encore quelques heures comme ça, puis ça va être fini. Tu me l'as toujours dit : la nuit, c'est le contraire du jour. Ça va en refroidissant. Le moment le plus froid de la nuit, c'est juste avant le lever du jour. Encore cinq, six heures de même, puis il va faire clair. Tu te rappelles l'hiver qu'on a passé au chalet? C'est pareil. On va veiller chacun notre tour. Une heure toi, une heure moi. On va arriver au matin, on s'en apercevra pas.

Mais Alfred ne paraissait plus concerné par leur sort. Un instinct l'avait prévenu que l'heure était venue de faire son bilan. Il était retourné dans son passé. Il y avait beaucoup de ménage à faire là-dedans. Du travail pour toute une autre vie. Pressé par le temps, il sabra au hasard dans les remords, les gestes manqués et les espérances en cul-de-sac.

Le père d'Alfred se levait à cinq heures et demie tous les matins pour assister à la messe de six heures à la cathédrale. À son retour vers les six heures quarante-cinq, le petit Alfred descendait l'escalier sur ses pantoufles feutrées pour retrouver son père à la cuisine. Le père l'asseyait sur le comptoir. Ils avaient les yeux presque à la même hauteur tous les deux. Le père demandait à l'enfant : « Qu'est-ce que tu veux faire plus tard ? » « Bâtir des cathédrales comme vous ! » répondait immanquablement le petit. L'adulte tempérait son enthousiasme. « T'es mieux de te lever de bonne heure, mon petit gars ! » Alfred le petit se désespérait. Comment pouvait-on lui demander de se lever encore plus tôt ? Il était toujours le premier debout, parmi ses frères et sœurs. On était plus exigeant avec lui qu'avec les autres parce qu'on lui avait donné le même prénom que son père et son grand-père. Il portait la marque, comme un signe d'appartenance à une société d'initiés.

— Je pense bien que je vais aller me recoucher, annonça Alfred. Il fait encore noir.

Bérénice sursauta. Elle n'aurait jamais cru qu'Alfred était déjà si loin. Elle prit la tête de son mari entre ses deux mains. Elle fouilla son regard. Le secoua pour bien faire pénétrer ses paroles.

— Toi, tu restes avec moi. C'est pas l'heure d'aller te coucher. Tu m'entends?

Elle le reprit dans ses bras. Par-dessus l'épaule de son épouse, la tête d'Alfred s'était remise à ballotter sur des pensées lointaines. Un océan de souvenirs. Il plongea la main dans l'eau. Il en rapporta une frayeur. À l'instant où le choc s'était produit, il avait eu le réflexe de mettre son bras devant son visage. Trop tard. Son front avait heurté le pare-brise.

Ils revenaient du port Saint-François. Il pouvait être vers les minuit. À trois, ils avaient vidé une bouteille devant un feu sur la grève, lui, Laurent Pelletier et Renaud Chamberland. Ils étaient pas mal éméchés quand ils étaient remontés dans la voiture conduite par Chamberland. À l'entrée de la ville, ils avaient aperçu trop tard les wagons d'un convoi immobilisé en travers de la route. Chamberland avait appliqué les freins mais la voiture avait dérapé sur la route sablonneuse. Et Alfred avait une profonde entaille au front. Le visage ensanglanté.

— Faudrait que tu m'emmènes à l'hôpital. Ils

vont me recoudre ça. Je veux pas avoir une cicatrice le reste de mes jours, moi !

Effarée, Bérénice le gronda.

— Toi, tu vas aller à l'hôpital demain matin. Pas avant.

Il eut l'air de faire un détour dans le présent pendant un instant.

— Je ne sais pas ce que je ferais sans toi.

Mais à qui parlait-il ? Il flottait entre le passé et le présent. Il parvint à se maintenir à la surface du temps pendant un moment. Il se redressa, se tenant par lui-même un instant. La poussée d'une autre vague le fit basculer de nouveau dans les bras de Bérénice. Encore une fois le visage collé sur le sien. Il posa sa joue contre la sienne. Ses lèvres ébauchèrent un baiser.

— Je sais pas ce que je ferais sans toi, marmonna-t-il. Mais quand je viens dans votre chambre, le soir, pour vous souhaiter bonne nuit, vous pourriez au moins m'embrasser. On n'a jamais vu ça, une mère qui n'aime pas embrasser ses enfants.

Bérénice l'engueula :

— T'as pas le droit de me faire ça ! Il faut que tu restes avec moi, ici, dans la chaloupe ! Tu vas pas me laisser toute seule !

Mais Alfred demeura absent. Dans le noir, Bérénice eut un haut-le-cœur de désespoir. Elle était trop détrempée pour s'apercevoir qu'elle pleurait. Seuls les soubresauts de sa poitrine indiquaient qu'elle souffrait. Le cœur lui bondit dans la gorge quand elle entendit Alfred lui annoncer :

— Je t'ai assez vu la face ! Je sacre mon camp d'ici !
Je vais essayer de vivre avant de mourir, moi !

Saisie de désarroi, elle le lâcha. Il faillit tomber à la renverse. Elle l'étreignit de nouveau. Cette fois, elle l'embrassa sur la joue, à sa façon à elle, afin qu'il reconnaisse bien sa tendresse. Il écarta brusquement la tête comme si on l'avait mordu.

— Pas de minouchages ! Tu m'as déjà eu une fois avec ça ! Tu m'auras pas deux fois !

Elle geignit. Elle l'attira à elle et c'était elle-même qu'elle consolait en berçant son mari. Il haussa encore une fois le ton.

— Veux-tu bien me sacrer patience ! Quand je dis que je veux un tuyau de trois quarts, c'est pas une demie ! Joualvert !

À bout de ressources, Bérénice se jeta elle-même dans le passé pour tenter d'y rejoindre son mari.

— Je vais t'en conter une belle histoire, moi. C'est un homme puis une femme qui s'aimaient sans bon sens. Ils se sont mariés puis ils ont eu trois enfants...

— Quatre, rectifia-t-il.

— Quatre, reconnut-elle, en comptant sa fille à lui.

— Peut-être cinq... ajouta-t-il confusément.

Bérénice se dit que le froid engourdissait la conscience de son mari en même temps que ses membres. Comme pour le confirmer, il annonça :

— Faut que je me confesse avant de mourir.

— D'abord, lui répliqua-t-elle, tu ne vas pas mourir...

Il voulut s'agenouiller. Elle le retint. Il y avait de l'eau partout dans le fond. Même si Alfred était trempé de la tête aux pieds, il n'aurait pas été raisonnable qu'il se mette à genoux là-dedans.

— Ensuite, enchaîna Bérénice, je n'ai pas ces pouvoirs-là.

— Tout ce que je te demande, supplia-t-il, c'est de prendre mes péchés et d'aller les porter au bon Dieu.

— Tu n'as qu'à le faire toi-même. En t'adressant directement à lui. C'est pas ce que t'as toujours fait ? Tu me l'as dit combien de fois ?

— Tu ne peux pas me refuser ça avant que je meure !

— Non ! Tu ne mourras pas ! Tu m'entends ? Tu ne mourras pas ! Pour ce qui est de se confesser, me semble que c'est ce qu'on a fait toute notre vie, non ? Je veux bien t'écouter encore une fois, si ça peut te donner la force de continuer ! En autant que tu ne me demandes pas de te donner l'extrême-onction !

Abandonnant l'idée de s'agenouiller, Alfred appuya la tête sur l'épaule de sa femme. La bouche près de son oreille, il laissa la formule lui remonter du fond de la mémoire, en prononçant les paroles d'une voix faible mais fervente.

— Bénissez-moi mon père, parce que j'ai péché. J'en demande pardon à vous et à Dieu...

* * *

Il mourut dans l'heure qui suivit. Il ne mourut pas d'un coup. Il mourut à petit feu. Il s'éteignit et se ralluma trois ou quatre fois. Dans l'intervalle, pendant qu'il s'absentait, Bérénice vivait pour deux. C'était trop lui demander. Elle avait à peine assez de souffle pour se suffire à elle-même. Elle mourait d'une petite mort pendant que son mari s'engageait dans la sienne. La vraie.

La première fois, elle sentit Alfred faiblir entre ses bras. Elle l'étreignit très fort. C'est à cause du froid, se dit-elle. Elle le frotta vigoureusement par tout le corps comme on essuie les cheveux d'un enfant dans une grande serviette après sa toilette.

Alfred se remit à grelotter. Il vivait donc encore un peu. Bérénice se réjouit de le voir agité de convulsions. Son organisme réagissait. Si elle parvenait à le tenir au chaud, il était sauvé. Elle le pressa si fort contre elle qu'elle pouvait à peine respirer. Si elle l'avait pu, elle se serait fondue à lui.

Alfred ne pouvait pas mourir puisqu'ils s'étaient aimés. À cœur ouvert, jusque dans les recoins les plus banals du quotidien. Au temps du chalet, ils conversaient tard la nuit, dans le noir, de part et d'autre de la table, et le rougeoiement du feu de leurs cigarettes leur tenait lieu de balise pour cette traversée intime. Que pouvaient-ils donc tant avoir à se dire? se demandaient les garçons, qui se retenaient de dormir pour essayer de saisir le sens de ces bavardages. Ils concluaient que leurs parents parlaient sans doute d'eux, ce qui était souvent le cas.

Peu de temps après, Alfred émit un gémissement qui s'éteignit en même temps que sa poitrine achevait de se vider de son souffle. Il oublia de prendre la respiration suivante. Bérénice le secoua. Sa tête ballait. Bérénice constata que ses yeux se retournaient vers l'intérieur comme s'il regardait en lui-même. Elle le battit avec rage, à poings fermés, sur la poitrine.

Son mari ne pouvait pas mourir puisqu'ils s'étaient aimés. En hiver, ils allaient sur le quai de Sainte-Anne regarder le brise-glace entretenir le chenal par où le printemps finirait par reconquérir le pays. Oppressés sous leurs lourds manteaux, ils s'enfonçaient dans les profondeurs les plus coupantes de l'air comme on retient son souffle, la tête sous l'eau dans la baignoire. Sur le point de suffoquer, ils couraient vers la voiture pour dénouer le foulard qui leur couvrait le visage. Un jeu d'amoureux.

Les yeux d'Alfred étaient de nouveau tournés vers l'extérieur, mais ils n'avaient pas retrouvé leur acuité. Il fixait sa femme et ne la voyait pas. Ça n'a pas d'importance, se dit Bérénice. Pourvu qu'il vive !

La troisième fois, il se fit si lourd entre ses bras qu'il s'effondra sur lui-même en l'entraînant avec lui, leurs membres emmêlés dans l'eau, au fond de la chaloupe. Bérénice s'effraya de constater que les jambes d'Alfred s'étaient repliées dans des angles anormaux, comme si elles ne lui appartenaient plus. Elle lui redonna une posture humaine et se mit à le bercer en chantonnant. C'était moins brutal et tout aussi efficace. Il reprit encore une fois conscience et eut même le réflexe d'essayer de parler. En vain. Ne dis rien. Ce n'est pas nécessaire. Je m'occupe de tout, lui répétait Bérénice.

Son compagnon de vie ne pouvait pas mourir puisqu'ils s'étaient aimés en jouant à la canasta avec Jeannine et une voisine, comme si le fait de réaliser des séries de sept cartes de même valeur pouvait conférer une intensité accrue à leur existence. Ils échangeaient un sourire de connivence quand leurs mains se touchaient dans la bonbonnière. Il gagnait la plupart du temps. Elle feignait d'en être offusquée. Elle triomphait de le voir l'emporter.

La quatrième fois fut la dernière. La tête d'Alfred retomba en arrière. Bérénice s'acharna sur lui pendant de longues minutes. Quand il fut évident qu'il ne reviendrait plus, elle se vida d'un coup de tout ce que leur vie commune avait accumulé en elle pendant plus de vingt-cinq ans. Un hurlement qui fendit la nuit.

Alfred l'entendit-il? On dit que les morts s'éloignent par étapes. Que leur conscience s'atténue à mesure que leur corps refroidit. Alfred refroidissait rapidement. Il était déjà froid avant de mourir.

* * *

Il pouvait être minuit ici comme là-bas. Le vent et la pluie battaient toujours la caravane. Nous nous étions réfugiés dans le lit, Karolyn et moi. La relation que j'étais en train de faire de la mort de mon père nous y avait poussés. Nous ne faisions pas l'amour. Nous faisions la vie, entortillés dans le grand drap blanc.

Mort, Alfred était plus naturel que de son vivant. Il n'essayait plus d'être un autre. Bérénice berçait son mari. En même temps, elle évacuait à son intention tout ce qu'elle n'aurait plus l'occasion de lui dire. Elle lui chantait les chansons de sa propre enfance. Entre ses bras, Alfred n'était plus qu'un petit enfant qui vient de naître à l'autre bout de la vie.

Cela dura longtemps. Elle serrait si fort son Alfred contre elle qu'elle finit par sentir les derniers fluides de vie s'échapper de son corps. C'était une grande chaleur qui remontait dans sa poitrine à elle. Une ardeur qui n'était pas de cette terre. Mais c'était si vrai que Bérénice en tressaillit.

Elle fut bientôt tout emplie de cette vie qui fuyait. Elle était devenue le réceptacle des derniers effluves de son mari. Cette émanation avait la légèreté de la fumée. Bérénice fut doucement soulevée. En même temps qu'elle s'élevait, une colonne de lumière la soutenait. Elle fut emportée à cinq ou six mètres au-dessus de la barque. La colonne de lumière vibrait sous elle. Bérénice était assise au sommet de cette colonne et elle regardait en bas.

Il n'y avait plus de vent, plus de vagues, plus de tempête. Ce n'était plus Alfred qu'elle voyait en bas. Son Alfred s'était dissipé dans l'insondable. Hors du temps, Bérénice n'éprouvait ni peine ni regrets. Ni aucun sentiment. Elle flottait simplement dans une paix sans nom. Cela dura le temps que cela dura, si l'on peut parler de temps par rapport à cet état.

Elle reprit peu à peu conscience de son existence.

Elle voyait ses genoux, ses jambes et ses pieds qui pendaient devant la colonne sur laquelle elle était assise. Mais ce n'étaient ni les genoux, ni les jambes, ni les pieds de la femme qu'elle était maintenant. C'étaient les genoux, les jambes et les pieds de la jeune fille qu'elle avait été.

Elle portait une robe courte et légère puisque ses genoux étaient nus. Elle avait dix-sept ans. Elle venait d'arriver à Sorel. Ces chaussures rouges et ces chaussettes blanches étaient celles qu'elle avait achetées au Fédéral pour se donner de l'assurance avant de se mettre en quête d'un emploi. À cet instant, Bérénice sut qu'elle avait encore toute la vie devant elle.

Puis, sans transition, elle fut de retour dans la barque. En son absence, les vagues avaient essayé de s'emparer du corps de son mari. Il pendait déjà à moitié hors de la cache. Les prochaines houles ne manqueraient pas de l'emporter. Bérénice le ramena à l'intérieur.

Qu'arriverait-il si elle venait à perdre connaissance? Le lac Saint-Pierre avalerait l'un après l'autre leurs corps sans défense. Ils sombreraient tour à tour dans les profondeurs. On retrouverait la cache assez vite, mais on chercherait leurs dépouilles pendant des jours, des semaines et peut-être même davantage. Bérénice ne voulait pas compliquer la vie à ceux qui lui survivraient. Avec un bout de câble, elle attacha le corps de son mari à l'un des bancs de la chaloupe, puis elle se noua elle-même à lui avec la corde d'une des lignes de canards.

* * *

Après être allés souhaiter bonne nuit à nos parents à notre façon, sur la jetée rocheuse, en leur faisant des signes de croix avec une torche électrique, nous n'avions pas le cœur à rentrer chacun de notre côté pour regarder la télévision. Nous étions trop gonflés d'émotions. Hérissés de questions. Avions-nous fait ce qu'il fallait? Que pouvions-nous faire de plus? Nous savions que nos parents s'étaient probablement engagés sur le territoire interdit de la Défense nationale. Si nous prévenions les autorités et qu'on les retrouvait là, sains et saufs, nous aurions droit à une grande scène de la part de notre père. « Qu'est-ce qui vous a pris d'appeler l'hélicoptère de la Défense nationale? Joualvert! Je me demande comment j'ai fait pour mettre au monde des enfants qui ont pas plus de jugement que ça!»

Nous étions criblés de sentiments contradictoires. La peur, l'inquiétude, la culpabilité, vous savez ce que ça donne quand on mélange tout ça. Nous n'ignorions pas que notre père avait le cœur fragile. Notre mère était une enfant démunie. D'habitude, ce sont les parents qui s'inquiètent pour leurs enfants. Ce soir-là, c'étaient les enfants qui s'inquiétaient pour leurs parents.

Nous sommes retournés chez ma sœur. C'est une tradition. Chaque fois que l'occasion se présente, nous nous réunissons chez Liette, nous entamons une bouteille de gin et nous feuilletons la chronique familiale.

Tout y passe, le meilleur et le pire, le plus souvent soutenu par l'humour, avec des pointes d'humeur à l'occasion.

Ce soir-là, en raison des circonstances, nous sommes allés plus loin que d'habitude. Le gin aidant, nous avons soulevé des pierres sous lesquelles étaient enfouis certains souvenirs que nous avions déposés là pour oublier qu'ils existaient. Ma sœur Liette, surtout, a des cachettes qu'elle hésite à revisiter. Une en particulier, où elle a refoulé tout le ressentiment que notre père a provoqué en elle en refusant d'assister à son mariage.

Pour éviter que l'amertume de notre sœur nous atteigne tous, je me suis tourné vers notre frère le taciturne. Contre toute attente, Sylvain lui-même s'est mis à parler. Il nous a fait savoir qu'il n'appréciait pas nos remarques sur le fait qu'il ne *s'alarmait* jamais. Il nous signifiait par là qu'il entendait ne plus être traité comme le dernier de la portée. Il réclamait le droit, comme nous tous, au plein registre des sentiments. Sylvain s'enflammait en s'entendant parler. À mon tour, j'ai sauté dans la mêlée.

Je tenais rigueur à ma mère de se comporter en chien de poche de notre père. Ça les desservait tous les deux. Lui, confirmé dans son autorité abusive, elle, maintenue dans un état d'infantilisme réducteur.

Ces confessions de nuit risquaient de dégénérer en séance de lavage de linge sale en famille. C'est notre sœur Liette qui a eu l'à-propos de nous ramener à la réalité.

— Vous ne vous entendez pas ? Bon Dieu de Sorel !
On dirait des enfants qui se chicanent pour avoir la plus
grosse part de l'héritage. Il doit pas faire chaud sur le lac
à l'heure qu'il est. Faudrait peut-être pas l'oublier.

Je me suis permis d'éveiller Philippe. Il était près
de minuit. Malgré l'heure tardive, il a paru très honoré
que je lui demande de nous accompagner, le lendemain, à la recherche de nos parents. L'effet du gin probablement, pour lui autant que pour nous. J'ai raccro-
ché après l'avoir entendu me répéter qu'il nous
attendrait au Club nautique à la première lueur du
jour. Une nuit en noir et blanc, sans véritable sommeil,
traversée de visions alarmantes.

* * *

Il pouvait être vers les sept heures. Philippe se
tenait debout dans la chaloupe du club. Il avait apporté
un gros thermos de café. Nous avons pris le large en
nous efforçant de ne pas renverser le contenu de nos
tasses.

Le temps s'était apaisé. Il y avait beaucoup moins
de vent que la veille et le ciel annonçait même quelques
percées de soleil. Cependant, la vague était encore
grosse sur le lac, comme si l'eau avait peine à se
remettre de l'agitation qui l'avait soulevée pendant les
vingt-quatre heures précédentes.

Nous avons filé vers l'anse où nous présumions
que nos parents avaient passé la nuit. Ça bardassait
encore pas mal. Il y avait longtemps que nous avions

lâché nos tasses. Philippe avait levé le pied du moteur au maximum. Nous avons pénétré tout doucement dans les joncs. Nous sommes tombés sur Proulx et Desjardins. Ces deux-là n'avaient pas l'air très contents de nous voir.

Ils disaient qu'on avait effrayé les canards avec tout notre boucan. Qu'on leur avait gâché la passe du matin. Que la journée était foutue. Qu'à cause de nous ils s'étaient fait brasser le cul toute la nuit pour rien. Après que je leur ai eu expliqué ce qui nous amenait, nous les avons vus revenir vite à de meilleurs sentiments. Moins farauds. Ils s'excusaient presque. Ils ne pouvaient pas savoir que nos parents n'étaient pas rentrés. En toute simplicité, comme les chasseurs de canards du lac Saint-Pierre qu'ils étaient, ils les croyaient à la maison, dans leur lit depuis longtemps. Qu'ils aient passé la nuit sur le lac montrait bien que la chasse n'était plus pour eux. Et surtout pas pour des gens de leur condition, a ajouté Desjardins, qui voyait d'un mauvais œil les messieurs à chemise blanche et à cravate partager sa passion. Selon lui, il fallait être rude, sinon rustre, pour aimer la nature.

Après ce bref échange de propos circonstanciels, Proulx et Desjardins sont vite devenus très sérieux. L'absence de nos parents les préoccupait au plus haut point. Ils imaginaient facilement à quoi il avaient pu être soumis au large. Ils se sont spontanément proposés pour explorer la baie avec nous.

À la sortie des joncs, on ne voyait pas très loin et pas grand-chose. Sous l'effet des vagues, nous montions et descendions sans arrêt. Dans ces conditions, il est impossible de diviser mentalement le territoire à explorer et d'en examiner chaque portion un peu méthodiquement.

Entre chaque vague, votre regard ne retrouve plus le point que vous venez de laisser. Inévitablement, vos lunettes finissent par se couvrir d'embruns. Si vous essayez de scruter trop longtemps l'horizon qui valse sous vos yeux, vous en attrapez la nausée. Soudain, Proulx a coupé son moteur. Philippe en a fait autant. Nous avons entendu Desjardins crier :

— Il y a quelque chose là-bas !

Dressé à l'avant de la barque menée par son complice, le bonnet plus que jamais de travers sur le bout de la tête, il regardait au loin avec ses jumelles. J'ai eu un instant le réflexe de lui donner raison. Le lac, c'était pour les gens comme lui. Du moins par gros temps. En tout cas, je ne comprenais pas comment il pouvait tenir debout, sans perdre pied, en regardant au loin dans ses binoculaires. En même temps, j'avais le sentiment qu'il venait de sauver nos parents en les apercevant le premier. Desjardins a crié de nouveau :

— Là, je l'ai bien vu ! Il y a quelque chose de rouge qui bouge, là-bas.

— C'est où ? a demandé Philippe.

— Dans le chenal, peut-être même de l'autre côté du chenal, en direction de Louiseville. Je dirais à quelques kilomètres au nord-ouest.

— Prenez les devants, a suggéré Philippe, puisque vous savez où c'est. Nous autres on vous suit.

Nos deux barques se sont élancées sur les vagues comme des lévriers. À très grande vitesse, les secousses se succèdent en cascade. L'embarcation vibre comme si elle allait se rompre. Le bruit est assourdissant. Comme si vous naviguiez sur la crête des vagues. Il faut être plus qu'un amateur pour tenir la manette d'un hors-bord lancé à cette allure.

Nous nous cramponnions, ma sœur, mon frère et moi, pour affronter ce train d'enfer. Impossible de regarder devant. Le vent nous aurait crevé les yeux. Quand Philippe a coupé le moteur, la scène qui s'est présentée à moi s'est gravée dans mon âme pour l'éternité.

Ce qu'il restait de la cache flottait entre deux eaux. La plupart des arceaux de branchages étaient arrachés. Seule la pointe avant émergeait. Sur cette pointe, ma mère pressait contre elle un gilet de sauvetage orange à bandes jaunes. C'était ce que Desjardins avait aperçu depuis l'autre rive.

Ma mère n'avait plus figure humaine. Elle était méconnaissable. Enflée de partout. On aurait dit qu'il y avait de l'eau sous sa peau, comme sous certains vêtements des plongeurs.

Elle n'a rien dit en nous apercevant. J'ai compris qu'elle ne pouvait plus parler. À cause du froid, bien sûr, qui l'avait pétrifiée, mais aussi et surtout en raison de ce que son regard désignait, au fond de la barque.

Mon père était allongé dans l'eau aux pieds de ma mère. Chaque vague entraînait des mouvements involontaires de son corps. De toute évidence, il était mort.

À cet instant, nous sommes tous morts un peu, chacun à notre façon, les deux frères et la sœur. Trop abasourdis pour réagir. Philippe, Proulx et Desjardins s'étaient mis en frais de relever le cadavre. J'ai bougé le premier. En me penchant au-dessus du corps de mon père, j'ai failli faire chavirer la barque. Trop de poids du même côté.

— Restez de l'autre bord, les enfants ! a crié Philippe.

J'ai reculé comme on me le demandait. Je n'étais pas sûr de vivre ce que je vivais. Gonflé lui aussi, le visage de mon père était surtout méconnaissable parce qu'il n'avait plus ses lunettes.

Ma mère ne parlait toujours pas. Philippe l'a prise par les épaules pour l'aider à monter dans notre barque. C'est alors que nous nous sommes aperçus qu'elle était attachée à notre père par une corde. Il n'y avait pas de couteau à proximité. Philippe a mis les mains dans l'eau pour détacher cette corde. C'était glacé. Il n'a pas fallu plus d'une minute pour qu'il devienne incapable de supporter la morsure du froid. Avec des gestes de momie, c'est ma mère qui a fait le travail pour lui. On se rendait bien compte qu'elle avait dépassé toute sensation. Elle s'est détachée du corps de mon père, puis elle a délivré ce dernier, qu'un câble reliait aussi à l'un des bancs.

— Dépêchez-vous, a dit Proulx, mettez-la dans mon bateau. Je l'emmène à l'hôpital.

Il a ajouté en désignant le corps de mon père :

— Vous autres, occupez-vous de lui.

Ils ont déposé ma mère au fond de la chaloupe de Proulx et Desjardins. Nous aurions voulu la toucher pour bien lui faire sentir que nous étions là. Nous n'étions pas certains de ce qu'elle pouvait percevoir de la scène. Desjardins l'a enveloppée dans une grande bâche bleue. Nous avons écarté leur barque de la nôtre. Proulx a poussé le moteur à fond. La chaloupe s'est éloignée en surfant sur les vagues.

Puis, nous nous sommes occupés de mon père.

* * *

J'ai attrapé le visage de Karolyn avec mes yeux et je lui ai dit :

— C'est arrivé il y a dix-sept ans. Depuis cette nuit-là, j'essaie de comprendre pourquoi ça s'est passé comme ça.

— Qu'est-ce que tu veux dire ?

— Je me demande pourquoi je n'ai pas essayé de les sortir de là.

— Ça fait une heure que tu m'expliques que ce n'était pas possible ! m'a-t-elle concédé.

— Ça fait une heure que j'essaie de me justifier. J'ai fait ça toute ma vie. J'avais tout le monde qui me disait : « Faites-vous-en pas, les petits gars ! Il connaît son affaire, votre père ! Il est dans les joncs au fond de l'anse. Il est bien mieux là qu'à essayer de rentrer dans la rivière. » Facile à dire, quand on en est à sa troisième ou quatrième bière, bien au chaud au Club nautique. Je n'étais pas obligé de les écouter. Les gens disent n'importe quoi. Je devrais pourtant le savoir. Je suis journaliste.

— Qu'est-ce que tu penses que tu aurais pu faire ?

— Je ne sais pas, moi, emmerder les autorités jusqu'à ce que quelqu'un fasse quelque chose !

Pendant tout ce temps, je n'avais pas lâché le regard de Karolyn. Elle s'est écartée pour s'appuyer sur un coude, de manière à bien saisir ma réaction à la question qui lui brûlait les lèvres.

— Ça te fait quoi d'avoir tué ton père ?

— Je ne l'ai pas tué. Je l'ai laissé mourir. Parfois, je me demande si ce n'est pas encore plus lâche.

— Tu dis qu'il t'empêchait de vivre.

— À l'époque, oui. Depuis qu'il est mort, c'est sa mort qui m'empêche de vivre.

— Qu'est-ce que ça changerait qu'il soit encore là ?

— Ça me permettrait de régler certaines choses avec lui.

— Lui dire ses quatre vérités ?

— Non. Accepter les miennes. Le fait de lui ressembler.

— Tu dis que tu n'aimais pas ce qu'il était…

— C'est vrai, mais je commence à comprendre, en vieillissant, qu'il fallait d'abord que j'accepte de lui ressembler avant d'essayer de ne pas faire les mêmes erreurs que lui.

Karolyn s'est redressée un peu. Sa chevelure frôlait le plafond de la caravane, dans l'étroit habitacle où se trouve le lit, au-dessus de la cabine du conducteur.

— Ben moi, tu vois, mon père, il a été mangé par ma mère, comme un pion, au début de la partie. Il n'est pas mort et je ne réglerai jamais rien avec lui.

— Les filles, c'est pas pareil, ai-je déclaré. C'est avec leur mère qu'elles ont des choses à régler.

— Ma mère, s'est-elle récriée, elle ne veut rien savoir de moi. J'ai essayé deux fois de me suicider. Ça l'a juste dérangée dans ses projets pour la journée. La première fois, il y avait du sang partout. Je m'étais ouvert les veines. Je ne savais pas que c'est les artères qu'il faut trancher. Le sang des veines, ça finit par coaguler. N'empêche, ça a fait un beau dégât dans le lit.

Je lui ai pris la main.

— La seconde fois, j'ai avalé toutes les pilules de la pharmacie de ma mère. C'est son nouveau chum à elle qui m'a sauvée. Je crois qu'elle lui en a voulu pour ça.

J'ai laissé le silence digérer ce que je venais d'entendre. J'ai tendu le bras pour la presser contre moi. J'ai dit :

— On a tous des morts à supporter. Même des morts manquées.

— Même des morts anticipées, a-t-elle murmuré.

Je me suis redressé. J'ai pris son visage entre mes mains et je l'ai embrassée pour la faire taire. Pour se faire consoler de m'avoir fait revenir cette menace à l'esprit, elle a ajouté :

— En tout cas, toi, tu ne pourras pas dire que ta mère ne prend pas soin de toi avant de disparaître.

* * *

J'ai fait cuire des œufs et du bacon. Karolyn avait une fois de plus endossé une de mes chemises. Cette intimité par vêtements interposés me donne toujours le frisson.

Elle buvait son café en fumant sa première cigarette de la journée. Elle s'appliquait à souffler sa fumée directement vers les pales du ventilateur qui fait office d'échangeur d'air dans la caravane.

Nous sortions d'une nuit mouvementée. Après la séance des aveux, nous avions cherché à nous réconforter en faisant les gestes de la vie. Des périodes d'amour forcené suivies de moments d'une tendresse infinie. Une alternance de marées nous avait laissés à mer étale à l'aube de la journée. Karolyn a dit :

— Je vais te la retrouver, moi, ta mère !

Trois quarts d'heure plus tard, nous étions de nouveau sur les sentiers des Jardins de Métis. Nous cherchions des ponts. Il y en a partout. À l'entrée, après le bureau d'accueil, le terrain est assez bas, puis ça monte assez rapidement d'environ dix mètres lorsqu'on parcourt le Jardin du ruisseau. Plus loin, ça grimpe toujours un peu, en pente irrégulière, vers un plateau dégagé sur lequel trône la grande maison, au beau milieu d'une falaise surplombant la mer. Le tout s'articule autour de ponts, de ponceaux et de passerelles. Dès que nous apercevions un de ces ouvrages, nous descendions sous le tablier de bois et nous en scrutions la structure, lourdes poutres et empilements de pierres sèches. Parfois, Karolyn et moi ensemble, à d'autres moments, chacun de notre côté.

Nous en étions au Jardin du ruisseau. Son lit était à sec. Je marchais là-dedans. Ça ressemblait à ma mère. De l'ombre et des recoins. J'avais perdu Karolyn de vue. Je l'ai entendue pousser un cri joyeux. J'ai dû chercher un peu pour la retrouver. Elle tendait le bras vers moi en brandissant un oiseau.

Je l'ai tout de suite reconnu. Il y en a peut-être une douzaine comme celui-là dans la maison de ma mère. Des petits oiseaux vêtus de plumes artificielles qui déclassent en coloris celles dont la nature a pourvu leur congénères vivants. Ma mère les accroche partout, au-dessus de la cuvette dans le cabinet de toilette, dans ses armoires de cuisine, sur la chaînette retenant la lampe au-dessus de la table. Mais celui-ci avait quelque chose de plus que les autres. Il tenait un bout de papier dans son bec de plastique. Je l'ai pris dans mes mains.

— Tu l'as trouvé où? ai-je demandé en cachant mon dépit du mieux que je le pouvais. Il me semblait que ce bonheur aurait dû me revenir.

— Il était coincé entre le bois et la pierre, a-t-elle précisé. Il était dans une sorte de nid fait avec de la mousse. Tu ne me croiras pas, en dessous de l'oiseau, dans le nid, il y avait ça.

De son autre main, elle m'a tendu deux morceaux de chocolat sans sucre, l'un noir, l'autre au lait, dont ma mère se faisait une spécialité de garnir les endroits les plus inattendus de mon univers, mes poches, bien entendu, mais aussi mes chaussettes à la maison et même mon étui à lunettes. Pour l'instant, je n'avais pas le cœur à déguster du chocolat, fût-il sans sucre. J'ai déplié la missive. Karolyn lisait par-dessus mon épaule. Sa crinière frisée me faisait l'effet d'un lierre sur mon crâne plutôt ras.

j'espère que tu fais un beau voyage et que tu t'inquiètes pas trop pour moi c'est pas pour m'amuser que je te fais passer par tous ces endroits je te l'ai dit, il y a une récompense au bout

va voir la grande maison la personne que je veux te présenter y a vécu regarde bien comme il faut parce qu'une maison comme celle-là ça marque ceux qui y vivent

— C'est une drôle de belle folle, ta mère! s'est exclamée Karolyn.

Plutôt que de lui répondre, je lui ai adressé un long regard. Nous sommes allés voir la grande maison.

Au début, c'était un camp de pêche qui appartenait à un Anglais très riche, comme tout ce qu'il y avait de beau chez nous dans ce temps-là. Quand je dis *camp de pêche,* je parle d'une majestueuse demeure comme on n'en voyait pas souvent. La propriété avait été léguée à une dame qui se nommait Elsie Reford. C'était elle qui avait transformé la forêt environnante en jardins. Jusque-là, une histoire dont je ne voyais pas en quoi elle pouvait me concerner.

C'est à l'intérieur que je me suis mis à vibrer. Tout était en beau bois verni. Je m'y sentais frémissant comme dans une ruche. On respirait du miel doré. Karolyn était si impressionnée qu'elle m'a tenu la main pendant un instant. Les baies vitrées du grand salon donnaient sur une pelouse s'étendant vers la mer jusqu'au bord de la falaise. Une salle à manger où il fallait presque utiliser un interphone pour communiquer d'un bout à l'autre de la table. Des boudoirs intimes à l'étage, des recoins savoureux, des escaliers sur les marches desquels pouvaient s'asseoir plusieurs enfants, les après-midi pluvieux d'été, un livre illustré entre les mains. Nous sommes allés partout, jusque dans le grenier où l'assemblage des poutres avait la majesté des églises. Karolyn, qui lisait tous les panneaux d'interprétation disposés sur les murs, m'a révélé l'usage de cet endroit.

— C'était ici que couchait le personnel de la maison. Une sorte de dortoir pour une quinzaine de personnes. En été, il devait faire chaud sans bon sens là-dedans.

C'était évident, mais ça ne m'apprenait rien sur ce que je cherchais. Nous sommes redescendus au rez-de-chaussée. Le hall et le couloir étaient bondés de monde. Nous étions dimanche. On s'apprêtait à tenir un brunch-concert dans le grand salon. J'ai dit à Karolyn :

— On s'en va.

— Où ça ? m'a-t-elle répondu comme si je venais de dire une bêtise.

Elle avait raison. J'ignorais toujours quelle était la prochaine étape.

— Je vais aller lire mes courriels à l'administration. Si elle a gardé son habitude, ma mère doit m'avoir écrit un mot pour me dire quelle direction prendre.

— J'y vais avec toi, m'a annoncé Karolyn. Dans ce coin-là, je peux fumer sans risquer de me faire mettre en prison. La dame à laquelle je me suis adressé m'a opposé un refus catégorique. Il n'entrait pas dans la politique de la maison d'autoriser les visiteurs à utiliser les ordinateurs de l'administration. J'ai dû sortir ma carte de presse pour la convaincre de me laisser relever mon courrier sur l'un des appareils devant lesquels personne ne se trouvait en ce moment. Un journaliste en fonction, ça fait toujours une forte impression. Au milieu d'une forêt d'autres messages inutiles, il y avait bel et bien un mot de ma mère.

Il était intitulé *VOYAGE (3)*. Il portait l'identification du Parc éolien de Cap-Chat. Chaque phrase, chaque mot de ce court message s'est gravé en moi.

nous avons de moins en moins de temps à perdre va vite à Cap Chat il y a des éoliennes va voir la plus grande, celle qui est arrêtée la personne que tu cherches sans la connaître a travaillé là pendant le temps de la construction examine bien où va le vent et continue ton chemin

Jusque-là, j'avais compris que, en m'annonçant l'existence de ce personnage énigmatique, ma mère cherchait à me faire découvrir des aspects inconnus de la vie de mon père. En ce qui concernait Saint-Jean-Port-Joli, c'était facile. Je savais que mon père avait travaillé sur le chantier de construction du centre culturel de Montmagny. Saint-Jean-Port-Joli est à côté. Ça pouvait toujours aller.

Pour ce qui était des Jardins de Métis, je voyais

moins. L'histoire se passait avant la naissance de mon père ou, en tout cas, avant sa période de vie active. Nos ancêtres avaient-ils des liens avec la fameuse dame Reford ?

Mais, pour Cap-Chat, j'étais dans le noir absolu. Je n'arrivais pas à comprendre en quoi mon père pouvait avoir joué un rôle dans la construction des éoliennes. C'est une affaire d'ingénieurs.

Pour me consoler de ne rien comprendre, j'ai avalé les deux morceaux de chocolat que ma mère m'avait laissés et je suis parti sur sa trace sans plus réfléchir. Avec elle, c'était la seule option raisonnable.

* * *

— Je commence à comprendre, a déclaré Karolyn. C'est pas une mère, ta mère. C'est une vraie femme.

Je conduisais avec une certaine impatience sur la route encombrée qui avait succédé à l'autoroute. Le paysage s'en trouvait magnifié. Cela ne me concernait pas. Pendant un moment, j'ai roulé dans la Toyota de ma Tête heureuse, j'ai pris sa place au volant, j'ai senti son cœur battre dans ma poitrine, et ma bouche s'est emplie d'amertume.

Elle était sûrement paniquée. Quand un médecin vous annonce que vous n'en avez plus pour longtemps à vivre parce que votre cerveau est en train de se transformer en gélatine empoisonnée, votre cœur doit chavirer. La tête aussi. Les nausées vous mènent au bord de l'évanouissement. Vous vomissez la nourriture. Vous ne dormez pas la nuit.

Je présumais qu'elle souffrait encore plus de l'intérieur. À l'approche de la fin, on entreprend de faire ses adieux à tout ce qu'on va quitter, les gens, les objets, les sentiments. C'est encore plus cruel si on a décidé d'être l'instrument de sa propre mort. Se permettre de dire ses quatre vérités à la mort ne soulage sûrement pas. Vos cris résonnent sur le silence et l'indifférence. À la fin, vous êtes vraiment nue. Plus rien qu'une conscience qui se consume.

Mourir est toujours une injustice, encore plus pour cette femme de cinquante-neuf ans qui n'avait vraiment commencé à vivre qu'à quarante-trois. Si cette mort se concrétisait, Bérénice n'aurait connu que seize années de vie réelle. Sans compter qu'il lui avait fallu consacrer plusieurs de ces années à se remettre elle-même au monde. Une existence qui se résume à un feu d'artifice d'une dizaine d'années à la fin. Une bien courte fête.

Je trouvais que Karolyn commençait à pressentir la vraie nature de ma mère. Il lui manquait encore les clés les plus importantes. Celles de ces dernières années. Je lui ai fait cadeau des plus belles tranches de vie de ma mère.

Dès lors que son mari avait disparu, Bérénice se sentait seule au monde. Nous autres, ses enfants, n'y pouvions rien. Elle avait été la femme d'un seul homme, l'épouse dévouée d'un guide unique, la mère de ses enfants à lui. Elle n'avait vécu que par lui et pour lui. Les premiers temps, elle dériva sur sa douleur. Orpheline d'elle-même, si l'on veut.

Pour la première fois de sa vie, elle devait gérer le quotidien. Payer les factures et organiser le futur. La première chose qui lui vint à l'esprit, quand elle commença à émerger de l'état de stupeur dans lequel les événements l'avaient plongée, fut que la maison était trop grande pour elle. Façon de parler. Ce n'était pas tant la dimension de la demeure qui faisait obstacle. C'était qu'elle ressemblait trop à Alfred. Bérénice ne s'y reconnaissait qu'au passé. Cette maison n'avait aucune ouverture à lui proposer pour l'avenir. Elle décida donc de la vendre.

* * *

N'importe quelle veuve, on l'entoure. À plus forte raison une femme comme Bérénice. On la submergea d'attentions. Sous prétexte de la consoler, on l'accabla de conseils contradictoires. On tirait dans tous les sens sur son indécision. À l'en déchirer.

C'est Marcel, le cadet d'Alfred, qui se présenta le premier. À vrai dire, il n'avait pas beaucoup quitté Nicolet depuis la tragédie. Il faisait la navette entre notre ville et les Bois-Francs où il occupait un emploi de vendeur chez un marchand de meubles. Il avait donc eu beaucoup de temps pour débattre de la question avec ses frères et sœurs, beaux-frères et belles-sœurs. Avec tout le clan. Que faire de la veuve d'Alfred?

Marcel arriva donc un samedi matin, porteur d'une proposition dont il était fier d'être le messager. Au bout de la table, à la place d'Alfred, une tasse de café devant lui, il alluma une cigarette dont il souffla la fumée vers le plafond avant d'annoncer à Bérénice qu'elle ferait partie à jamais du clan des bâtisseurs d'églises. Du moins de ce qu'il en restait.

Bérénice disait oui, mais elle pensait non. Maintenant qu'Alfred n'était plus là, elle se sentait comme une écolière qui a fini ses devoirs et qui n'a plus qu'une envie : aller jouer dehors. Elle promit tout de même à Marcel de bien réfléchir à sa proposition, se permettant même de lui laisser beaucoup d'espoir sur l'issue de ses cogitations. Une enfant qui ne veut pas déplaire.

Vers la même époque, la mère de Bérénice eut à son tour un entretien dans le particulier avec sa fille. Madame Will Wood aussi avait perdu son mari quelques années plus tôt. Le vieux maquignon s'était effondré sur le trottoir, en plein après-midi, et n'avait pas repris conscience avant de s'éteindre. Depuis, l'entreprenante Yvette s'était employée à reconstituer la tribu en rassemblant plusieurs de ses enfants dans les logements contigus d'un édifice en assez mauvais état dont elle avait fait l'acquisition dans le quartier populaire de Longueuil. Un de ces appartements serait libre au printemps. Ce n'était sûrement pas l'effet du hasard. De là-haut, quelqu'un avait manipulé les pions pour que la partie prenne cette tournure. Yvette y voyait l'intervention du père de Bérénice. Cette dernière hésitait à y déceler celle de son mari. Père ou mari, en tout cas, la plus que jamais corpulente Yvette faisait miroiter à sa fille un avenir qui avait toutes les allures du passé.

C'était en hiver, en décembre. Je suis arrivé chez ma mère à l'improviste ce jour-là. Ma grand-mère trônait dans la cuisine de notre maison de Nicolet, son étole de fourrure agrémentée de têtes de martres posée sur le dossier d'une chaise. Ces bêtes m'effrayaient depuis ma tendre enfance. À ma mère, je crois bien qu'elles inspiraient confiance. Elles étaient l'hermine de sa jeunesse.

Ma grand-mère s'est précipitée sur moi comme quand j'étais petit. Elle m'a pressé contre ses rondeurs. Elle portait un parfum dont je resterais imprégné le reste de la journée. Signe des temps, j'avais toujours tutoyé ma grand-mère, alors que ma mère la vouvoyait avec un respect d'un autre âge.

— Dérange-toi pas, grand-maman, je faisais juste passer.

— Vous allez reprendre un peu de thé, hein maman?

C'est ainsi que j'ai assisté à la fin de cette discussion sur l'avenir de ma mère. J'ai entendu ma grand-mère évoquer le bonheur que serait celui de sa fille parmi ses frères et sœurs, les grandes tablées du jour de l'An et les pique-niques du samedi soir dans la petite cour de l'immeuble, autour d'un feu de camp pourtant interdit en ville, à boire de la bière et à se laisser bercer ou exciter par les chansons de Donatien, selon l'humeur imprévisible de ce dernier. Un monde avec lequel j'avais pris mes distances, mais dont j'étais héritier moi aussi. C'est à la branche maternelle de ma famille que je dois mon optimisme et ma santé.

Je sentais ma mère tiraillée. Au fond, elle ne l'était pas tant que ça. Elle faisait semblant de l'être pour offrir au moins cette consolation à son beau-frère Marcel. En fin de compte, elle décida de retourner parmi les siens. Cela revenait à ne pas choisir, puisqu'elle renouait simplement avec son passé.

La maison fut vendue en peu de temps et ma mère quitta Nicolet pour n'y jamais revenir, sauf à l'occasion d'assez rares visites qu'elle nous faisait. Ou pour des funérailles. Chaque fois, elle s'installait chez notre sœur, dans sa vieille maison de ferme. Pour ne pas être en reste, nous la promenions dans la petite ville. Elle s'étonnait de ne rien reconnaître. Les choses changeaient si vite, disait-elle, les gens, les rues, les maisons. À vrai dire, je crois bien qu'elle refusait de voir ce qui n'existait plus pour elle.

L'immeuble dans lequel elle s'établit, dans le quartier populaire de Longueuil, était divisé en quatre appartements, celui de ma grand-mère, celui de Donatien et celui où habiterait dorénavant ma mère. Le quatrième était loué à une personne qui n'avait rien à dire ni à redire dans les affaires de cette petite collectivité. On lui permettait simplement d'exister en faisant le moins de bruit possible, en attendant qu'un autre membre de la tribu des Mouches et des Rats vienne occuper son appartement. Un bouche-trou.

Dans l'humble logis de ma mère, les vestiges du mobilier de Nicolet ne chantaient plus la même chanson. Le service de vaisselle de douze couverts commença à s'ébrécher. Des brûlures de cigarettes apparurent sur la table de la salle à manger, privée de toutes ses rallonges et qui encombrait maintenant une trop petite cuisine. L'horloge, héritage de la famille d'Alfred, demeura muette sur une tablette. Bérénice ne se donnait plus la peine de la remonter.

Pour arrondir la maigre pension de veuve que le gouvernement lui versait, elle trouva sans peine un emploi de serveuse dans un restaurant chic de la rue Saint-Charles. Elle était revenue à son point de départ. Que le restaurant fût chic ou pas, elle remettait le tablier qu'elle avait endossé à dix-sept ans.

* * *

— C'est assez extraordinaire ! s'est exclamée Karolyn.

J'ai jeté un coup d'œil au paysage. J'avais oublié que c'était beau. Nous longions la mer. Ma compagne de route a fait la moue devant ma méprise.

— Ta mère, je veux dire ! Elle n'a pas eu peur de sauter dans le vide. Ton père était d'une classe sociale plus élevée que la sienne. J'en connais plusieurs qui se seraient accrochées.

— Au fond, je suis certain que ça l'ennuyait, ma mère, que mon père soit d'une classe sociale au-dessus de la sienne. Ça l'agaçait, toutes ces simagrées. Pour elle, les bonnes manières devaient être des singeries.

— Je sais ça depuis longtemps, m'a affirmé Karolyn. Tu ne viendras pas me dire que tu viens de le découvrir!

— Non, je ne viens pas de le découvrir, mais essaie de me comprendre. Dans ma jeunesse, on m'a enfoncé dans la tête que ces simagrées sont la religion des gens bien élevés.

Karolyn a secoué sa crinière pour ne pas être contaminée par ma bonne éducation.

— En tout cas, elle a eu du culot, ta mère. Moi, la mienne, elle n'aurait jamais lâché le bungalow, la voiture et le manteau de fourrure.

— Ce n'est pas pareil. Personne ne lui demande de le faire.

— Tu crois que ça le fait pas chier, mon père? C'est lui qui paie pour que ma mère vive avec un autre homme dans sa maison. En échange, ça lui donne le droit, à lui, de coucher avec une femme plus jeune que ma mère. Tu ne trouves pas que c'est assez pourri comme compromis?

J'ai changé de sujet pour que nous ne partions pas dans cette direction. Je l'ai ramenée à la vision qu'avait eue ma mère sur le lac Saint-Pierre, au moment de la mort de mon père.

— Je ne parle pas de ce qu'elle a vu en bas, quand elle était assise sur sa colonne de lumière, mon père dont l'âme sortait de son corps. Je parle des chaussures rouges et des chaussettes blanches.

— Tu y crois, toi, à cette apparition? m'a lancé Karolyn.

Je savais que, de sa part, cette question était une provocation.

— Bien sûr. Ma mère aurait été incapable d'imaginer quelque chose d'aussi énorme.

— Alors ? m'a demandé Karolyn avec agacement.

— Alors, après la mort de mon père, ma mère s'est retrouvée au tournant de son adolescence...

— Qu'elle n'avait pas eue... s'est permis de me faire observer Karolyn.

— Justement ! Elle a repris sa vie là où elle avait bifurqué. Ce n'est pas donné à tout le monde de faire ça. Comme une deuxième chance.

— Et ça s'est passé comment, cette adolescence tardive de ta mère ?

— Comme pour toutes les adolescentes. Il y a des hommes qui se sont mis à lui faire la cour.

— Parle pour qu'on se comprenne, s'est exclamée Karolyn. C'est le cul qui mène le monde !

— Sûrement pas pour ma mère.

Et j'ai dressé en vrac la courte liste des prétendants les plus insistants qui lui tournaient autour et dont j'avais fait la connaissance au hasard des visites que je rendais à ma mère. Celui-ci était facteur à Longueuil. Celui-là fabriquait des tables de ping-pong dans une manufacture de Saint-Hubert. Cet autre, que j'ai trouvé au bout de la table, une tasse de café à la main, un matin que je m'étais arrêté en me rendant à Montréal, était le mari de Nicole. « Une fille qui travaille avec moi au restaurant », m'a expliqué ma mère.

— Tu parles comme dans les romans de l'ancien

temps, m'a reproché Karolyn. C'étaient pas des prétendants. C'étaient des amants. Ce n'est pas parce que tu as quarante ans que tu n'as pas le droit de satisfaire ta libido.

— Je ne dis pas qu'elle n'a pas couché avec l'un ou l'autre de ces hommes-là, mais je ne pense pas que ç'ait été beaucoup plus loin. Elle cherchait mon père. Aucun d'eux n'était à la hauteur. Elle me l'a dit.

— Et qu'est-ce que ça te faisait, à toi, de voir des hommes dans la cuisine de ta mère? m'a demandé Karolyn.

Elle esquissait déjà un sourire narquois. J'ai été franc.

— Rien de bon.

— T'es bien comme tous les hommes. Prêt à coucher avec toutes les femmes qui passent, pourvu que ta mère, elle, soit la Sainte Vierge.

— Minute, là! Essaie de nuancer un peu. D'abord, pour un enfant de n'importe quel âge, une mère n'est jamais une femme comme les autres. Ensuite, j'ai été élevé chez les sœurs, moi. On m'a enfoncé dans le crâne que la chasteté mène directement au ciel…

— Tiens! on dirait que tu l'avais oublié, la nuit dernière…

J'en avais assez de cette partie de ping-pong verbal où l'on se contentait de renvoyer la balle sans règles ni direction. La dernière interruption de Karolyn m'avait privé de lui dire à quel point j'avais été bouleversé de voir ma mère traverser cette seconde adolescence pour se remettre au monde. Et je l'ai gratifiée d'une scène qui résumait à elle seule toute cette période charnière de la vie de ma mère. Une soirée au cours de laquelle la tribu des Mouches et des Rats s'en donnait à cœur joie dans la cour de l'immeuble. Je me trouvais là par hasard. Je me tenais à l'écart du groupe, vidant l'une après l'autre les bouteilles de bière qu'on me mettait dans la main. À la fin, tout le monde parlait tellement fort que personne ne s'entendait. Après avoir épuisé son répertoire, Donatien tenait à ce que chacun chante sa petite chanson. C'était mon tour. J'ai refusé. Ma mère a proposé de le faire à ma place. Elle s'est levée et s'est installée près du feu. Avec des gestes pathétiques et des trémolos dans la voix, elle a entonné l'hymne qui résumait sa vie.

Non, rien de rien,
non, je ne regrette rien !
Ni le bien qu'on m'a fait,
ni le mal ;
tout ça m'est bien égal !

Elle mordait dans les *Non !* Elle s'alanguissait sur les *égaaaal !* Quand elle a eu fini, elle a eu le réflexe de s'incliner pour saluer son auditoire. Déséquilibrée, elle est tombée. Ivre d'émotion. Je suis resté figé. C'est son frère Donatien qui l'a relevée et qui l'a menée dans son lit.

— Beau couillon ! m'a lancé Karolyn. T'es resté sur ta chaise à téter ta bière ! Moi, je serais allée la prendre dans mes bras, ta mère ! J'aurais chanté avec elle. On aurait passé le reste de la nuit…

J'ai jeté un vif coup d'œil du côté de Karolyn. En ce moment, elle me parlait d'elle-même. Pas de ma mère.

— Si ça peut t'aider à la comprendre, ma mère, je te dirai qu'elle est restée seule jusqu'à aujourd'hui. Il n'y a pas eu de nouvel homme dans sa vie. Des amis, oui. Des amants, peut-être. Mais, surtout, une femme seule accrochée à ses souvenirs.

* * *

Un après-midi, au restaurant, Bérénice s'écroula, pour de bon cette fois, devant deux clientes qui venaient de commander un café. Le fracas du plateau, des tasses et des cuillères saisit la salle occupée exclusivement par des dames. Comme Bérénice ne se relevait pas, sa consœur de travail accourut, puis la gérante, qui était la nièce de la propriétaire.

Bérénice était couchée sur le côté, les jambes un peu repliées, comme un petit animal qui cherche à rassembler ses forces vitales. On lui parlait. Elle répondait à peine. Tout juste quelques mots.

— Je ne suis pas bien. Aidez-moi.

L'autre serveuse tenait la main de Bérénice et l'assurait que ça irait, tandis que la gérante commençait à ramasser les dégâts tout en s'excusant auprès de ses clientes. Celles-ci n'avaient fort heureusement pas été éclaboussées. Bérénice s'était effondrée à environ un mètre de la banquette qu'elles occupaient. Maintenant, elles se penchaient pour regarder la serveuse couchée sur le plancher près d'une mare de café, avec le même regard qu'elles auraient eu pour un oiseau qui se serait trouvé dans la même position sur le trottoir.

Sur ces entrefaites, un représentant de commerce entra. C'était un habitué des lieux. Il prit l'initiative de relever Bérénice. Elle ne tenait pas sur ses jambes. Il la souleva dans ses bras. Il avait la corpulence pour le faire. Il l'emmena à la cuisine. On l'allongea du mieux qu'on put sur un fauteuil qui se trouvait dans une petite pièce adjacente, où les serveuses endossaient leur uniforme en commençant leur quart. On lui mit les pieds sur une chaise. Une serviette d'eau froide sur le front.

Bérénice se plaignait du froid. On la couvrit d'un manteau. Elle grelottait. Elle avait de plus en plus de peine à répéter :

— Aidez-moi.

Le représentant de commerce suggéra qu'on appelle une ambulance. La gérante s'y résigna après avoir résisté un peu. Une grosse ambulance jaune, gyrophares allumés, devant un établissement commercial, pouvait faire mauvaise impression sur la clientèle éventuelle.

Bérénice ne se souvint pas du trajet jusqu'à l'hôpital Charles-Lemoyne. Elle était occupée à garder sa petite flamme de vie allumée. Alternativement consciente et évanouie. Son cœur battait à en sortir de sa poitrine. Les mains moites. La sueur dans le dos. En même temps, elle avait froid. C'est ainsi, paraît-il, que la vie s'en va. Dans la contradiction des fonctions.

Aux urgences, elle vit défiler quelques plafonds pendant qu'on l'emmenait dans une salle d'examen. Deux infirmières autour d'elle et un homme avec une moustache. Ce doit être le docteur, se dit-elle. Elle était d'une époque où les médecins étaient des hommes. Mais, ce jour-là, le docteur était une femme, plutôt petite, un peu rondelette, de type écureuil, avec de bonnes joues et des yeux verts. Elle arriva plus tard, après qu'on eut procédé aux premiers examens, prises de sang, cardiogramme et autres analyses internes et externes. Devant la tachycardie avancée, la femme médecin prescrivit des injections de Valium à forte dose, et on mit Bérénice au repos dans une salle où elle demeura sous surveillance constante avec quatre ou cinq autres patients. On réserva le test d'hyperglycémie provoquée pour plus tard, quand les fonctions seraient stabilisées.

La dose massive de Valium n'avait pas ralenti le cœur de Bérénice. Elle surfait sur le déferlement de cet organe qui pompe en même temps le sang et l'émotion. Le calmant était parvenu à contenir la peur qui s'était transformée en étonnement. Elle se demandait ce qu'il lui arrivait. La mort déjà ? Si tôt ? Il lui semblait qu'elle n'avait rien fait pour mériter un tel sort. Qu'elle avait à peine vécu encore. Elle avait déjà bien entamé sa quarantaine. L'âge où l'on se tient en équilibre entre jeunesse et détresse.

Cela dura trois jours, au terme desquels on la renvoya chez elle. Elle n'emportait même pas un diagnostic précis. Encore moins une prescription rigoureuse.

De vagues hypothèses à quoi répondaient des recommandations d'ordre général. Surmenage et mauvaises habitudes de vie requéraient du repos, une meilleure alimentation et un peu d'exercice. Rien qui pût ressembler aux directives que Bérénice aurait attendues de ses parents ou de son mari. Elle commençait à se rendre compte que sa vie lui appartenait.

Elle eut le loisir de tourner la question dans tous les sens. Elle fut en convalescence pendant près de trois mois. Les premiers temps, elle pouvait à peine quitter le lit. Peu à peu, elle put se rendre dans le petit solarium qui jouxtait sa cuisine, à l'arrière, cabine vitrée suspendue au-dessus de la cour, à peine grande comme un cabinet de toilette, une chaise, une table. Bérénice s'était fait un sanctuaire de ce phare qui donnait sur la lumière.

Elle dut d'abord faire face aux conséquences matérielles de son état. Sur le plan financier, elle vivait au jour le jour. Sans salaire, elle ne pouvait payer son loyer. Sa mère l'avait assurée qu'elle attendrait le temps qu'il faudrait. À vrai dire, Yvette paierait elle-même la part de l'hypothèque que sa fille remboursait en lui versant ses quatre cents dollars mensuels. Autrement dit, la propriétaire assumerait elle-même, pendant un certain temps, le coût de l'appartement qu'elle occupait, alors qu'en temps normal ses locataires le faisaient pour elle. Générosité raisonnée.

Après un mois d'absence, la gérante du restaurant lui avait fait savoir que, à son grand regret, elle avait dû se résigner à la remplacer de façon permanente. Bérénice n'arrivait pas à s'en faire pour ça. Elle savait qu'elle trouverait sans peine du travail dans un autre établissement, le temps venu. La perspective d'occuper un emploi était d'ailleurs encore très loin de ses préoccupations. Pour le moment, elle se concentrait sur une tâche essentielle : vivre. Sa mère et parfois la femme de Donatien lui apportaient ses repas. Elle faisait des nuits de douze heures. Elle se remettait au monde.

On était au printemps. Du haut de sa cabine vitrée, Tête heureuse entrait dans le passage de la vie où l'on se dit : « J'aurais dû ! Je promets ! » C'est ainsi que dans la langueur des après-midi tièdes, entre espoir et regrets, Bérénice réussit à rallumer sa petite lampe. C'était encore très fragile. Il suffisait que Donatien entre en claquant la porte et en criant : « Comment ça va, la tite sœur ? » pour que ça s'éteigne frileusement. Il fallait parfois plusieurs jours avant que la lumière brille à nouveau. Une pensée triste, la flamme vacillait. Un souvenir heureux, elle se redressait. Bérénice finit par se rendre compte qu'elle avait un certain contrôle sur sa lumière.

Ce n'était pas un pouvoir absolu. L'influence d'une aile d'oiseau sur l'air. Une question d'équilibre. Par manque d'habitude, Bérénice retombait encore dans des périodes de langueur où elle se recroquevillait sur son lit en pressant un oreiller contre sa poitrine. Elle lui pleurait dessus et le mordait en geignant. Au sortir d'une de ces attaques de désolation, un après-midi de mai, elle se risqua dehors.

Il faisait beau. Les oiseaux étaient de service. La

terre sentait la vie. L'harmonie de l'air, de l'herbe et des nuages. C'était trop. Bérénice en fut débordée. Toutes ces beautés lui seraient-elles à jamais refusées ? Elle s'assit au milieu de la petite cour. Personne aux alentours, elle était seule entre le hangar et un mur de briques. Une branche d'arbre s'inclinait sur elle, couverte de bourgeons. Bérénice se laissa doucement tomber sur le dos. Il y avait un peu de ciel au-dessus de sa tête. Sans nuage. Bleu. Elle en fut submergée. Elle se mit à pleurer.

Je veux vivre. Donnez-moi la force de vivre. Elle parlait aux éléments. Ils l'entendaient mais elle ne le savait pas encore. Elle suppliait. Je ne suis pas encore rendue au bout de ma vie. Il y a encore de la vie en moi qui veut vivre. Je vous en supplie. Donnez-moi la vie.

Une grande chaleur l'envahit. Cela remontait des entrailles de la terre. Une palpitation qui l'emplissait. Un peu comme quand les vibrations d'Alfred l'avaient traversée. Cette fois, c'était la terre qui s'exprimait à travers elle.

Bérénice sut qu'elle n'était plus seule désormais. Elle avait refait alliance avec la vie.

* * *

— Elle était en train de devenir une sorcière, ta mère, s'est exclamée Karolyn.

Je me suis tourné vers elle. Je souriais. La responsable de la bibliothèque de Saint-Jean-Port-Joli avait eu la même expression en désignant ma mère, qu'elle ne connaissait pourtant pas. Sorcière. Le mot peut faire peur. Avec le temps, j'en suis venu à lui découvrir une racine qui éclaire toute sa vérité : *sourcière*. Une personne qui a accès aux sources. Qui se connecte au grand réseau de la vie.

Au sortir de sa maladie, qui n'eut jamais de conclusion officielle et qui dura trois mois et même un peu plus, Bérénice n'avait qu'une idée en tête : se bâtir un chalet. Elle disait que cela lui ferait cent fois plus de bien que tous les remèdes des docteurs, les toniques, les tisanes et les potions chimiques.

Autour d'elle, ceux qui ne comprenaient rien se prononçaient sèchement : « On sait bien. Elle a été gâtée par son Alfred. Quand on a été élevé dans la ouate, on ne s'essuie pas avec de la gazette. » Ceux qui voyaient plus loin que leur propre condition avançaient : « Ça se comprend. Le grand air, le calme, les petits oiseaux. Le seul problème, c'est qu'elle n'a pas les moyens de se payer ça. »

Bérénice ne travaillait plus depuis un bon bout de temps. Elle n'avait rien devant elle, comme on dit. Sa mère assumait son loyer et la nourrissait. Ma sœur, mon frère et moi-même lui donnions à tour de rôle un peu d'argent pour faire face aux nécessités. Mais tout de même, malade ou pas, rêver d'un chalet, c'était se condamner à la misère. La ruine financière, si on allait au bout de son idée, la déception si on y renonçait. Bérénice trouva une oreille attentive chez sa mère.

Au cours de leur laborieuse existence, monsieur et madame Will Wood avaient amassé un petit pécule.

Pas une fortune mais, tout de même, quelques dizaines de milliers de dollars sont toujours un pactole aux yeux de ceux qui se demandent comment ils paieront l'épicerie de la semaine.

Tout comme du vivant de son mari, Yvette gérait cette fortune en femme forte. Elle avait toujours quelques billets de cent dollars roulés serré dans son ample soutien-gorge. À peine quelques dollars dans son porte-monnaie. Ce qu'il fallait pour affronter les imprévus sans donner l'impression d'être au-dessus de ses moyens. Elle suivit attentivement le raisonnement de sa fille.

— J'arrive à quarante-cinq ans et je suis malade.

— On le serait à moins, ma petite fille, avec tout ce que t'as traversé.

— Il me reste de nombreuses années à attendre la pension des vieux. Ou bien je traîne la patte jusque-là, ou bien je me remets sur le piton tout de suite.

— Ça parle tout seul.

— J'ai pensé à ça. Je m'achète un terrain à la campagne, je me bâtis un chalet là-dessus. C'est tout ce qu'il faut pour que je redevienne en santé comme avant. Mais je garde l'appartement, ici. Je me retrouve du travail dans un restaurant. Ça veut dire qu'il va me falloir une auto. Je le sais, ça fait pas mal d'argent, mais le chalet, il va prendre de la valeur, tandis que les remèdes que vont me prescrire les docteurs, ça ne rapportera rien à personne, à part le pharmacien. Qu'est-ce que vous en pensez?

Contre toute attente, la mère de Bérénice releva le pari que lui proposait sa fille. Recouvrer la santé en redevenant heureuse. De toute façon, Yvette avait consenti quelques milliers de dollars à presque tous ses enfants, l'un après l'autre, au hasard des aléas de leur existence. Acheter une auto, rembourser une dette dont les intérêts trop élevés empêchaient de rembourser le capital. À chacun, elle faisait la même leçon :

— De toute façon, je garde tout ça dans mon calepin. Ceux qui ne me remboursent pas, c'est ça de moins pour eux autres sur le testament.

C'est ainsi que, au début de cet été-là, Bérénice fit l'acquisition d'une vieille fourgonnette Dodge, d'une petite terre de bouleaux dans le no man's land entre Saint-Hyacinthe, Drummondville et les Cantons-de-l'Est, et entreprit la construction d'un chalet avec notre aide, les enfants, celle de ses amis et de quelques Rats et Mouches à l'occasion. Pas un clou, pas une planche, pas un panneau de contreplaqué, pas un bardeau, une porte, une fenêtre ni même un bloc de ciment ne fut acheté neuf.

Ce qui coûta le plus cher dans l'édification de ce rêve, ce fut le temps qu'on consacra à courir les matériaux, et il était convenu d'avance que Bérénice rembourserait ce temps avec de la bière et des hot-dogs. Il est vrai que les frères et sœurs de Bérénice, de même que ses amis et nous-mêmes, les enfants, étions tous de bons buveurs, mais Bérénice sut s'en tirer en édictant une loi : « on ne boit pas sur la job ». Seulement après. Comme la plupart d'entre nous devions reprendre notre travail le lendemain, nous étions forcés d'écourter les veillées. Bérénice s'en tirait à bon compte.

La structure du chalet s'élevait. Il y avait maintenant un toit sur la charpente, un pignon qui s'élevait bien haut comme celui des cabanes d'oiseaux, recouvert de papier noir sur lequel on poserait des bardeaux quand on en aurait trouvé. Mais on n'avait pas encore élevé les murs extérieurs, encore moins les cloisons. Le chalet n'était donc encore qu'une ossature.

Bérénice avait dressé une tente sur le plancher de bois brut. Une grosse tente rectangulaire, de toile kaki, du genre de celles qu'on utilisait dans l'armée, avec une fenêtre à l'arrière et une porte à double battant à l'avant. Un abri qu'elle avait meublé d'un lit de camp, d'une table et de bancs fabriqués avec des restes de bois de construction, d'un coffre pour la nourriture et d'une lampe à pétrole suspendue à l'armature. Un refuge vivant qui laissait pénétrer le dehors par tous les pores de ses parois.

Une nuit, un orage s'annonça. On entendait le tonnerre gronder dans les lointains. L'air sentait la terre. C'était inquiétant. Bérénice était aux abois. Il se fit un silence absolu. Pas un souffle d'air. Puis le vent s'engouffra, emportant l'orage qui s'abattit.

On entendait les arbres se débattre, les matériaux de construction s'envolaient, la toile de la tente faseyait. Là-dessus, des trombes d'eau. Des rigoles couraient partout. L'eau s'accumula sur le plancher. La tente, qui avait déjà un certain âge, n'était pas pourvue d'un fond cousu aux parois. L'eau s'insinua à l'intérieur. Bérénice était recroquevillée sur son lit de camp. Elle ferma les yeux. Les coups de tonnerre lui arrachaient le cœur de la poitrine. Elle était terrifiée.

Elle s'endormit sans s'en rendre compte. L'orage était passé. Il avait soulevé en elle des tourbillons d'émotion qui mirent un certain temps à s'apaiser. Dans son sommeil, elle naviga sur le lac Saint-Pierre à bord d'une barque dont elle était seule passagère mais, plutôt que son mari, c'est le visage de Luc, son fils décédé, qui s'offrit à elle.

Elle n'avait pas vu son enfant mort après que sa voiture eut percuté un orignal sur l'autoroute. Au salon funéraire, Bérénice avait fixé des yeux un coffret de bois verni, pas beaucoup plus grand qu'une boîte à cigares, et qui contenait les cendres de son fils. Depuis, Bérénice cherchait le disparu partout, notamment dans ses rêves.

Luc venait vers elle comme s'il surgissait des eaux. Il avait un œil crevé, comme l'avait rapporté le fils aîné. Une mèche de cheveux sur le front. Il était vêtu d'un pantalon de velours, d'un gros chandail de laine brute et d'une casquette de marin. Il aimait incarner les divers personnages que son imagination lui suggérait. Cette nuit-là, il interprétait un sage. Il parlait avec une voix de théâtre. Il grondait sa mère. Ses paroles portaient les accents des tragédies classiques qu'il avait interprétées au collège. Il avait en même temps le ton des prédicateurs de l'enfance de Bérénice. Il disait : « ... les morts vivent dans la terre... je pénètre dans ta poitrine à chacune de tes respirations... tu me touches quand tu poses la main sur l'écorce d'un arbre... »

Bérénice en fut si troublée qu'elle s'éveilla. Elle essaya bien de se rendormir pour reprendre la conversation. Peine perdue. On n'entre pas si facilement en contact avec les apparitions. Désappointée, elle décida de se lever. La nuit était déjà assez avancée. Bérénice se couvrit d'un imperméable. Elle enfila ses bottes de caoutchouc et sortit faire quelques pas dans la nuit mouillée.

De lourds nuages couraient à la poursuite d'une grosse lune ronde qui trouvait toujours le moyen de leur échapper. Le paysage s'en trouvait éclairé de l'intérieur. Sans trop s'en rendre compte, Bérénice s'était engagée sur le petit chemin qui menait à l'extrémité sud de sa propriété. Elle n'était allée de ce côté qu'une fois, le jour où elle avait parcouru les lieux avant d'en faire l'acquisition. Un chemin défoncé menant à une clairière qui avait sans doute été cultivée dans des temps anciens.

Elle déboucha sur une mer de lumière, une prairie laiteuse que la lune ensorcelait. Elle y fit quelques pas prudents comme si elle entrait en terrain interdit. La nuit retenait son souffle. Une présence se manifesta à l'autre bout du pré. Une bête levait la tête vers elle. Un orignal.

Bérénice était trop étonnée pour être effrayée. Elle demeura simplement figée dans son intensité. L'animal fit quelques pas dans sa direction, jusqu'à se tenir immobile, à environ cinquante mètres d'elle.

Ils se regardèrent un long moment, la femme et la bête, puis l'animal la salua en inclinant ses bois vers la terre, avant de se diriger vers le couvert des bouleaux avec une lente majesté.

Bérénice venait d'apprendre qu'il y a autant de vérité dans la vie éveillée que dans les rêves.

* * *

En septembre, le chalet fut pourvu de portes et de fenêtres. La coquille ferait le dos rond tout l'hiver sans encombre. Bérénice chargea dans la fourgonnette ce qui avait quelque valeur et se replia sur Longueuil.

Elle avait repris des forces au cours de l'été en menant une vie plus saine et en apprenant à ne pas épuiser son énergie. Elle s'attendait à retrouver du travail assez facilement après quelques visites dans les principaux restaurants du vieux Longueuil. Ce ne fut pas le cas. La conjoncture était difficile. Même aux bas échelons de l'emploi, chacun s'accrochait à ce qu'il avait. Bérénice commençait à se demander si la maladie ne l'avait pas mise à l'écart, une fois pour toutes, de la vie normale. Il lui fallait pourtant gagner de l'argent. Elle n'allait tout de même pas finir l'année aux crochets de sa mère.

Elle se résolut à se rendre au Centre d'emploi. La préposée se montra attentionnée. Après avoir pris le temps de bien interroger Bérénice sur sa situation et ses projets, elle conclut que sa cliente n'avait plus l'âge de courir toute la journée ou la soirée avec des plateaux couverts d'assiettes. Elle consulta ses fichiers dont elle sortit une proposition inattendue. Un Service d'entraide sociale embauchait des gens pour venir en aide aux plus démunis, dans l'exécution des tâches ordinaires du quotidien : faire les courses, préparer les repas, nettoyer l'appartement. Bérénice sourit intérieurement et se garda bien de le laisser voir. Quelques mois plus tôt, c'était elle-même qui s'était trouvée en situation de requérir de tels services. Sans en bénéficier toutefois. Elle reprit espoir.

Tout n'était pas encore gagné, loin de là. Munie d'une référence du Centre d'emploi, Bérénice se présenta le lendemain aux bureaux du Service d'entraide. La démarche dura toute la matinée. La directrice confia Bérénice à son assistante, qui la soumit à une batterie de tests théoriques et pratiques.

Elle avait tout pour l'emporter, les connaissances pratiques et la simplicité si caractéristique de la clientèle à laquelle elle serait appelée à dispenser ses services. C'est ainsi qu'elle se retrouva, une semaine plus tard, à frapper pour la première fois à la porte d'une maison basse, rue Brébeuf, un domicile si humble qu'il lui sembla descendre sous le niveau du sol quand elle y entra. Une vieille dame à l'esprit un peu égaré, une table de cuisine encombrée, un évier plein de vaisselle sale et des traîneries partout, est-il nécessaire d'en rajouter ? La vieillesse et la pauvreté, deux complices parfaits de la misère. Bérénice retroussa ses manches et ouvrit son cœur.

Elle devint rapidement un membre apprécié de l'équipe qui s'appliquait à soulager la souffrance silencieuse des habitants du quartier populaire où elle résidait. Elle rencontrait l'une ou l'autre de ses consœurs de travail quand elle passait au siège du Service. Les boutades, les mains sur l'avant-bras, la disponibilité constante, on aurait dit que la maladie avait doté Bérénice d'une empathie supplémentaire. On l'appréciait. Toutes les employées se retrouvaient au bureau le vendredi après-midi. Sur les tables de la grande salle, chacune rédigeait son rapport hebdomadaire. L'orthographe n'était pas le point fort de Bérénice. Elle savait qu'une faute dans une phrase, c'était comme une tache sur un vêtement. Elle n'hésitait pas à demander à ses compagnes de corriger son rapport, qu'elle recopiait soigneusement. Il lui arrivait parfois de s'y appliquer encore après que les autres étaient parties. Un après-midi, pendant que Bérénice terminait sa copie, l'une de ses compagnes s'attarda.

— Ne te presse pas, lui suggéra-t-elle, mais j'ai le goût de t'inviter à prendre une tisane avec moi, quand tu auras fini. Ça nous permettra de faire connaissance.

Bérénice en rougit d'étonnement et mordilla son stylo avec encore plus d'application. Cette femme n'était pas comme les autres. Bérénice l'avait remarquée dès le premier jour.

Elle se prénommait Fernande, ce qui ne se rencontre plus beaucoup aujourd'hui. Elle devait avoir cinquante ans. Quelques rides. Des fils d'argent dans sa tignasse noire. Les lèvres pleines. Elle n'affichait ni maquillage ni bijoux, sinon une pierre au bout d'une chaînette au cou. Bérénice ne l'avait jamais vue en pantalon, comme la plupart de leurs consœurs qui se vêtaient ainsi pour faciliter l'exécution de leurs tâches domestiques. Fernande portait toujours une robe, assez longue la plupart du temps. Des tissus naturels. Des couleurs sobres. Des chaussures sans talon. Un être hors du commun.

Bérénice fut attirée par cette femme. D'une occasion à l'autre, elle fut admise à pas feutrés dans l'intimité de cette Fernande. Cela n'avait rien à voir avec les fréquentations auxquelles l'avaient habituée ses anciennes compagnes de travail. Finies les soirées dans les bars à boire des mélanges exotiques. Fernande emmenait Bérénice chez elle. Elles s'asseyaient autour de la table de la cuisine, une chandelle allumée et une tasse de tisane dans les mains, et elles parlaient pendant des heures de la vie et de la mort, des étoiles et des diverses manifestations des présences invisibles.

Tous sujets que Bérénice n'aurait jamais osé aborder si Fernande ne l'avait mise sur la piste. Elle se permit alors quelques confidences. Le fait de se taire, jusque-là, ne l'avait pas empêchée de réfléchir. Elle osa dire que le Dieu qu'on lui avait enseigné ressemblait un peu trop à son goût à un bon gros père Noël distribuant des récompenses aux enfants sages et privant les turbulents de ces privilèges. Elle plaida en faveur de l'ignorance.

— Ce serait tellement beau si le monde admettait qu'il ne sait rien. On se moque des païens parce qu'ils avaient toutes sortes de petits dieux de toutes les couleurs. À bien y penser, notre Dieu à nous autres, il est peut-être unique, mais il a toutes les couleurs à lui tout seul. Une sorte de Dieu arc-en-ciel, pour nous en mettre plein la vue, tu ne trouves pas? Moi, ça m'éblouit, trop de lumière en même temps. Le genre de discussion qu'on poursuit à la faveur de la nuit. À vrai dire, Fernande ne parlait presque pas. Elle écoutait beaucoup. Et plus Fernande écoutait, plus Bérénice se permettait d'être elle-même. À vrai dire, Fernande était peut-être la première personne qui ait vraiment prêté attention à ce que pensait Bérénice.

* * *

Fernande profita du congé des fêtes pour réserver une surprise à Bérénice. Elle invita sa compagne de travail à souper chez elle. C'était quelques jours avant Noël. Bérénice s'attendait à un repas traditionnel. Le sapin et un échange symbolique de petits cadeaux. En franchissant la porte de l'appartement de Fernande, elle sentit qu'elle entrait dans un autre monde.

Le salon avait été vidé de ses meubles. La lumière tamisée. Au centre de la pièce, un bouleau dressé sur un tapis rond qui devait bien faire trois mètres de diamètre. Le bouleau n'était pas décoré comme les sapins de Noël. Un simple bouleau jaune, dans toute la candeur de ses branches nues. Sur le pourtour du tapis, quatre bougies allumées, à l'emplacement de ce qui devait être les points cardinaux. Bérénice s'étonna :

— Ça ne fait pas un peu curieux, pour un arbre de Noël?

— Ce n'est pas un arbre de Noël.

— C'est quoi alors ?

— Un arbre de vie.

— Arbre de Noël, arbre de vie, c'est la même chose, non ?

— Nous sommes au solstice d'hiver. D'une certaine façon, moi, ce que je célèbre à la place de Noël, c'est le jour le plus sombre de l'année.

— Drôle de fête…

Fernande était debout devant Bérénice, dans une longue robe de velours rouge aux manches très amples. Chacun de ses gestes donnait de l'allant à ses paroles. Elle expliqua :

— Au solstice d'hiver, nous invitons la terre à se ressaisir. À se redonner naissance à elle-même. C'est Yule. Le temps où l'on doit aller chercher la lumière au fond de soi pour la redonner au monde. C'est pour ça qu'il n'a pas de feuilles, mon bouleau. Les feuilles, c'est en moi que je dois les faire pousser. J'ai tout le reste de l'hiver pour ça. Au printemps, quand ça reverdira dehors, j'y serai un peu pour quelque chose.

Elles s'assirent sur des coussins, à l'extérieur du cercle de bougies. Elles mangèrent des noix et burent un vin qui n'avait rien à voir avec ce qu'on achète à la Société des alcools. Sans doute une décoction de fleurs. Bérénice se retenait de poser toutes les questions en même temps. Fernande était-elle prêtresse d'une nouvelle religion ?

— C'est pas compliqué, expliqua cette dernière, comme si elle avait entendu la question que Bérénice n'avait pas formulée. Ce que je pratique, c'est la plus ancienne religion du monde. La religion païenne.

Comme Bérénice écarquillait les yeux, Fernande proposa de lui prêter un livre pour l'introduire à ces réalités anciennes. Bérénice se récria :

— Comment veux-tu que je lise un livre ? Pour moi, les mots, c'est des papillons épinglés sur le papier. Ils ne volent pas. Et puis, je n'ai pas besoin d'une autre religion. Je m'en suis déjà fait une à ma façon.

Fernande était contrariée. Elle s'efforça de n'en rien laisser paraître. Elle mit le refus de Bérénice sur le compte d'une méfiance qu'elle entendait bien surmonter. Elle attendrait la prochaine occasion.

Ce fut au début de l'été. Toutes les employées du Service d'entraide furent mises au chômage pour la saison. Le budget dont on disposait ne permettait pas de les maintenir en permanence. Bérénice en fut enchantée. On venait de leur apprendre qu'elles toucheraient des prestations de chômage. Elle pourrait donc continuer d'aménager son chalet, payée tout l'été pour être heureuse.

Avant le départ, Fernande annonça à Bérénice qu'elle se proposait de passer la voir au cours de l'été. Bérénice ne ne résolut pas à fermer la porte à cette femme qui s'était montrée, somme toute, bienveillante à son endroit. Comme le chalet n'était pas encore équipé de téléphone, il fut convenu que ce serait une visite à l'improviste. Bérénice griffonna l'itinéraire sur un bout de papier à l'intention de son insolite amie.

Fernande arriva à la fin de l'après-midi, quelques

jours avant la Saint-Jean. Bérénice était seule sur le chantier à ce moment. Ses ouvriers bénévoles étaient tous au travail, chacun de son côté, avant le long congé. Fernande était accompagnée de trois femmes, des amies, expliqua-t-elle, qui savaient elles aussi qu'il fallait dresser un bouleau dans la maison, plutôt qu'un sapin, au solstice d'hiver.

Elles avaient apporté des provisions. On improvisa une table dehors en posant un panneau de contreplaqué sur des tréteaux. La soirée était fraîche et douce en même temps. Elle s'étira jusqu'à la nuit. Un peu avant minuit, Fernande demanda à Bérénice de lui indiquer un endroit où elles pourraient procéder à une petite cérémonie pour marquer le solstice d'été. Bérénice se souvint alors qu'on était le 21 juin.

Les femmes se dispersèrent. Elles revinrent peu après, revêtues de longues tuniques blanches. L'une d'elles portait un grand sac de paille tressée. Une autre, une table pliante. En les menant vers la clairière à l'orignal, Bérénice raconta à Fernande la visite inattendue dont elle avait été gratifiée l'été précédent. L'orignal, messager du fils disparu.

— Tu aimerais le revoir? s'enquit Fernande.

Elle n'en dit pas davantage. Bérénice non plus. Il n'y avait pas de lune mais la nuit était claire. À l'aide d'une poudre blanche, qui pouvait être de la craie ou de la farine, elles tracèrent un cercle d'environ trois mètres de diamètre au centre de la clairière. Une fois de plus, de grosses bougies marquèrent les points cardinaux. On disposa la table pliante au centre du cercle.

Un bol empli de terre fut déposé au nord, sur cette table. Un brûle-encens à l'est. Une chandelle rouge au sud. Un bol d'eau à l'ouest. Les femmes s'étaient placées côte à côte, à l'extérieur du cercle. Bérénice les imita. Fernande fit un pas et tira un couteau à manche blanc de la poche de sa tunique, à l'aide duquel elle pratiqua une ouverture symbolique dans la bulle imaginaire qui s'élevait au-dessus du cercle. Elle y pénétra. Les mains largement tendues de chaque côté du corps, face au nord, Fernande se mit à prononcer des invocations dans une langue que Bérénice ne connaissait pas.

Cela dura un temps qui ne se mesurait pas. Bérénice était à la fois intriguée et saisie de crainte devant le rituel qui se déroulait sous ses yeux. Elle avait l'impression d'assister à une cérémonie interdite. Comme elle le faisait à l'école quand elle était enfant, elle descendit en elle-même pour se mettre à l'abri de ce qui se passait. Au bout d'un certain temps, Fernande lui tapa sur l'épaule en désignant l'extrémité de la clairière.

— Regarde. Il va apparaître.

— Mon fils?

— L'orignal.

Bérénice porta son regard sur l'endroit où l'animal lui avait rendu visite la première fois. En vain. Le feuillage demeura immobile. Fernande était tendue. Elle tourna tour à tour la tête vers les personnes présentes, en s'arrêtant sur Bérénice.

— Il y a quelqu'un ici qui résiste.

— C'est moi, admit spontanément Bérénice.

— Tu ne veux pas voir le messager de ton enfant?

— Il ne viendra pas, affirma Bérénice.

— Comment le sais-tu?

— C'est lui qui décide. Pas toi, ni moi, ni personne. Ce qui vient de l'autre bord, c'est toujours quand on ne l'attend pas que ça apparaît. Jamais sur demande.

Fernande fit non de la tête à plusieurs reprises, comme si le refus obstiné de Bérénice de la suivre sur les sentiers du mystère lui brisait le cœur. Dans l'heure qui suivit, elle remballa sa magie et mit un terme à leur amitié.

Pour la première fois de sa vie peut-être, Bérénice fut très fière d'avoir tenu tête à quelqu'un avec qui elle n'était pas d'accord. Elle se répétait à elle-même les arguments qu'elle aurait aimé servir à Fernande si elle avait eu la présence d'esprit de les formuler avant son départ. L'autre monde n'a aucun compte à nous rendre. En cherchant à atteindre les entités qui l'habitent, nous les effrayons. Ceux qui désirent entrer en rapport avec elles n'ont qu'à demeurer disponibles. Sans chandelles ni poudre magique. En vivant, tout simplement.

* * *

— Je la trouve pas mal bouchée, ta mère, a conclu Karolyn. Cette Fernande lui entrouvre une porte, elle s'empresse de la refermer. Tu ne trouves pas ça borné, toi?

— Au contraire. Je suis même étonné qu'elle ait

eu la force de résister à une tentation aussi séduisante. Elle avait reçu des coups qui en auraient assommé plusieurs. Bien des gens auraient avalé la potion magique que le premier charlatan venu leur aurait proposée. Ma mère, elle, s'est souvenue que le bonhomme dans la lune ne fait jamais pipi de lui-même. Il y a toujours quelqu'un qui fait tomber quelques gouttes d'eau dans la manche du manteau. Pour ça, je la trouve admirable.

— Et moi, si tu veux le savoir, elle me déçoit.

Comme je ne répondais pas, Karolyn a repris une position rigide, fixant le pare-brise droit devant elle. Nous avons roulé quelque temps en silence. La réalité du dehors reprenait de la consistance sous mes yeux. Nous devions approcher du but. Nous courions d'une butte à l'autre en descendant dans des anses où la route caressait la mer sur un ou deux petits kilomètres avant de remonter. La marée était basse. Certains rochers émergés nous regardaient passer.

Quelques minutes plus tard, le panorama qui s'offrait à nous, du haut d'une colline, s'est parsemé d'éoliennes. Nous apercevions tout un pan de paysage planté de ces moulins à vent. Ces engins, qui n'avaient pourtant pas été mis en place pour enjoliver le point de vue, avaient un côté féerique. Une scène de science-fiction. Un peuple de gentils géants. Les adorateurs du vent.

— Tu en voulais de la magie, me suis-je permis de dire. En v'là.

Comme toute vision, celle-là n'a pas duré longtemps. L'épaisse végétation des bords du chemin nous a caché le spectacle. J'ai freiné brusquement. Je venais de passer devant une enseigne annonçant le parc éolien Le Nordais. J'ai reculé sur l'accotement et me suis engagé sur le chemin du Nordais sans savoir ce qui m'y attendait. En compagnie d'une femme qui me boudait maintenant.

Je me suis efforcé de ne plus penser à mes chamailleries avec Karolyn. J'aurais eu l'impression de trahir ma mère. Elle n'a jamais supporté la chicane. Je me suis plutôt concentré sur l'étape qui s'annonçait.

Je commençais à bien comprendre le petit jeu de ma Tête heureuse. Un bout de papier caché quelque part, suivi d'un courriel. Un peu comme les cadeaux à Noël, une petite boîte dans une plus grande. J'approchais du but. Ce n'était pas le moment de passer à côté d'un indice important.

En même temps, j'avais hâte de résoudre le rébus grandeur nature qu'elle me proposait. Elle disait vouloir me présenter *une personne qui commencerait à exister le jour où je ferais sa connaissance.* C'était une image, cela allait de soi. Sans doute une révélation qui me ferait voir sous un jour nouveau quelqu'un que je connaissais déjà.

Et, surtout, il me tardait de prendre ma mère dans mes bras et de la bercer comme l'enfant qu'elle était. C'est donc en espérant achever le parcours au plus tôt que j'ai abordé cette troisième épreuve dont je souhaitais qu'elle soit la dernière. Tout de suite, ça a mal commencé.

Il y a un terrain de stationnement en bordure du chemin. Un bâtiment d'accueil au fond. Je suis allé me renseigner. J'ai demandé à la préposée si une dame d'une soixantaine d'années n'aurait pas expédié un courriel depuis cet endroit, la veille. Elle m'a répondu qu'une bonne partie de la clientèle du Nordais était composée de gens de soixante ans et plus, qu'il y avait bien un ordinateur dans la boutique, qu'elle ne savait pas s'en servir et qu'elle n'autoriserait sûrement personne à l'utiliser. Encore agacée par ma question, elle m'a surtout expliqué que je devais gravir une côte assez abrupte, sur un chemin de terre, pour arriver devant un autre centre d'accueil où je pourrais me procurer les billets pour la visite. Difficile à comprendre, cette procédure qui vous faisait arrêter à un endroit où l'on vous expliquait que ce que vous cherchiez était ailleurs. Un rallye s'ajoutant à celui organisé par ma mère, tant qu'à y être!

En haut, le stationnement débordait. J'ai dû me garer en bordure de la route. Karolyn a sauté à terre et s'est mise à marcher le long du chemin en fumant rageusement. Je suis allé me procurer les fameux tickets d'admission. On m'a expliqué que les visites se faisaient à bord d'une navette qui prenait le départ toutes les vingt minutes. Il y en avait une qui venait tout juste de partir. Nous avions donc un petit quart d'heure devant nous pour apprécier le paysage.

Je suis allé retrouver Karolyn. Nous étions sur un plateau ondulé de collines. Devant nous, des dizaines et des dizaines d'éoliennes géantes, moulins à vent hallucinants, tournaient à vitesse relativement lente malgré le bon vent. J'apprendrais au cours de la visite qu'elles étaient programmées pour ne pas dépasser les vingt tours-minute. C'était suffisant pour assurer leur production maximale.

Elles n'étaient pas disposées de façon symétrique, comme on le fait habituellement pour les habitations. Elles étaient plutôt regroupées par familles, cinq ou six là, sept ou huit un peu plus loin. Sur le sommet des collines, bien entendu. Et elles regardaient évidemment toutes dans la même direction.

Le plus frappant, c'était le silence. Je me serais attendu à un grondement comme en produisent nos ventilateurs de maison. Pas du tout. À l'exception du vent, on n'entendait rien. Ces machines ronronnaient avec la discrétion des chats.

Je n'aurais su dire pourquoi je me serais cru en Norvège. La légendaire percée écologique des pays scandinaves. On nous préciserait, pendant la visite, que ces appareils étaient fabriqués au Danemark où ils produisaient une grande partie de l'électricité du pays.

— On n'est pas sortis d'ici, a lâché Karolyn.

Elle désignait la forêt d'éoliennes du bout du menton.

— Ça recommence comme à Métis. Il va falloir sauter des clôtures, grimper sur toutes les collines, gratter la terre au pied de chacun de ces engins-là. Tout ça pour trouver un bout de papier. Elle ne pourrait pas être plus claire, ta mère?

— C'est ce qu'elle a fait, lui ai-je rappelé. Dans son dernier message, elle disait clairement : va voir la plus grande éolienne, celle qui est arrêtée.

Karolyn a haussé les épaules.

— Ça ne t'arrive jamais de te tromper, toi?

Et elle est allée fumer plus loin. Jusqu'à ce que nous apercevions la toiture du petit car qui revenait vers nous en ondulant au-dessus des végétations. Nous nous sommes approchés. Karolyn a écrasé sa cigarette sous sa lourde semelle. Elle était d'humeur massacrante. Nous sommes montés les premiers dans le véhicule, ce qui nous a permis d'occuper la banquette avant. Plus silencieux que jamais.

Le chauffeur, un garçon d'une vingtaine d'années, conversait avec un collègue en se penchant à la fenêtre. Nous avons fait le plein de visiteurs, et la navette s'est mise en marche sur un chemin de gravier qui montait en direction d'une impressionnante structure dont la démesure provoquait presque l'incrédulité.

Nous étions devant l'une des plus grandes éoliennes jamais construites au monde, une éolienne à axe vertical, haute de cent dix mètres, ce qui représente un édifice d'environ trente étages. Un guide nous a accueillis. C'était un gros homme jovial, dans la cinquantaine, avec une belle moustache grise, qui agrémentait ses propos de touches d'humour. Il a entraîné notre groupe autour des haubans qui retenaient les pales formant un ovale gigantesque. Tout le monde levait les yeux en même temps, tournait la tête à l'unisson et se déplaçait d'un même pas derrière l'accompagnateur.

La visite n'était pas très avancée quand ce bonhomme, qui cherchait à gagner la sympathie du groupe, a commis l'impair de nous prendre pour un couple, Karolyn et moi, et de nous citer en exemple pour bien faire saisir à son auditoire la prodigieuse puissance de production électrique de l'installation. Au temps où elle fonctionnait du moins, puisqu'elle avait été arrêtée définitivement en 1992. Le prototype était devenu défectueux. Il a commencé par dire :

— Prenez monsieur, par exemple. Pendant qu'il prend sa douche le matin et que madame prépare le petit-déjeuner…

Karolyn a durci la mâchoire. Le guide a continué en toute innocence.

— Vous avez remarqué la magnifique chevelure de madame. Il en faut de l'électricité pour sécher des cheveux comme ceux-là.

Elle a froncé les sourcils. Il s'est jeté dans la gueule du loup.

— Sans compter les jours où elle fait fonctionner la laveuse et la sécheuse en même temps…

— Toi, lui a-t-elle lancé, tu dépenses combien d'eau quand tu fais partir la chasse d'eau ? Je ne veux pas dire que t'as un gros cul mais…

Il y a eu un très grand froid sur la colline. L'homme a fait un dernier effort pour se rattraper.

— Les toilettes, ça ne marche pas à l'électricité, vous savez, ma petite dame.

Karolyn lui a porté le coup fatal.

— Tu peux te la fourrer où je pense, ton éolienne ! Le malheur, c'est qu'elle ne marche pas. Ç'aurait été beau à voir !

Et elle s'en est allée sur le chemin en soulevant la poussière sous ses chaussures noires. Tout le monde me regardait en silence comme si j'étais responsable des propos tenus par la femme qui m'accompagnait. Je suis parti sur la trace de ma furie. Je l'ai suivie jusqu'à la camionnette que j'ai déverrouillée avec la télécommande. Elle s'est installée et s'est allumé une cigarette sans attendre que la fenêtre soit ouverte.

— Non, mais pour qui il se prend, ce gros cul ?

Je me suis contenté de hausser les épaules, ce qui était déjà jeter de l'huile sur le feu.

— En tout cas, mets-toi bien dans la tête qu'il n'est pas encore né celui qui va me faire laver ses petites culottes !

*   *   *

Nous étions installés au camping Au bord de la mer. C'est le domaine du vent, une prairie dégarnie en front de mer, comme son nom l'indique. On dit *la mer,* mais ce n'est, somme toute, que le fleuve élargi. Une impression de mer, sans plus. À l'ouest, se dresse le fameux rocher en forme de chat qui a donné son nom à la localité. N'en déplaise aux autorités de ce coin de pays, je ne suis pas parvenu à discerner la forme de cet animal dans la pierre.

Bien entendu, en arrivant, j'avais dépouillé mon courriel au bureau d'accueil du camping. Pas un mot de ma mère. Elle venait de couper le cordon ombilical. Pour la première fois depuis le début de notre odyssée, aucune impulsion ni aucun bit électronique ne nous reliait plus. Je suis tombé dans un vide fracassé de questions aveuglantes comme des éclairs. Avait-elle déjà accompli l'irréparable ? Ce silence était-il destiné à me préparer à son mutisme éternel ?

Faut-il s'étonner que, un quart d'heure plus tard, nous ayons été en pleine querelle de ménage, Karolyn et moi ? Une caravane portée, au milieu d'un camping surpeuplé, ce n'est sûrement pas l'endroit approprié pour se crier ses quatre vérités, mais nous avions atteint le point où nous étions seuls, tous les deux, avec notre humeur. Je haussais le ton pour reprocher à Karolyn d'avoir été aussi loin.

— Il ne t'avait rien fait, cet homme-là ! Admettons que ses remarques t'aient agacée. Ce n'était pas une raison pour déclencher la bombe atomique !

— De quoi tu te mêles, toi ?

— De ce qui me regarde. Ce n'est pas parce que je te fais monter dans mon camion pour un bout de chemin que ça te donne le droit de faire la pluie et le beau temps dans ma vie. Avec tes conneries, on est peut-être passé à côté d'un autre message de ma mère.

— Si je n'étais pas là, a-t-elle objecté, tu serais encore en train de fouiller sous les ponts à Métis ! Si tu crains tant que ça pour la vie de ta mère, va donc la retrouver ! Tu sais où elle est ! Arrête de faire semblant ! As-tu peur de ce que tu vas trouver à l'autre bout ? Tu veux le savoir où elle est, ta mère ? Je vais te le dire, moi !

Elle est sortie en trois enjambées. J'ai entendu claquer la portière de la camionnette. Elle n'allait tout de même pas déplacer le véhicule! Nous étions raccordés à l'eau et à l'électricité. Un coup d'œil vers la porte de la caravane. Les clés étaient bien accrochées à l'entrée. Quelques instants plus tard, Karolyn est revenue en brandissant une carte routière. Elle l'a étalée sur la table en ne se privant pas de la déchirer un peu. Elle tapait avec l'ongle de l'index sur la Gaspésie.

— Qu'est-ce qu'elle a écrit, ta mère? Qu'elle voulait voir la mer. Elle est où, la mer? Au bout de la terre! Comment ça s'appelle, le bout de la terre? C'est marqué là, sur la carte: Forillon. C'est là que tu dois aller! À Forillon. C'est là qu'elle t'attend! J'espère que t'as enfin compris!

Elle s'est redressée pour m'affronter du regard, puis elle est sortie de nouveau en laissant la porte à moustiquaire ouverte. En me penchant vers l'extérieur pour la refermer, je l'ai vue se diriger vers la grève. En me retournant, j'ai aperçu son sac qu'elle avait laissé sous la table. Elle n'était donc pas partie pour de bon. Bien que… Je la savais capable d'abandonner son bagage plutôt que de perdre la face en revenant le chercher.

J'étais écartelé. Soulagé d'être débarrassé d'elle. Malheureux, en même temps, qu'elle ne soit plus là. Avec ses gestes et ses déclarations à l'emporte-pièce, cette fille laissait derrière elle une empreinte qui ne manquerait pas de vibrer longtemps après son départ.

Néanmoins, ça m'a fait du bien de me retrouver dans mon intimité, dans ma *cabane de pêcheur*. J'ai pensé à ma femme en reprenant cette expression qui lui appartient. Avant de prendre nos distances pour mieux être ensemble, nous avions des rapports difficiles. En même temps, nous ne pouvions nous passer l'un de l'autre. Jusque-là, rien d'original. La plupart des gens vivent comme ça, sauf qu'ils n'en tirent pas les conclusions qui s'imposent. Ils restent l'un face à l'autre à se détester. Nous deux, ma femme et moi, nous nous sommes séparés pour avoir envie de continuer de nous fréquenter. Il fallait avoir le courage de le faire. Les gens de notre entourage pensaient que c'était fini entre nous. Bien au contraire, ça nous a rapprochés. S'ennuyer de l'autre, c'est le commencement de l'amour.

Pour me remettre en marche, j'ai eu recours aux humbles gestes qui apaisent si bien le quotidien, faire du thé, laver la vaisselle et balayer le plancher. Dans le cas de ma caravane portée, le coup de balai est plutôt symbolique. Mon carrelage ne fait pas beaucoup plus de deux mètres carrés, en comptant le cabinet de toilette. Pas trop difficile de se sentir maître du monde dans un espace aussi restreint.

Puis j'ai fait ce que je fais quand je veux raviver ma sérénité. Je suis sorti marcher. Pour moi, ça ne constitue pas vraiment un exercice. Plutôt de la contemplation. Je m'attarde aux brins d'herbe et aux cailloux. Je me suis dirigé naturellement vers la grève. C'était une berge de galets et de grosses pierres. Çà et là, des tas de joncs emportés par la marée obstruaient le passage.

Ce soir-là, il y avait un couchant de commencement du monde. Comme je le fais souvent, je me suis demandé à quoi pouvait servir tant de splendeur avant que nous soyons là pour l'admirer. Futile question, je le sais. Je me la pose quand même, de temps en temps, pour me sentir exister.

∗ ∗ ∗

Évidemment, elle est réapparue au bout d'un certain temps. Je l'ai vue venir de loin. Elle sautillait d'une grosse pierre à l'autre, à longues enjambées d'oiseau, les bras en forme d'ailes.

Ça m'a rappelé nos retrouvailles sur le quai de Saint-Jean-Port-Joli. Ici, en tout cas, elle ne pouvait se jeter à l'eau qu'en marchant dans la mer, comme la vieille dame du film. Je savais qu'elle ne le ferait pas parce que, si on excepte une jeune femme et ses deux enfants, son exploit n'aurait eu d'autre témoin que moi. Frasque inutile.

Cette fois, c'est moi qui ai fait du théâtre. Assis sur ma pierre, le regard vers le large, j'ai fait semblant de ne pas l'avoir remarquée. Je n'ai tourné la tête qu'au dernier moment. Elle était de biais devant moi. Elle avait changé de visage. La candeur d'une enfant. Est-il nécessaire de dire que je me suis méfié ?

— J'ai vu quelque chose de très beau là-bas, m'a-t-elle annoncé. Une espèce de phare, bateau, maison, tout en même temps. À moitié dans l'eau.

— T'as oublié ton sac sous la table.

— Je sais. C'est moi qui l'ai mis là. As-tu mangé ? Moi, je me suis acheté un hot-dog. Il y a un petit restaurant au milieu de la côte. Il faut avoir faim pour manger ça!

D'un geste, je lui ai signifié qu'en ce qui me concernait la question du souper était réglée. Je n'étais pas encore prêt à engager la conversation. J'entendais bien lui faire sentir qu'il ne suffit pas de faire comme s'il ne s'était rien passé pour tout arranger. J'en ai vu du monde, dans mes fonctions de journaliste, mais rarement quelqu'un qui soit capable de manipuler les sentiments humains avec autant de désinvolture que cette fille-là. L'eau chaude, l'eau froide.

Puis, j'ai commis l'erreur ou peut-être ai-je eu la bonne inspiration de laisser les splendeurs du couchant apaiser mes aigreurs. En quelques minutes j'étais redevenu vulnérable. C'est un phénomène un peu particulier chez moi. Quand je me sens en harmonie avec la nature, j'essaie de prolonger cet état bienfaisant en l'appliquant à mes rapports avec les gens. Que je les connaisse ou non, d'ailleurs. Que je sois face à un inconnu ou à quelqu'un comme Karolyn, je vois le monde par ses yeux. J'en arrive même à éprouver ses propres émotions. Comment, dans ces conditions, en vouloir longtemps à quelqu'un?

Je l'ai invitée à s'asseoir sur la pierre à mes côtés. Elle m'a touché de l'épaule. La chaleur humaine me fait toujours frissonner. Je me demandais si elle partageait mon frémissement ou si elle m'effleurait par accident.

— On a encore toute une nuit devant nous, ai-je dit.

— La question, c'est de savoir ce qu'on va en faire.

— Pour le moment, je n'ai pas d'autre envie que de rester ici à reprendre mon souffle.

— Ça me convient parfaitement, m'a-t-elle assuré. Il y a juste une chose que je voudrais te demander.

J'ai tourné la tête vers elle. Toujours un peu inquiet.

— Si jamais on devait se quitter pour ne plus se revoir, j'aimerais ça que tu me dises comment elle est devenue une sorcière sans l'être, ta mère.

Je suis entré loin en moi-même pour formuler la réponse.

— Tu connais l'expression *petite patrie*? La façon affectueuse de désigner l'endroit où on est né. Auquel on est attaché. Son petit coin de pays bien à soi. Eh bien! ma mère, c'est une *petite religion* bien à elle qu'elle s'est faite. Un état d'abandon qui la fait vibrer en harmonie avec l'univers.

— Avec le mystère?

— Si tu veux. Mettons que son corps et son ombre se correspondaient parfaitement, ce qui n'est pas le cas de tout le monde.

*   *   *

Elle apprit à s'occuper d'elle-même. Ceux qui font profession de ne rien comprendre pensaient qu'elle avait tout simplement décidé de prendre soin de sa santé. Évidemment, personne n'avait pu la voir, seule chez elle, dans sa baignoire, aux heures tièdes de la nuit, mais elle m'a raconté comment elle se sentait renaître en se glissant dans l'eau parfumée, à la lueur d'une chandelle, dans les effluves d'un bâtonnet d'encens. Au sortir de cette pratique qui consiste à se laver le corps pour s'alléger l'âme, elle se vêtait d'une longue robe à larges manches et elle déambulait à pas conscients, par toute la maison, sur ses pantoufles de peau de mouton, en éprouvant la sensation de toucher l'air. Elle prenait possession de son premier espace. Celui du dedans.

D'autres fois, souvent en automne, elle sortait par les jours de grand vent. Elle cherchait l'endroit où le souffle était le plus puissant. Elle détachait son manteau, ouvrait les bras, la chevelure dénouée, et laissait la bourrasque lui laver l'intérieur comme l'eau de la baignoire le faisait de son corps. C'est déjà assez particulier.

Puis, elle se mit à traiter le chalet et ses dépendances comme s'ils étaient des prolongements d'elle-même. La plupart des gens utilisent tout bonnement les instruments et accessoires qu'ils ont sous la main pour satisfaire leurs besoins. Bérénice, elle, parlait aux murs et aux meubles comme à de véritables compagnons. En se déplaçant, elle prenait le temps de caresser le bras d'un divan, de souffler sur un rideau pour le faire danser, de plaquer la main sur la vitre d'une fenêtre pour servir d'intermédiaire entre le dedans et le dehors.

Elle entretenait également des rapports d'intimité avec les clôtures et les bâtiments qui se pressaient en petit troupeau autour de la maison. Elle leur avait donné des noms. La barrière s'appelait désormais la défense, l'espace étroit entre deux bâtiments, le piège à solitude, l'abri des chèvres et des volailles, le bonheur des autres.

Pour ce qui était du jardin, je l'ai déjà dit mais il n'est pas inutile de le rappeler, elle en avait fait un dessin d'enfant grandeur nature à l'usage des nuages. Première particularité, elle l'avait aménagé en rondeur, traçant un grand cercle plus ou moins régulier, ce qui montrait qu'elle cultivait moins pour récolter que pour enjoliver le paysage. Ensuite, elle y avait semé ses légumes comme on fait un arrangement floral. Les choux avaient pour fonction d'attirer les papillons, les poivrons étaient sélectionnés pour mettre des touches de couleur, et les carottes formaient une haie d'honneur de part et d'autre d'un sentier qui parcourait le potager. Le tout dans une belle confusion des genres. Les glaïeuls se haussaient du col au-dessus des pommes de terre. Les pensées couraient comme des souris parmi les radis. Les betteraves confondaient leur feuillage avec celui des géraniums.

Mieux encore. Au centre de son jardin rond, elle avait semé deux rangées de maïs en cercle. Quand ces plants eurent atteint près de deux mètres de hauteur, Bérénice déposa une chaise dépaillée au cœur de cet espace intime, ce qui lui permit d'observer de près les oiseaux. Dans cette cache nouveau genre, elle pratiquait ce qu'elle appelait « la chasse au plaisir ».

Car, en fait d'oiseaux, elle ne manquait pas de séduire les espèces les plus variées en jetant des graines à pleines poignées directement sur le sol. Ce qui avait l'inconvénient, ne tardèrent pas à signaler certains, d'attirer au jardin les espèces dites indésirables, écureuils, mouffettes et marmottes. Quand on lui faisait observer que son potager ne rapportait pas autant qu'il aurait dû, Bérénice répondait dans un grand rire : « Ça me fait ça de moins de conserves et de confitures à faire, et plus de temps pour en profiter. » Sans génie! avait alors proclamé l'un de ses voisins pontifiants qui l'observaient à la jumelle. Ce gros-là aurait mieux fait de soumettre ses propres facultés à un test de sensibilité, plutôt que de porter un jugement aussi mal fondé sur une personne qui exerçait l'art exquis de l'inutile.

Pour ponctuer le tout, Bérénice laissait des outils un peu partout, non pas comme on abandonne un instrument là où l'on a cessé d'en avoir besoin, mais plutôt de la façon dont on dispose des statues dans une église, un balai chargé de veiller sur les fougères, un rateau en signe de bienvenue à l'entrée d'un sentier, un sécateur dans la main de l'épouvantail. Une profusion de signes.

Enfin et surtout, il y avait la clairière à l'orignal. Elle s'en était fait un sanctuaire. Un espace sacré.

Un jour que mon frère Sylvain était passé chez notre mère pour la saluer, et qu'elle n'était pas là, il avait entraîné les copains qui l'accompagnaient sur les sentiers de la propriété. Débouchant sur la clairière à l'orignal, ils avaient découvert une sorte de table de pierre en son centre. Ils avaient décidé d'y pique-niquer. L'un d'eux était allé au village pour chercher les frites et les hamburgers qui s'imposaient. Un autre avait distribué des canettes de bière. À son retour, quand Bérénice les avait trouvés là après les avoir cherchés un peu partout, elle s'était montrée contrariée, ce qui n'était pas fréquent chez elle. Les copains n'avaient pas tardé à se replier vers la maison. Sylvain, lui, réclamait des explications. Quel mal y avait-il à pique-niquer en attendant sa mère? Bérénice ne savait que lui répéter : « Je t'en parlerai une autre fois. » Ce n'est que plus tard, en mettant en commun nos observations et nos déductions, que nous avons compris quel usage très particulier notre mère réservait à cette clairière. Pour elle, c'était un sanctuaire aussi vénéré que pouvaient l'être pour d'autres l'oratoire Saint-Joseph, la basilique de Notre-Dame-du-Cap ou Sainte-Anne-de-Beaupré. L'endroit où elle se rendait disponible aux puissances qui auraient cherché à entrer en rapport avec elle.

Les chasseurs qui avaient eu l'idée incongrue de commencer à y installer une plateforme dans un arbre, dans le but d'y pratiquer le tir à l'arc à l'encontre des cerfs, en avaient été délogés sans ménagement. Fort heureusement, ils n'avaient eu ni le temps ni l'occasion d'apercevoir l'orignal qui rôdait dans les parages et dont Bérénice était seule à connaître la présence.

En fait de cérémonie, Bérénice allumait parfois des feux, la nuit, dans de gros chaudrons de fonte disposés aux points cardinaux de cette clairière. Elle y emmenait ses chèvres danser sous la pleine lune. Ces bêtes cornues improvisaient à son intention des chorégraphies inspirées des résonances les plus intimes de la terre. Bérénice s'asseyait sur une souche. Zoé, la chèvre mère, lui grimpait sur les épaules et lui broutait tendrement les cheveux. C'est ainsi qu'avec une chèvre sur le dos, sous le regard d'un orignal mythique dont les yeux reflétaient la lueur des feux, Bérénice éprouvait les délices de son humanité.

*   *   *

Karolyn m'écoutait docilement, le dos rond, les bras autour des jambes ramenées près du corps. Une boule d'attention. J'étais parvenu à l'enchanter avec mon récit. Elle avait compris que je touchais à l'essentiel. À ce qui avait fait ma mère d'aujourd'hui.

— En fin de compte, a-t-elle murmuré, elle est beaucoup plus sorcière que tu ne veux l'admettre.

— Si tu veux, sorcière, oui, à condition que la vie elle-même soit sa cérémonie.

Nous sommes restés côte à côte sur la pierre jusqu'au coucher du soleil. Dans les dernières langueurs du jour, je me suis levé pour ramasser de grosses brassées de joncs séchés et quelques morceaux de bois difformes, apportés par la marée. J'en ai fait un bon feu qui nous tiendrait compagnie pendant la traversée de la nuit. Karolyn était devenue toute tendresse. Ses gestes avaient pris de la rondeur, ses cheveux ne bataillaient plus autour de sa tête, et sa bouche semblait avoir recouvré sa fonction d'embrasser plutôt que de mordre.

En racontant à cette Karolyn redevenue attachante les péripéties des récentes années de la vie de ma mère, je me préparais moi-même à retrouver cette dernière. Pour la première fois depuis que j'étais parti à sa recherche, j'avais perdu la trace de ses cailloux blancs. Avait-elle accompli le geste que je refusais d'envisager? Ma mère m'avait elle-même entraîné à sa suite. Il me semblait donc réaliste de penser qu'elle ne ferait rien de radical sans m'attendre. Je la connaissais également assez pour présumer qu'elle ne prendrait jamais son envol sans s'entourer de symboles, et j'étais depuis longtemps l'un des premiers destinataires de ses signes. Pour ne pas être abandonné seul dans cette nuit d'attente, j'ai continué à partager avec Karolyn quelques-unes des allégories de ma mère.

Bérénice était entrée, quatre ou cinq ans plus tôt, dans ce que nous avons appelé, nous autres, ses enfants, sa période d'enfantillages. Elle avait cessé de travailler et vivait humblement de sa pension de veuve. Seule dans sa maison, sur sa terre de nulle part, elle passait ses journées et bien souvent ses nuits à fabriquer des futilités. À l'occasion, quand nous faisions un saut chez elle, nous découvrions l'une ou l'autre de ses inventions inutiles. Ceci dit sans reproche, avec le sourire que l'on dissimule devant les fantaisies des petits.

Ainsi, par exemple. Dans ce pays de bûcherons, les seuls beaux arbres qui ont subsisté sont ceux qui ont poussé dans des endroits trop difficiles d'accès pour qu'on les abatte et qu'on récupère leur bois. Un jour que nous étions descendus au fond d'un vallon chez ma mère, ma femme et moi, pour ramasser des noix sous le seul grand noyer qui avait survécu au massacre,

325

nous nous sommes retrouvés devant la mise en scène la plus saugrenue à laquelle nous ayons jamais été exposés.

Malgré le fait qu'il ait poussé dans une dépression de terrain, le noyer se dressait en toute majesté devant nous. Mais, ce qui était le plus saisissant, c'était d'apercevoir, deux mètres devant son tronc puissant, une horloge grand-père qui semblait surgir du sol. Cet instrument à tenir le temps n'avait plus de cadran. La tête d'une repousse de noyer émergeait de l'ouverture. Les deux noyers et la machine à nier le temps. À côté de ça, les fables de La Fontaine sont des histoires pour les petits enfants.

— Cet arbre-là, il a cent ans, nous a expliqué ma mère. Peut-être deux cents. Sa vie est loin d'être finie, mais il en a un bon bout de passé. Pour l'encourager à continuer, je lui ai donné une horloge pour compagnie. Ça n'a pas été long, ils ont eu un bébé.

Autre exemple. Nous étions fin octobre ou début novembre. Je passe un moment avec ma mère, un samedi après-midi. Avant de partir, je décide de faire quelques pas, seul, sur les sentiers de son domaine. Question de recueillir des couleurs pour la semaine qui venait. C'est plutôt de la légèreté que j'ai ramenée de ma promenade. Il y avait des rubans partout, accrochés aux arbres, des rouges, des verts, des blancs, des banderoles d'un mètre de long qui dansaient au vent.

— Ça fait rire les oiseaux, m'a indiqué ma mère quand je me suis étonné de cette initiative. Ceux qui sont obligés de passer l'hiver par ici, je veux dire. Les autres, ceux qui partent, ça devrait leur donner le goût de revenir.

Devant tant de conviction, je ne me suis pas senti autorisé à dispenser à ma mère des explications scientifiques sur les migrations des tétrapodes à sang chaud.

Cette nuit-là, par contre, je ne me suis pas privé d'exemples pour faire entrer Karolyn plus avant dans l'intimité subtile de ma mère. J'ai sorti en vrac les carillons de toutes natures, bouteilles, bouts de tuyau et morceaux de verre, suspendus çà et là aux arbres pour donner de l'écho au vent, les miroirs disposés au détour des sentiers, de telle sorte que vous aviez soudain l'impression de vous trouver face à quelqu'un qui venait vers vous, les jets d'eau qui se déclenchaient quand vous posiez le pied sans le savoir sur le mécanisme qui les contrôlait.

C'était très enchanteur mais il n'empêche que, à ce point de mon récit, j'ai failli perdre la maîtrise de la nuit. Je me suis levé pour jeter du bois sur le feu. Karolyn en a profité pour me lancer :

— Des patenteux, il y en a toujours eu. Paraît même que ça se voit surtout chez les gens qui ne sont pas très instruits. Ta mère, ses gadgets, qu'est-ce que ça prouve ?

Je me suis empressé de reprendre ma place à ses côtés. Son épaule ne touchait plus la mienne. Je me suis collé contre elle pour ne pas laisser notre intimité se dissiper.

— C'étaient des messages qu'elle adressait à *celui*,

à *ceux* ou à *ce* qui se trouve au-dessus de nous dans la hiérarchie du vivant. Et même au-delà. Des tests qu'elle faisait pour voir si on lui répondrait. Les savants envoient des vaisseaux dans l'espace. Ma mère, elle, dirigeait des reflets de miroir vers les puissances qui habitent l'insondable.

— Tu y crois, toi? m'a jeté Karolyn.

— Je parle d'elle. Pas de moi.

— Et elle a reçu des réponses?

— Je ne sais pas. Des choses qu'elle était probablement la seule à entendre et peut-être à voir. En tout cas, elle ne désespérait pas.

Après avoir animé les objets, Bérénice décida de s'introduire dans la chaîne du vivant. Faire porter ses messages par ce qui a des yeux, du souffle et du sang comme nous. On sait que les animaux pressentent les tremblements de terre. Ils perçoivent également les entités qui traversent l'air puisque, en présence de ces évanescences, leur peau frémit parfois sur tout leur corps. Ils voient l'invisible, sinon pourquoi s'immobiliseraient-ils pendant de longs moments pour fixer ce que nous n'apercevons pas? Parfois même face à un mur ou devant une clôture.

Par les nuits de très grand froid, en janvier, quand la terre ralentit sur son axe tant le gel la saisit, Bérénice endossait son manteau, enfilait ses bottes et partait retrouver ses bêtes au Bonheur des autres. Les chèvres lui faisaient la fête. Les poules et les canards s'ébouriffaient avant de se rendormir. Elle s'asseyait sur un peu de paille fraîche. Adossée au mur, sous la lampe chauffante qui tempérait les lieux, elle se laissait doucement devenir une autre parmi elles.

Elle racontait des histoires à Zoé, Chloé et Noé. Des récits qui auraient paru insensés à la plupart des êtres raisonneurs que nous sommes. L'odyssée de la chèvre volante qui s'était posée sur la lune pour tenter d'apercevoir les prés verts qu'on disait prospérer dans les espaces interstellaires. L'aventure prodigieuse du jeune bouc qui avait gratté le sol avec ses sabots pendant toute une nuit pour arracher sa mère à la terre où on l'avait mise sous prétexte qu'elle était morte. Des choses de ce genre.

Il arrivait parfois, au plus intime de la nuit, que Zoé, la chèvre mère, approche son visage de celui de Bérénice jusqu'à ce que leurs yeux s'accrochent. Alors, dans l'interstice d'un instant, le croisement de la conscience et de l'aspiration à la conscience leur donnait des frissons à toutes deux.

* * *

Karolyn aussi avait le frisson. Celui-ci était physique alors que celui de Bérénice avait été allégorique. J'ai couru à la caravane chercher la grande couette qui me tient lieu de compagne quand je suis seul. Enveloppé avec elle dans ce duvet comme sous un firmament de plumes, devant la mer que nous ne pouvions voir et qui n'en était pas une de toute façon, dans l'embrasement d'étoiles qui faisait écho aux étincelles du feu, j'ai entraîné Karolyn vers le noyau incandescent de ma mère. Sa vérité ultime.

Au terme d'une brève existence, la chèvre Zoé trébuchait déjà aux portes du néant. Elle agonisa pendant trois jours. Bérénice l'accompagna dans ce passage comme elle l'aurait fait pour une personne. La bête était allongée sous un appentis qui prolongeait l'un des murs de côté du Bonheur des autres. Bérénice était parvenue à glisser de la paille sous le corps de l'animal. Elle demeura à ses côtés en permanence, de nuit comme de jour, sauf pendant les quelques heures où elle devait absolument aller dormir.

À la fin, Zoé n'était plus que respiration et regard. Bérénice tenait la tête de l'animal sur ses genoux. L'angoisse céda enfin. La bête avait cessé de vivre. Bérénice la pressa longtemps contre elle, pendant que la vapeur de vie s'échappait de ce corps encore tiède.

Bérénice n'allait tout de même pas jeter la carcasse de sa vieille compagne dans un fossé, comme on le fait depuis le début de l'humanité. Ce serait déjà insulter ma mère que d'évoquer cette hypothèse pour la nier. Elle demanda à l'un de ses voisins de creuser une fosse au milieu de la clairière à l'orignal. Elle y fit déposer le corps de l'animal qu'elle couvrit de fleurs de son jardin avant de l'ensevelir sous une couche de terre fraîche. Puis elle s'enferma dans sa maison et chercha pendant deux ou trois jours à saisir une vague idée qui flottait comme un brouillard aux confins de sa conscience.

Elle éprouvait la certitude qu'un projet encore imprécis se formulait. Cela devait être important puisque son cœur battait chaque fois que cette intuition confuse refaisait surface. À la fin, ma mère s'installa dans sa balançoire grinçante et se laissa bercer pendant de longues heures, jusqu'à ce qu'une détermination claire se dessine enfin.

Elle en fut effarée. Elle tenta même de repousser ce qui avait germé en elle. Il était trop tard.

Le cœur battant, ma mère se rendit à Nicolet. Cette ville est le siège d'un évêché. L'église y est une cathédrale, le presbytère un palais épiscopal. Bérénice ne se laissa pas arrêter par tant de magnificence. Elle gravit un imposant escalier de pierre, sonna et demanda à voir le curé. Celui-ci était un chanoine qui n'avait ni la taille ni la prestance que suggérait son titre, petit homme aux manières réservées, empreintes de timidité même, qui s'adressait à ses paroissiens comme un bon père de famille parle à ses enfants, d'une voix engageante qui s'efforçait de porter toute la sollicitude du monde sur ses accents. Bérénice en vint tout de suite au fait.

— Je veux ravoir mon enfant.

Il fallut un bon moment pour éclaircir le sens de cette requête. Bérénice ne réclamait rien d'autre que l'exhumation de son fils Luc. Le fils à l'orignal. Le chanoine, qui en avait vu d'autres, ne s'était jamais entendu adresser une demande aussi déraisonnable. Il souleva tout un barrage d'objections.

La loi l'interdisait, sauf à des fins judiciaires justement. Pour y arriver, il faudrait entreprendre une longue procédure devant les autorités religieuses et civiles. On ne disposait pas des restes d'un être humain comme on le ferait d'un objet. Pour en faire quoi, d'ailleurs ? Les verser dans une urne qu'on poserait sur la cheminée comme un bibelot ? Ce serait oublier que sous les cendres subsiste une âme. La terre consacrée du cimetière convenait seule à cette empreinte éternelle.

En un mot comme en cent, Bérénice venait de se voir servir une fin de non-recevoir. Elle refusa d'en rester là. Elle voulut savoir à qui il fallait s'adresser pour faire renverser cette décision. À l'évêque ? Le chanoine lui représenta que le pasteur du diocèse ne ferait rien sans avoir pris son avis à lui et que cette intercession en haut lieu n'entraînerait qu'un refus encore plus catégorique que le premier.

— C'est bien simple, conclut alors Bérénice, je vais me passer de votre permission. Oubliez ce que je viens de vous dire et excusez le dérangement.

— Non, ma pauvre dame, vous êtes allée trop loin.

— Et vous pas assez.

— Mais il est mort, votre fils, madame !

— Justement ! Vous voyez bien que je ne vous enlève rien !

Le chanoine, qui avait un fond naturel de compassion, sentit qu'il avait affaire encore une fois à une personne aveuglée par le chagrin. Il entreprit de la ramener, sans la brusquer, dans le droit chemin.

— Vous ne pouvez pas faire ça, madame…

Bérénice se leva. Sans élever la voix, elle prononça des paroles qui jetèrent le chanoine dans une perplexité extrême.

— Écoutez-moi bien. Vous êtes la seule personne qui sait ce que j'ai dans la tête. Si jamais quelqu'un essaie de m'empêcher de reprendre mon enfant ou me fait des misères parce que je l'ai fait, je saurai que ça vient de vous. Un mot de trop, un geste de travers, et vous allez voir de quoi est capable une mère.

Le chanoine était à court d'arguments. Il ajouta simplement :

— Je vais prier pour vous, madame. Pour que vous respectiez l'âme immortelle de votre enfant. Je suis sûr que l'Esprit saint va vous inspirer une conduite digne d'une mère, justement.

Bérénice sortit sans saluer le curé et vint me trouver au journal. Le soir même, nous étions au cimetière. Est-il nécessaire de préciser que je l'y avais suivie contre mon gré ? J'avais déjà commencé à soulever quelques pelletées de terre au-dessus de l'endroit où mon frère avait été inhumé. En même temps, je continuais d'opposer à la volonté de ma mère tous les arguments que mon ahurissement pouvait me suggérer.

Ou bien on était croyant, et on laissait Luc reposer dans la terre consacrée qui était l'antichambre de l'au-delà, ou on ne l'était pas, et les restes de ce qui avait été vivant n'avaient d'autre fonction que d'engraisser la terre où ils reposaient. Dans un cas comme dans l'autre, mon frère était très bien là où il était. Exhumer sa dépouille ne changerait rien à ce qui pouvait subsister de lui.

— Creuse!

— Qu'est-ce que tu veux en faire?

— Creuse, je te dis! Quand tu verras, je suis sûre que tu comprendras.

Personne n'est familiarisé avec le genre de besogne à laquelle ma mère me contraignait ce soir-là. Qu'on ait peur ou non des fantômes, on sent des présences quand on se trouve, la nuit, dans un cimetière. À plus forte raison si on porte atteinte à la tranquillité de ses occupants.

Ce qui me facilitait la tâche, dans cet exercice auquel rien ne m'avait préparé, c'était que mon frère avait été incinéré avant d'être enseveli. Je ne déterrais donc pas un cercueil, enfoui *six pieds sous terre* comme le voulait l'expression consacrée, mais plutôt un coffret de bois grand comme une boîte à chaussures, déposé au fond d'un trou qui, si mon souvenir était exact, ne devait pas faire plus de cinquante ou soixante centimètres de profondeur.

Comme dans les vieux films en noir et blanc, je m'attendais à tout instant à ce que ma pelle frappe le couvercle du coffret. J'avais atteint la profondeur prévue et je n'avais encore rien senti. La boîte avait sans doute eu le temps de se décomposer.

En prévision de cette éventualité, j'avais pris la précaution d'apporter une bâche de plastique bleue. Je l'ai étalée près du trou et j'ai déposé dessus les pelletées de terre mêlées de ce qui avait été mon frère et son dernier domicile.

La nuit n'était pas très noire mais, tout de même,

on n'y voyait guère. J'ai bien cru apercevoir quelques lambeaux de bois. Pour ce qui était de ce qu'il est convenu d'appeler les *cendres*, j'avais pu constater, en insistant auprès du directeur du crématorium où l'opération avait été menée, qu'il s'agissait moins des résidus conventionnels de combustion que d'une substance assez semblable à du gros sel. Je n'escomptais pas retrouver les grains de sel de mon frère parmi les mottes de terre que je déposais sur la bâche.

Je n'ai pas tardé à estimer que j'avais récupéré ce qu'il fallait. J'avais tout bien calculé, y compris le fait que je devrais remplacer la matière que j'emporterais. J'avais donc empli un sac de quelques pelletées de terre de mon jardin. Je l'ai vidé dans le trou. J'ai surtout soigneusement replacé les mottes de gazon que j'avais découpées avec le tranchant de ma pelle. Quelques passages du plat de la main à l'endroit où j'avais porté atteinte à l'intégrité du champ des morts et il ne restait plus trace de notre opération clandestine. Comme on le ferait d'un cadeau dans son emballage, j'ai rassemblé les pans de la bâche contenant mon frère et la terre dans laquelle il s'était dissous, et nous sommes repartis à la manière des voleurs, ma mère portant la pelle, moi, cette espèce de poche sur l'épaule. Nos ombres n'ont pas paru déranger l'ordre immuable du cimetière.

Deux jours plus tard, un samedi, à la fin de l'après-midi, tandis qu'un temps gris enveloppait la terre dans une aura d'intériorité, sous une fine bruine qui donnait du relief à nos gestes, j'ai recommencé à creuser, cette fois dans la clairière à l'orignal, à l'emplacement où la chèvre Zoé avait été enterrée. Cela n'a pas été une besogne trop ardue. La terre était fraîchement remuée. J'ai fait un trou d'environ deux fois le volume de ce que j'avais exhumé à Nicolet. Ce faisant, je n'atteignais pas la profondeur où la chèvre reposait. J'ai versé là-dedans le contenu de ma bâche et j'ai refermé le tout en arrondissant un beau monticule qui n'attirerait la suspicion de personne à cet endroit dont ma mère interdisait l'accès de toute façon. Un tumulus qui prendrait rapidement l'allure d'un caprice de la nature.

Bérénice était agenouillée devant les restes de l'être qu'elle avait porté dans son ventre, auquel elle avait donné naissance dans la souffrance, dont elle avait encouragé les premiers signes d'autonomie dans la petite enfance, qu'elle avait soutenu pendant toute son existence et qu'elle avait perdu en raison de la maladresse d'un orignal plus grand qu'un cheval et qui s'était trouvé par inadvertance en travers de l'autoroute au moment où mon frère passait là pour se rendre à Québec. Et voici qu'elle venait de malaxer la dépouille de cet enfant mort au milieu de sa maturité avec la carcasse d'une chèvre dont elle avait, en tout et pour tout, partagé l'existence pendant à peine quelques années. Et qui n'était, somme toute, qu'une bête. Qu'avaient-ils en commun pour partager la même fosse? Et pourquoi arracher l'un à son repos pour l'intégrer à la récente destinée de l'autre?

Je me suis installé aux côtés de ma mère pour l'interroger du coin de l'œil. Elle a réagi avec une franchise comme en ont rarement les parents à l'endroit de leurs enfants. Elle m'a fait part de ses convictions les plus profondes, celles que la nouvelle génération entend rarement de la part de ceux qui l'ont précédée. Ce qui aurait fait avancer l'humanité à pas précipités si cela s'était produit plus souvent. Elle m'a ouvert son âme.

L'après-midi tiédissait. Les rayons obliques du soleil étaient parvenus à se glisser sous le ventre des nuages. Ils éclairaient un paysage mouillé, synthèse des éléments qui font la vie. Ma mère parlait à voix très basse, comme pour me forcer à bien l'écouter.

— Je me suis posé bien des questions depuis que Luc est mort. Pourquoi c'est arrivé à lui? Pourquoi c'est arrivé à moi? J'en ai voulu au bon Dieu, jusqu'à ce que je m'aperçoive qu'il n'existe pas. Du moins pas sous la forme que les prétendus experts en bon Dieu nous ont enseignée. En tout cas, Dieu n'est pas un papa qui surveille chacun de ses enfants. Ça, c'étaient des histoires pour nous faire tenir tranquilles.

J'étais tout à fait d'accord. Je faisais de grands signes de tête pour encourager ma mère à continuer.

— J'ai eu mes épreuves, comme tout le monde. Tenir son mari dans ses bras pendant qu'il meurt, tu peux être sûr que ça te ramène à l'essentiel.

Je courbais la tête comme un musulman en prière.

— J'ai fini par trouver. Oh! pas toute la vérité! Juste un petit bout. Ma vérité.

J'ai relevé la tête dans l'attente de la suite.

— Nous cherchons Dieu dans les nuages. Je

comprends qu'on y ait trouvé toutes sortes de dieux différents les uns des autres. Les nuages, c'est juste des mirages.

Je ne trouvais plus légitime de demeurer agenouillé. Je me suis assis sur les talons comme ma mère l'avait fait un peu plus tôt.

— Veux-tu que je te dise où j'ai trouvé Dieu? Tu ne me croiras pas. Dans la vie, tout simplement.

C'était tellement évident que j'en écarquillais les yeux. Ma mère, elle, fixait le monticule de terre. Elle a continué, toujours à voix basse.

— Dieu et la vie, c'est la même chose. Il fallait quelqu'un d'aussi innocent que moi pour trouver ça. Ta vie, ma vie, celle de la chèvre aussi, comme celle de Luc, celle des arbres, des montagnes, des lacs et des océans, tout ça, c'est Dieu.

Je me suis tourné vers ma mère et je l'ai couverte d'un regard chargé d'une si grande affection que le soleil en a illuminé toute la clairière. Comme une musique d'orgue au terme d'une cérémonie.

— Ça fait que tu ne te demandes plus, j'espère, pourquoi j'ai voulu mettre la chèvre et Luc ensemble?

Je lui ai souri pour bien lui montrer que son geste prenait maintenant tout son sens pour moi.

— Ce n'est pas tout. Je pensais être rendue au bout de mon idée. Il me restait un gros morceau à avaler.

Je me suis redressé, sans décoller les fesses des talons cependant.

— La terre aussi est en vie. Elle est tout simplement une bête plus grosse que les autres. Elle a ses poumons, son ventre, ses intestins et son sang.

Elle s'est tournée vers moi et m'a gratifié à son tour d'un tendre sourire.

— Elle a même des puces.

Je ne m'étais jamais senti si fier d'être une puce pensante.

— En fin de compte, pas besoin d'être une grande sorcière pour comprendre que Dieu, c'est la terre.

Et elle n'a plus rien dit.

* * *

Nous étions allongés sur la grève, enroulés dans la couette. Karolyn m'étreignait en dormant. Je l'ai regardée respirer. Ce sont les premiers rayons du soleil qui l'ont éveillée. Elle s'est redressée sur les coudes.

— On est où, là?

Elle s'est souvenue. Elle a souri. Elle s'est tournée vers moi.

— Qu'est-ce qu'on fait?

— Je vais commencer par voir si elle m'a envoyé un courriel. Si oui, je suis ses directives. Sinon…

— Sinon quoi?

— On va à Forillon.

Elle a surgi de sous la couette avec l'allégresse d'une enfant qui vient d'obtenir une permission qu'elle n'espérait plus. Il était trop tôt pour trouver un endroit où dépouiller mon courriel. Nous avons pris un copieux petit-déjeuner. J'ai fait du rangement dans la caravane. J'ai même pris le temps de vidanger les fosses qui recueillent nos eaux usées. Les gestes routiniers des plaisanciers. Mais, à l'intérieur, mes plaques tectoniques s'entrechoquaient. Nous nous sommes dirigés vers Cap-Chat.

La plupart des établissements commerciaux ne sont pas ouverts à huit heures du matin. J'ai fini par dénicher un dépanneur. Ce qui m'a sauvé, c'est que ce genre de commerce est souvent tenu par son propriétaire. Si j'avais adressé ma requête à un commis, elle aurait été rejetée.

C'était un homme sans âge qui ne devait pas avoir de vie. Six ou sept jours par semaine, douze heures par jour derrière son comptoir. Il a bien compris l'importance de ce que je lui demandais. Il m'a précédé dans son arrière-boutique. Il y avait un ordinateur sur le coin d'une table, à côté des restes d'un repas.

Je me suis connecté à Hotmail. Dans ma boîte, je n'ai trouvé que l'habituel encombrement qui constitue le lot normal de la vie. Banalités et futilités. De ma mère, rien.

Je me suis efforcé de ne rien laisser paraître de ma dévastation. J'ai acheté une bouteille d'eau minérale à mon bon Samaritain et je suis sorti sur la pointe des pieds. Je me sentais abandonné. Trahi, même. Devant ma mine, Karolyn a compris que je n'avais pas trouvé ce que je cherchais.

— Faut pas que tu t'en fasses avec ça, a-t-elle plaidé avec conviction. Elle ne t'a pas fait faire tout ce chemin-là pour te mener à rien. Et puis je commence à la connaître assez pour deviner qu'elle ne fera pas de connerie. Pas avant que tu l'aies retrouvée, en tout cas. Ça fait que si on ne veut pas arriver en retard au rendez-vous qu'est-ce que tu attends?

J'ai démarré et nous nous sommes mis en route pour l'étape la plus hasardeuse de mon odyssée. Son point d'arrivée ressemblait à un point de départ. Le paysage aurait pu être grandiose s'il avait existé pour moi. J'étais muet, aveugle et sourd à tout ce qui n'était pas mon tourment. Je l'alimentais avec de lourds arguments.

La maladie avait peut-être eu raison d'elle? Peut-être ne trouvait-elle plus la force de communiquer avec moi? Roulée en boule dans un trou? Son cerveau s'était-il déréglé au point où elle ne savait plus utiliser l'ordinateur? Empêtrée dans les gestes les plus simples. Je l'imaginais me laissant des messages dans le creux des branches d'arbres. Des billets que je ne trouverais jamais. Dont seuls les oiseaux connaîtraient la teneur.

Nous avons roulé pendant environ trois heures. Ç'aurait pu être trois minutes ou trois jours. J'échappais au temps. Je suivais un chemin parallèle à la vie. Il n'y a pas beaucoup d'air dans cette dimension.

Nous nous sommes retrouvés à l'entrée du parc national de Forillon sans nous y être préparés. Un panneau de bienvenue à l'accueil m'a fait mesurer l'ampleur de la tâche qui m'y attendait. *Ses paysages grandioses de mer, de falaises et de montagnes s'étendant sur 244 kilomètres carrés.* J'ai commencé par éliminer mentalement les montagnes. Le pourtour de cette gigantesque presqu'île était plus que suffisant pour m'occuper jusqu'à la fin des temps.

J'aurais dû le prévoir. Aucun des trois cent soixante-sept emplacements de camping n'était disponible. De plus, les véhicules motorisés n'étaient pas admis sur les aires de camping sauvage. Du moins, je pourrais circuler en touriste sur les routes du parc. La question de savoir où nous coucherions ce soir-là était loin d'être une priorité, mais allez donc retrouver une femme de cinquante-neuf ans, qui n'a peut-être plus toute sa raison, dans ce bout du monde foisonnant de nature ! Sans même être certain qu'elle s'y trouve vraiment ! Encore une fois, c'est Karolyn qui m'a remis sur la voie.

— Mets-toi à sa place.

Je ne faisais que ça, et trop même !

— Qu'est-ce qu'elle est venue faire ici, ta mère ? a-t-elle poursuivi. Deux ou trois choses. La première, elle veut voir la mer. Elle refait le voyage qu'elle a manqué. C'est bien ça qu'elle t'a écrit ?

J'ai fait signe que oui sans prononcer un mot pour ne pas la faire dévier de son raisonnement.

— Ensuite, a continué Karolyn, elle dit qu'elle veut te présenter quelqu'un.

J'ai hoché la tête, sans plus.

— Et puis enfin, mais ça, c'est moi qui le dis, pas elle, peut-être qu'elle est venue ici pour en finir avec son cancer ?

— Par quoi on commence ? lui ai-je simplement demandé.

Elle m'a répondu sur un ton qui ne portait plus trace d'exaspération.

— Par le commencement!

J'ai donc entrepris de faire le tour de la presqu'île par le sud. Des points de vue à couper le souffle. Moi, de toute façon, je n'avais plus de respiration. À tout instant, je m'attendais à voir surgir la silhouette de ma mère sur le bord de la route. Je suis allé jusqu'à Penouille, qui est au bout d'une langue de terre dans la baie de Gaspé. J'ai traversé Cap-aux-Os, un vieux village de pêcheurs avec des maisons typiques et une plage de sable fin. J'ai poursuivi jusqu'à Grande-Grave. Depuis les années dix-huit cent jusqu'au milieu du XXᵉ siècle, on y a pratiqué le séchage de la morue sur la plage.

Non loin de là, la route s'arrête. J'ai garé la camionnette sur un terrain de stationnement assez encombré. Une vingtaine de visiteurs attendaient à proximité. Nous nous sommes approchés, Karolyn et moi. Deux guides, vêtus de l'uniforme des parcs du Canada, s'apprêtaient à entraîner un petit groupe de touristes dans une visite. Karolyn a abordé les guides.

— Qu'est-ce qu'il y a au bout?

— Un phare, a répondu le plus vieux des deux.

— C'est loin?

— Une demi-heure de marche. Trois quarts d'heure. Parfois plus. Ça dépend du nombre de fois qu'on s'arrête pour regarder les fleurs et les oiseaux.

— Et qu'est-ce qu'on fait, une fois rendu là?

Le jeune guide a souri.

— On contemple l'un des plus beaux paysages du monde. C'est le bout de la terre. Devant, il y a la mer à l'infini. Puis on revient.

Karolyn m'a pris par le bras. Elle mordait dans ses mots, en criant à voix contenue.

— C'est là ! Je te dis que c'est là !

Nous nous sommes joints au troupeau qui s'est vite scindé en deux sous-groupes d'une dizaine de personnes. Karolyn et moi suivions le plus jeune des guides. Il nous a fait voir des traces d'ours noirs et de porcs-épics. Il était fasciné par les oiseaux, mouettes tridactyles, cormorans et guillemots. Il nous invitait à nous approcher prudemment du bord des falaises pour tenter d'apercevoir quelque phoque qui aurait fait la sieste sur un rocher, très loin en bas. En vain. Peine perdue aussi, ce jour-là, pour les baleines que nous étions censés apercevoir non loin du rivage.

Nous marchions côte à côte, Karolyn et moi. Par moments, nous nous tenions la main. Quelquefois, elle s'élançait au-devant du groupe et faisait sa propre visite.

Moi, je me tenais près du guide. Déformation journalistique. Je ne manquais rien de ce qu'il disait. Son nom était inscrit sur une petite plaque épinglée sur son uniforme : Renaud Thibault. Profitant d'un moment où le sentier n'offrait rien de particulier à commenter, je lui ai demandé :

— Vous travaillez ici depuis longtemps ?

— C'est mon quatrième été.

— Et l'hiver ?

— Je me trouve un boulot dans un bureau. Je fais de la recherche.

J'ai sauté sur le mot.

— Moi aussi, je fais de la recherche. Je cherche ma mère.

Il m'a regardé, tout en continuant de marcher. Il avait les cheveux blonds, légèrement bouclés, le regard bleu et une forte charpente physique.

— Je veux dire, ai-je enchaîné, ma mère, c'est un peu comme si elle faisait une fugue.

— Alzheimer ? m'a-t-il demandé.

— Non. Elle vient d'apprendre qu'elle a le cancer.

— Désolé, m'a-t-il répondu. Pour elle et pour vous.

Et il s'est détaché de moi pour reprendre son groupe en main. Nous arrivions au but. Pour marquer la fin de la terre, la nature s'est surpassée. Elle a dressé des falaises qui prennent un dernier élan avant de s'effondrer dans la mer. Tout au bout, se dresse un petit phare de béton blanc, coiffé d'une tourelle métallique peinte en rouge.

— Généralement, a commenté le plus âgé des deux guides, les phares sont beaucoup plus hauts que celui-ci. Le petit phare de Cap-Gaspé ne mesure que douze virgule huit mètres de hauteur, mais il est juché sur une falaise de quatre-vingt-quinze mètres, ce qui fait qu'on le voit de loin.

Il a esquissé quelques pas de côté, comme pour amorcer sa séparation d'avec nous.

— La visite est maintenant terminée. Vous pouvez rester ici le temps que vous voudrez. Vous rentrerez par le chemin que nous venons d'emprunter. Merci de votre attention et rappelez-vous : dans les parcs nationaux, on ne prend que des photos et on ne laisse que l'empreinte de ses pas.

Puis ils sont repartis tous les deux, le jeune et le vieux, sur le sentier qui les ramenait à d'autres fonctions. Moi, j'ai levé les yeux pour voir où en était Karolyn. Comme de raison, elle avait sauté la barrière qui ferme la falaise, et elle s'était avancée jusqu'au dernier mètre de roc qui surplombe le vide. Je l'y ai rejointe. Face à l'immensité, elle s'est accrochée à moi.

— Je suis sûre qu'elle est venue ici.

— Pourvu qu'elle n'ait pas sauté, ai-je murmuré.

Karolyn m'a serré le bras à m'en faire mal.

*   *   *

Sur le chemin du retour, tandis que nous nous dirigions vers nulle part, puisque je n'avais pas encore déterminé où nous garerions la camionnette pour la nuit, je me suis arrêté sur le terrain de stationnement d'un des centres administratifs du parc. Une fois de plus, je suis allé trouver une préposée à l'accueil pour lui demander où je pourrais dépouiller mon courriel. Elle m'a répondu avec fierté que l'établissement était pourvu, depuis peu, d'une connexion Internet sans fil. Je n'avais qu'à ouvrir mon logiciel de courriel et le contact s'établirait automatiquement. J'ai soupiré. Mon portable n'était pas muni de la carte nécessaire à cette opération. La préposée s'est excusée :

— Dans ce cas, je ne peux rien faire pour vous.

Je me sentais bouillir. J'en avais assez de répéter à tout venant que je devais absolument rejoindre ma mère. Que c'était une question de vie ou de mort. Les autres visiteurs m'observaient comme s'ils regardaient un feuilleton à la télé. Cette fois, j'ai haussé le ton un peu plus que nécessaire. La préposée est allée demander l'aide de son supérieur. Quelques minutes plus tard, je me suis retrouvé encore une fois dans un bureau, devant un ordinateur. Je me suis raccordé à Hotmail. Mon cœur a cessé de battre. Il y avait enfin un message de ma mère. Il paraissait assez long. J'en ai parcouru les premiers paragraphes.

ça fait un certain temps que je t'ai pas donné de nouvelles j'espère que tu n'es pas trop fâché contre moi j'ai été pas mal occupée ces derniers temps mes fantômes ont été plutôt remuants j'espère que toi aussi tu es arrivé au bout j'imagine que tu a trouvé le mot que je t'avais laissé sous le siège du petit autobus qui emmène les visiteurs à la grande éolienne de Cap chat sinon dépêche toi de venir me rejoindre à Forillon il va se passer des choses ici que tu voudras pas manquer

je t'ai parlé de quelqu'un qui voyage avec moi quelqu'un qui sait pas que je sais qu'il existe et qui a quelque chose à voir avec moi et surtout avec toi c'est en grande partie pour retrouver cette personne que je fais ce voyage je l'ai rencontrée ça va être bientôt ton tour pour ça il faut que je prenne le temps de tout bien t'expliquer

J'avais le pressentiment que l'individu qui m'avait mené dans le bureau lisait le message de ma mère par-dessus mon épaule. J'ai demandé et obtenu la permission de l'imprimer, et je suis sorti en emportant les feuillets avec la conviction que cette missive allait changer le cours de ma vie. J'ai rejoint Karolyn dans la camionnette. Elle a bien vu les pages imprimées dans ma main. En écarquillant les yeux, elle m'a interrogé sur leur contenu.

— Laisse-moi lire ça, ai-je réclamé. Je t'en parlerai après.

Et je suis retourné à ma conversation de papier avec ma mère.

je t'ai raconté cent fois ma nuit sur le lac Saint-Pierre c'est vrai que ça sort pas mal de l'ordinaire je t'ai dit que j'ai senti l'âme de ton père passer à travers mon corps pendant que je le tenais contre moi je t'ai bien expliqué que je me suis élevée au-dessus de la cache et que j'ai tout vu la scène d'en haut comme si j'étais assise sur une colonne de lumière j'avais mes souliers rouges que j'avais achetés à Sorel je t'ai tout dit ça mais il y a quelque chose dont je t'ai jamais parlé c'est le temps aujourd'hui

je t'ai dit en te racontant cette nuit-là que ton père avait voulu se confesser à moi tu ne m'as jamais demandé de te raconter ses péchés et tu as eu bien raison ça se fait pas pourtant aujourd'hui je pense que le temps est venu de te révéler le secret qu'il m'a confié cette nuit-là

je sais bien qu'on n'est pas supposé faire ça le fameux secret de confession c'est sacré pourquoi je t'en parle c'est parce que je suis pas un curé de toute façon l'église veut pas de nous autres les femmes puis si j'étais un homme je serais pas un curé non plus autrement dit le secret que ton père m'a confié c'est pas un vrai secret de confession c'est un secret qu'un mari a confié à sa femme moi en tout cas je vois ça comme ça

en plus j'ai décidé de t'en parler parce que je pense que les secrets c'est fait pour être révélé le temps venu puis le temps est venu étant donné que je suis pas mal rendue à la fin de mon histoire

tu te souviens que ton père a travaillé sur le chantier de construction du centre culturel de Montmagny je veux dire tu peut pas t'en rappeler personnellement tu étais pensionnaire dans ce temps-là mais on en a souvent parlé ensemble et tu as vu les photos dans l'album ton père était pas mal fier de ce qu'il a bâti là il a dû rester dans ce coin-là une couple d'années pendant qu'il surveillait la construction du centre culturel c'était dans les années du centenaire de la confédération dans ce bout là

il vivait pas à Montmagny mais à Saint Jean Port Joly je t'ai envoyé voir la grosse maison rouge avec des pignons c'est là qu'il pensionnait ça s'appelle l'Ermitage c'était la maison d'un ancien capitaine de goélette un vieux bonhomme bourru qui vivait avec sa vieille aussi grognonne que lui

ils étaient trop vieux tous les deux pour s'occuper d'eux autres tout seuls il y avait une jeune fille qui venait les aider pour les repas et le ménage elle s'appelait Élise Thibault tu me vois venir ton père s'est mis à tourner autour de la servante

c'était pas la première fois qu'il faisait ça puis il est

arrivé ce qui devait arriver la fille est tombée enceinte c'est ça le grand secret que ton père a voulu me confier avant de mourir le secret je te le refile à mon tour tu as un frère quelque part tu le connais pas et il te connaît pas mais tu vas le connaître parce que j'ai décidé de t'en faire cadeau avant de m'effacer moi aussi

c'est pour te préparer à le rencontrer que je t'ai fait faire toutes ces visites en cours de route d'abord, il faut que je dise c'est tout à l'honneur de ton père il n'a pas laissé tomber la fille quand il a appris quelle était enceinte évidemment l'affaire aurait pu faire beaucoup de bruit dans un petit milieu comme Saint Jean Port Joly la fille a annoncé à ses vieux qu'elle devait partir pour Rimouski parce que sa sœur attendait un bébé et qu'elle allait l'aider ç'était un mélange de vérité et de mensonge c'est souvent comme ça dans la vie la fille est allée s'installer à Rimouski et c'est ton père qui payait l'appartement et puis tout quand le temps est venu d'accoucher il était là avec elle à l'hôpital de Rimouski c'est beau de sa part

c'est là qu'ils se sont séparés la fille a élevé son enfant seule ton père est retourné finir son travail sur le chantier du centre culturel de Montmagny seulement pas long-temps après il a eu sa crise cardiaque moi j'ai toujours vu un rapport entre sa maladie et son secret de confession

puis ton père est redevenu mon mari comme s'il s'était rien passé je l'ai soigné nous sommes allés nous ins-taller à Nicolet comme tu le sais moi j'aurais jamais rien appris de tout ça si on avait pas vécu une nuit d'enfer sur le lac Saint-Pierre

depuis ce temps-là moi je porte ce secret comme une

femme enceinte je te dirai que par moment je l'ai trouvé pas mal pesant d'autant plus que c'était un secret dont je pouvais pas accoucher je m'étais fait à l'idée que je mourrais avec depuis que j'ai appris qu'il y a quelque chose qui me ronge le cerveau j'ai changé d'avis d'ailleurs parfois je me demande si c'est pas ce secret qui m'a donné ma maladie comme pour ton père en tout cas ce secret-là c'est bien plus à toi qu'à moi que ton père le destinait que veux-tu ce garçon-là c'est avec la semence de ton père qu'il a été fait la même que pour toi moi j'ai rien à faire dans la vie de ce garcon-là

c'est vrai ce que je dis puis en même temps c'est pas vrai parce qu'avec les années je me suis aperçue que cet enfant-là s'accrochait à moi en apprenant que ton père avait eu un enfant j'ai pensé qu'il pourrait remplacer un peu ton frère Luc qui est mort juste en partie pas complètement comme pour les chiens et les chats quand un animal de compagnie meurt on se dit qu'on pourra jamais le remplacer puis on en achète un autre et on se met à l'aimer autant que le premier

pour faire une histoire courte j'ai fait des recherches je te raconterai pas tout ça c'est là que je me suis mis à l'ordinateur j'ai retrouvé la trace du fameux Renaud Thibault et je l'ai suivi à distance sans faire de bruit

c'est pour ça que je t'ai envoyé au jardin de Métis la mère de Renaud Élise est allée travailler là pas longtemps après qu'elle a eu son enfant elle habitait la grande maison que tu as visitée elle vivait avec son petit dans le grenier qui tenait lieu de dortoir au personnel je pense qu'elle a dû être heureuse à cet endroit l'enfant aussi il *paraît meme qu'Élise étais très fière de porter presque le même prénom que la propriétaire madame Elsie Reford il y avait juste deux lettres de changées*

les jardins et la maison ont été fermés au public quelques années après Elise est restée là tout en continuant d'élever son enfant elle faisait partie des gens qui entretenaient les lieux quelques années plus tard la maison a été rouverte de nouveau je sais pas si Élise est encore là quand le gars a été assez grand pour quitter le nid j'ai fait la même chose que lui je me suis désintéressée d'elle pour me concentrer sur lui

Renaud Thibault a fait des études en sciences de la nature au cégep de Matane un de ses premiers contrats après avoir obtenu son diplôme a été de participer à une étude sur le passage des oiseaux migrateurs aux environs de Cap chat c'était avant la construction des éoliennes on voulait pas que des centaines et des centaines d'oiseaux viennent se jeter dans les pales de ces ventilateurs géants

hein tu vois que je t'ai pas fait promener pour rien tu a suivi la trace de ton frère sans le savoir aujourd'hui ce garçon travaille à Forillon il fait faire des visites aux touristes moi je l'ai vu de près pour la première fois hier évidemment je lui ai rien dit toi tu feras ce que tu voudras mais je souhaite sincèrement que vous vous parliez un jour et que vous vous rapprochiez seulement si je peux te donner un conseil prends bien ton temps ça sert à rien de brusquer les choses tu as toute la vie devant toi lui aussi je vous souhaite beaucoup de bonheur à tous les deux ensemble

je m'arrête ici je pense que j'ai jamais écrit une aussi longue lettre de toute ma vie passe une bonne nuit moi je m'attends à ce que la mienne soit plutôt houleuse on se reparle demain

Et c'était signé : *plus que jamais Tête heureuse*. J'ai résumé le message de ma mère à l'intention de Karolyn. Elle n'en revenait pas.

∗ ∗ ∗

— Qu'est-ce que ça te fait d'apprendre que tu as un frère ?

Nous roulions à petite vitesse sans aller nulle part. J'ai dit :

— Ce n'est pas tant le frère qui me préoccupe, comme le père.

Karolyn attendait cette réponse. Elle jubilait.

— Les hommes et les femmes ne sont pas faits pour vivre ensemble. Je l'ai toujours dit. Les hommes font des petits à gauche et à droite, et les femmes ont des secrets plein la bedaine. C'est peut-être ça qui les rend enragées, les mères, de ne pas être capables d'accoucher de leurs secrets. La mienne, en tout cas.

J'ai engagé la camionnette sur le chemin qui longe la presqu'île au sud.

— Je ne sais plus quoi penser, ai-je admis.

Elle a pris ma main qui reposait sur le compartiment de rangement, entre nous deux, sur la banquette. Elle l'a emprisonnée dans la sienne. Nous avons roulé quelques minutes en silence. Ça m'apaisait de me sentir entravé. Ça me mettait en situation de ne pas être obligé de régler tous mes problèmes en même temps.

À gauche, en bordure de la route, il y avait un panonceau de bois brun, caractéristique des parcs nationaux. Il annonçait un sentier menant à une chute. D'un geste du menton, Karolyn m'a suggéré d'entrer là. J'ai obéi sans réfléchir. J'ai garé la camionnette et nous sommes partis sur un sentier qui s'enfonçait dans la forêt.

Elle ne pouvait savoir à quel point c'était de ça que j'avais besoin. J'ai gardé de mon enfance dans les îles de Sorel une propension pour les espaces clos, verts et frais. Des reproductions, à l'échelle de la nature, des conditions dans lesquelles nous avons germé dans le ventre de nos mères.

Le sentier montait et descendait des buttes sous les hautes futaies d'une forêt qui semblait avoir prospéré là depuis la nuit des temps. Des papillons de lumière dansaient dans les sous-bois. Par endroits, de grands rais tombaient des sommets. Le sentier était jalonné de passerelles et de ponceaux surmontant des zones humides. Des tapis de mousse sur lesquels on aurait voulu poser le pied.

Nous avancions en silence. J'en avais trop à dire pour parler. Depuis le départ, Karolyn ne m'avait pas lâché la main. Nous avons marché ainsi, en suivant les indications fléchées, jusqu'au pied de la chute.

C'était un grand mouvement d'eau, un torrent aérien qui se précipitait sur un éboulis de grosses roches rondes. Une buée jaillissait de cet éclaboussement. Un chant puissant accompagnait l'écoulement de l'eau qui s'engouffrait plus bas entre les flancs d'une colline. L'orgasme permanent de la terre.

Nous sommes sortis du sentier en écartant les broussailles. Karolyn m'a mené en se fiant à son instinct vers un endroit où un lit d'herbe nous attendait. Nous avions déjà commencé à ôter nos vêtements avant d'y arriver. Elle s'est couchée sur le dos et je suis monté sur elle. Je me suis enfoncé dans son ventre tiède comme si je n'avais connu d'autre chemin de toute ma vie.

Je n'ai pas cherché à lui donner du plaisir. Ce n'était pas le but de l'opération. Ce qu'elle ne réclamait d'ailleurs pas. Elle concentrait ses gestes sur mon aboutissement. J'ai déversé dans son ventre toute ma peine, mes espoirs déçus, mes illusions tronquées et les échecs pointus qui ont jalonné mon existence. J'aurais voulu me répandre en elle pendant des heures. Quand il est devenu évident que je n'avais plus rien à lui donner, j'ai su une fois pour toutes que les femmes sont le réceptacle de toutes les misères de l'humanité. On les dit plus fortes que les hommes. Ce n'est pas tant ça que leur capacité à transformer nos chagrins en soulagement.

Je me suis assis et toute ma peine m'est remontée d'un coup. Je me suis mis à pleurer sans retenue. Karolyn a posé ma tête contre ses seins et elle m'a bercé. Longtemps.

Je suis revenu tout doucement à l'envers de la réalité. Nos préoccupations quotidiennes. Les obstacles de nos vies. Les obligations, les pièges et l'héroïsme de nos gestes. Nous nous sommes rhabillés, craignant qu'on nous surprenne. Le temps de ne pas y penser et nous nous sommes retrouvés sur le sentier. J'ai dit, pour nous reconnecter à ce qui allait, de toute façon, nous sauter dessus :

— Maintenant, il faut retrouver ma mère.

*   *   *

Nous avons passé la soirée à la chercher. J'ai visité toutes les aires de stationnement, en quête de sa vieille Toyota. Deux ou trois fois, j'ai cru la reconnaître, mais aucune ne portait une grosse étoile de rouille écaillée sur le coffre arrière. Plus le temps passait, plus il se taisait.

Nous avons inspecté tous les endroits publics. La plupart étaient fermés, les guérites, les centres d'accueil, les restaurants, les dépanneurs. Nous avons été au bout de tous les quais, de toutes les jetées. Marché sur les grèves les plus inaccessibles. Tourné autour des maisons préservées qui ne sont plus habitées et où l'on reconstitue, pendant le jour, la vie d'autrefois.

Tous les endroits où elle pouvait s'être réfugiée. Il fallait bien qu'elle passe la nuit quelque part ! Mon pouls battait dans mon cou. Mon cœur pompait une grosse inquiétude dans mes veines. Ma tête tournait à vide. J'avançais sans savoir où j'étais. Je traversais des buissons sans m'en apercevoir.

À quelques reprises, je me suis arrêté dans des endroits dégagés, comme si ma seule présence pouvait attirer à moi celle que je cherchais. Paratonnerre affectif, je concentrais ma pensée sur elle. J'étais tellement tendu que je n'émettais rien d'autre que de la confusion.

Karolyn me prenait la main. Je me laissais entraîner plus loin. Mais, ailleurs, c'était toujours pareil. L'absence de ma mère emplissait la nuit entière.

J'ai regagné ma camionnette et nous nous sommes échoués sur un terrain de stationnement où les visiteurs se garent en attendant qu'on leur désigne un espace de camping. Il est plus ou moins interdit de dormir à cet endroit. Dans les circonstances, la légalité était le dernier de mes soucis et je n'avais surtout pas l'intention de dormir.

Je me suis assis seul devant la table. Je scrutais le mystère dans l'étroit espace qui séparait mes deux coudes. Karolyn s'était perchée sur le lit. Muette, elle me regardait. Elle a dû s'assoupir puisque, quand le jour s'est levé, je ne voyais plus sa silhouette.

Je suis sorti pour aller nulle part. J'ai marché vers le camping, à proximité. Je suis entré dans les toilettes. Un homme dans la trentaine se rasait. Il m'a salué d'un signe de tête. Il avait posé son ordinateur portable près de sa trousse de toilette. Je lui ai demandé:

— Il est relié à la connexion sans fil?

— Oui, m'a-t-il répondu. Je vais relever mon courrier après m'être lavé. Il faut que j'aille dehors pour ça. La connexion se fait mieux.

Je l'ai supplié de me laisser l'utiliser. Je n'ai pas eu besoin de déployer mes grands arguments. Toute ma personne disait mon désarroi. Le campeur avait le visage couvert de mousse à raser. Je l'ai suivi à l'extérieur. Il a posé le portable sur le couvercle de bois d'une grosse poubelle. Il a mis l'ordinateur en marche.

— Hotmail, ai-je dit.

Il a établi la connexion. J'ai tapé mon identité et mon mot de passe avec des doigts de plomb. Il y avait bien un message de ma mère. Avant de l'ouvrir, je savais déjà que ce serait le dernier. L'homme s'est un peu écarté pour me laisser à mon intimité.

quand tu liras ces lignes je me serai jetée dans les bras de la terre

Ça commençait comme dans les romans.

avant d'aller plus loin j'aurais envie de te demander de me promettre de pas avoir de peine mais je sais que ce serait inutile je pense aussi à Liette et à Sylvain si tu as fait comme je pense tu ne leur as encore rien dit parfait maintenant c'est toi qui va être pris pour leur expliquer pourquoi j'ai fait ça je sais que t'en est capable moi ma plus grande peine c'est de pas être là pour vous consoler aussi je veux te demander de t'occuper de mes animaux je sais que tu vas bien les traiter.

je suis arrivée au bout du voyage ça me servirait à quoi de revenir en arrière ce qui m'attend c'est quelques semaines dans un lit d'hôpital déjà morte avec des calmants plutôt que de la vie dans le corps ce serait pas long que je te reconnaîtrais même plus puis je saurais même plus qui je suis

c'est pas ça la vie aimer je suis encore capable de le faire souffrir j'ai pas peur de ça mais ne plus savoir que j'existe ça m'intéresse pas c'est pour ça que je m'en vais maintenant

j'ai pris des arrangements avec quelqu'un qui va t'envoyer ce message demain matin de bonne heure ici c'est la nuit je vais m'en aller tranquillement à pied jus-

qu'au bout de la terre je vais attendre que le jour se lève
au pied du petit phare qui a un chapeau rouge tu l'as pro-
bablement vu au début je pensais que les phares c'était
fait pour marquer le bout de la terre cette nuit je sais qu'ils
sont là pour annoncer le commencement
  dès qu'il y aura un peu de lumière je vais me jeter en
bas j'ai pas peur j'aurai pas le temps de souffrir juste le
temps et c'est très important pour moi de vivre les der-
niers instants de ma vie pendant que j'ai toute ma tête
  je veux mourir vivante

Et c'était signé pour la dernière fois : *Tête heureuse.*

Je suis parti en courant vers la camionnette, en emportant l'ordinateur avec moi.

— Minute, là ! Où tu vas ?

La gars courait derrière moi. Il devait être persuadé que je lui volais son portable. Je suis arrivé à la camionnette avant lui. J'ai ouvert la porte avec fracas. Karolyn était déjà debout. En m'apercevant, elle a su ce qui s'était passé. J'ai simplement dit :

— C'est fait !

Le gars a monté les marches de la caravane derrière moi. Il ne comprenait pas ce qui se passait. Il était grotesque avec sa barbe de mousse.

— Non mais, ça prend-tu un christ de fou ! Qu'esse tu penses tu fais là, toi ?

Karolyn s'est interposée. Elle m'a pris l'ordinateur des mains et l'a remis au gars.

— Toi, prends ça, puis va-t'en. C'est pas le moment.

Puis elle m'a pris dans ses bras. Plus elle me pressait contre elle, plus je pleurais. Elle me berçait en balançant doucement le corps d'en avant en arrière. Elle répétait :

— On va s'en occuper, de ta mère.

Elle a relâché son étreinte. Elle a dit :

— Je savais pas qu'on pouvait se tuer parce qu'on aime trop la vie.

Elle s'est tournée vers le lit.

— Attends-moi. Je m'habille. On y va.

Je suis sorti sur le terrain de stationnement. Le soleil venait de se lever. Vous savez comment c'est, les premiers rayons obliques qui vous regardent dans les yeux. Il ne me restait plus qu'à apprendre à reconnaître le visage de ma mère dans cette lumière.

EXTRAIT DU CATALOGUE

Neil Bissoondath
À l'aube de lendemains
précaires
Arracher les montagnes
Tous ces mondes en elle
Un baume pour le cœur

Marie-Claire Blais
Augustino et le chœur
de la destruction
Dans la foudre et la lumière
Soifs
Une saison dans la vie
d'Emmanuel

Elena Botchorichvili
Le Tiroir au papillon

Gérard Bouchard
Mistouk
Pikauba

Jean-Pierre Boucher
La vie n'est pas une sinécure
Les vieux ne courent
pas les rues

Emmanuelle Brault
Le Tigre et le Loup

Jacques Brault
Agonie

Chrystine Brouillet
Rouge secret

Katerine Caron
Vous devez être heureuse

Louis Caron
Le Canard de bois
Les Fils de la liberté I
La Corne de brume
Les Fils de la liberté II

Le Coup de poing
Les Fils de la liberté III
Il n'y a plus d'Amérique
Racontages
Tête heureuse

André Carpentier
Gésu Retard
Mendiant de l'infini

Jean-François Chassay
L'Angle mort

Ying Chen
Immobile
Le Champ dans la mer
Querelle d'un squelette
avec son double

Ook Chung
Contes butô
L'Expérience interdite

Joan Clarke
La Fille blanche

Matt Cohen
Elizabeth et après

Gil Courtemanche
Un dimanche à la piscine
à Kigali
Une belle mort

Judith Cowan
La Loi des grands nombres
Plus que la vie même

Esther Croft
Au commencement
était le froid
La Mémoire à deux faces
Tu ne mourras pas

Émile Ollivier
La Brûlerie

Michael Ondaatje
Le Fantôme d'Anil

Eduardo Antonio Parra
Terre de personne

Nathalie Petrowski
Il restera toujours le Nebraska
Maman last call

Daniel Poliquin
L'Écureuil noir
L'Homme de paille

Monique Proulx
Les Aurores montréales
Le cœur est un muscle
involontaire
Homme invisible
à la fenêtre

Rober Racine
Le Cœur de Mattingly
L'Ombre de la Terre

Bruno Ramirez et Paul Tana
La Sarrasine

Yvon Rivard
Le Milieu du jour
Le Siècle de Jeanne
Les Silences du corbeau

Louis-Bernard Robitaille
Le Zoo de Berlin

Alain Roy
Le Grand Respir
Quoi mettre dans sa valise?

Hugo Roy
L'Envie

Kerri Sakamoto
Le Champ électrique

Jacques Savoie
Les Portes tournantes
Le Récif du Prince
Une histoire de cœur

Mauricio Segura
Bouche-à-bouche
Côte-des-Nègres

Gaétan Soucy
L'Acquittement
Catoblépas
Music-Hall!
La petite fille qui aimait trop
les allumettes

Marie José Thériault
Les Demoiselles de Numidie
L'Envoleur de chevaux

France Théoret
Les apparatchiks
vont à la mer Noire

Pierre-Yves Thiran
Bal à l'abattoir

Miriam Toews
Drôle de tendresse

Guillaume Vigneault
Carnets de naufrage
Chercher le vent

MISE EN PAGES ET TYPOGRAPHIE :
LES ÉDITIONS DU BORÉAL

ACHEVÉ D'IMPRIMER EN OCTOBRE 2005
SUR LES PRESSES DE L'IMPRIMERIE GAGNÉ
À LOUISEVILLE (QUÉBEC).